Amrûn
ROMANCE

Die Himmelreich-Reihe, Staffel 2:

Band 1 - Himmelreich mit Herzklopfen - Jo Berger
Band 2 - Zwei Küsse für Himmelreich - Andrea Bielfeldt
Band 3 - Himmelreich und Höllengrund - Susanne Pavlovic
Band 4 - Eine Hochzeit für Himmelreich - Mia Leoni

Weitere Romane von Jo Berger:
Hummeln im Bauch
Kich off – Fünf Ladies auf Abwegen
Mit Mandelkuss und Liebe
Manhattan Millionär
Himmelreich und Honigduft, Band 3, Staffel 1
Ein Engel für Jule
Leonardos Zeichen
Das liegt am Wetter

Roman, 1. Auflage
©2017 Amrun Verlag
Jürgen Eglseer, Traunstein

Lektorat & Korrektorat:
Susanne Pavlovic - www.textehexe.com
André Piotrowski

Umschlaggestaltung: Mittelpunkt
Bild & Text Sabine Albrecht
Unter Verwendung von:
Fotolia@atoman, CanStockPhoto@nikkytok
Depositphotos: @andreyoleynik, @bioraven,
@anBrosko, @Aleksander_Erin

Alle Rechte vorbehalten

ISBN – 978-3-95869-565-8

Besuchen Sie unsere Webseite:
http://amrun-verlag.de

Bibliografische Information der Deutschen Nationalbibliothek:
Die Deutsche Nationalbibliothek verzeichnet diese Publikation
in der Deutschen Nationalbibliografie; detaillierte bibliografische Daten sind im Internet über http://dnb.dnb.de abrufbar.

Alle Rechte vorbehalten. Jede Verwertung bedarf der ausschließlichen Zustimmung der Autorin. Dies gilt insbesondere für die Vervielfältigung, Verwertung, Übersetzung und die Einspeicherung und Verarbeitung in elektronische Systeme. Personen und Handlung sind frei erfunden. Ähnlichkeiten mit realen Personen und Orten sind rein zufällig und nicht beabsichtigt. Markennamen und Warenzeichen, die in diesem Buch verwendet werden, sind Eigentum ihrer rechtmäßigen Eigentümer.

Jo Berger

Amor's Four: Himmelreich mit Herzklopfen

Roman

1.

Ich bin so dämlich wie zehn Meter Feldweg! Was will ich hier? Schnapsidee! Eindeutig!

Ich gehe vom Gas und tuckere durch eine Einöde, die selbst nach einer Stunde Fahrt noch einödig ist. Und jetzt beginnt es auch noch zu regnen. Nein, das trifft es nicht ganz, schütten passt besser.

Das Einzige, was ich noch mehr hasse als Autofahren bei Starkregen, ist Autofahren in unbekannten Gegenden ohne funktionierendes Navigationsgerät. In einem Moment der Verzweiflung schlage ich mit der Hand auf das Lenkrad und ärgere mich über diese total hirnrissige Entscheidung, aufs Land zu ziehen. Olaf hustet kurz, wird von alleine langsamer, hustet erneut und fährt schließlich, ohne zu mucken, weiter.

»War nicht so gemeint«, sage ich und streichle kurz über den Schalthebel. So ein Auto ist ja auch nur ein Mensch. Ich erweitere die Liste um »Am Ende der Zivilisation mit einer Nuckelpinne unterwegs sein, die beim bloßen Hinsehen mit den Stoßdämpfern ächzt«. Doch es hat seinen Grund, warum ich eine altersschwache Blechbüchse fahre: weil ich sie in Frankfurt so gut wie nie gebraucht habe, sie mir sowieso niemand abkaufen würde und ich es nicht übers Herz bringe, Olaf verschrotten zu lassen. Außerdem gibt es nicht mal eine Zugverbindung nach Himmelreich.

»Halloho? Es ist Juli! Also Sommer! Sommer!«, brülle ich das Armaturenbrett an. »Da ist es warm und sonnig. Sonnig, verdammt!«

Seit über vier Stunden bin ich auf der Straße, habe erst einen Kaffee getrunken und ein Käsebrötchen gegessen. Ohne den Blick von der Straße zu wenden, wühle ich mit der rechten Hand in der Handtasche auf dem Beifahrersitz und ziehe einen Apfel hervor. Schokolade wäre mir allerdings lieber. Lecithin soll ja beruhigend wirken. Da ich an Schokolade leider nicht gedacht habe, beiße ich hungrig in den kleinen Apfel. Uh, ist der sauer.

Tapfer kauend und mit den Nerven fast am Ende, sehe ich auf die Uhr an der Konsole. Na toll, jetzt komme ich auch noch zu spät zum Gespräch. Ich fasse es nicht! Und das, nachdem ich extra eine halbe Stunde früher losgefahren bin! Ohne meinen zweiten Kaffee! Koffeinmangel tut mir fraglos nicht gut! Nach vier Bissen ist der Apfel Geschichte. Ich öffne das Fenster einen Spaltbreit, werfe ihn hinaus und schließe es schnell wieder, damit es nicht auch noch reinregnet. Dann kneife ich die Augen zusammen und beuge mich nach vorne.

Allerdings hätte ich genauso gut versuchen können, meinen Kopf in einen Bottich mit Wasser zu hängen und dabei ein Buch zu lesen. Die altersschwachen Scheibenwischer bemühen sich zwar hektisch, gegen den Platzregen anzukommen, trotzdem kann ich nur vage Umrisse dieser nicht enden wollenden Straße erkennen.

Plötzlich schüttelt es mich zweimal kurz hintereinander durch. Schlaglöcher. Klar. Ich presse die Lippen aufeinander und starre durch den Wasserfall auf der Windschutzscheibe.

So kann ich nicht weiterfahren! Unmöglich.

Nervös blicke ich durch die Seitenscheiben nach draußen und suche nach einer Parkbucht oder etwas Ähnlichem, aber natürlich gibt es keine Parkbuchten in dieser Rübenfeldlandschaft, nur Abzweige auf vermatschte Feldwege und kilometerlange Zäune, hinter denen Kühe stehen. Was erwarte ich? Vielleicht auch noch eine Tankstelle?

Langsam schleiche ich weiter und bin erleichtert, als der Regen etwas nachlässt. Ich atme durch und lehne mich zurück.

»Geht doch. Jetzt noch ein bisschen Sonne wäre toll«, sage ich und checke die Uhrzeit. Laut Plan hätte ich vor zehn Minuten in Himmelreich ankommen sollen. Ohne die Augen von der Straße zu nehmen, tippe ich auf das Handy an der Halterung vor mir und werfe einen flüchtigen Blick darauf. Immer noch kein Netz. Ob ich mich verfahren habe?

Als ob es darauf gewartet hätte, klingelt es. Nanu? Wieder Empfang? Offenbar scheint es selbst in dieser Pampa einen Gott zu geben, auch wenn er mir bis eben den Stinkefinger gezeigt hat. Meine Mutter. Wie nett, dass sie sich herablässt, mich anzurufen. Ich nehme das Gespräch an und schalte auf Lautsprecher.

»Hallo, Mama«, begrüße ich sie und stelle fest, dass meine Stimme genauso klingt, wie ich mich fühle. Ich kann mir denken, warum sie anruft, verkneife mir aber jeglichen Kommentar.

»Ach, sind wir etwa genervt?«, höre ich sie pikiert sagen.

»Nein ... Ja. Das heißt, ob du es bist, weiß ich nicht, ich für meinen Teil bin es definitiv.« Ob sie meine Mail gelesen hat? Ich überlege, an welchem Ort der Welt sich meine Eltern zurzeit befinden. Unnötig, denn schätzungsweise werde ich es gleich erfahren.

»Wir sind gerade in Dubai angekommen, Liebes. Du machst dir keine Vorstellung, wie herrlich es hier ist. Gut, ein bisschen heiß, keine Wolke am Himmel, aber der Pool ist eine Offenbarung! Er durchzieht die komplette Anlage und ...«

»Mama, hier ist gerade richtiges Mistwetter, und ich sitze im Auto. Hast du denn meine Mail gelesen?«

»Kind, deine Wortwahl ... Welche Mail?«

Wieso war mir das klar? Ich seufze.

»Du hast sie also nicht gelesen. Auch gut. Aber hol das bitte nach, ja? Es ist wichtig. Und was gibt es bei dir Neues?« Seit mein Vater mit Mitte fünfzig seinen Vorruhestand angetreten hat, ziehen es meine Eltern vor, um die Welt zu jetten und nur zu besonderen Gelegenheiten in ihre Frankfurter Villa zurückzukehren. Wie zum Beispiel zum Geburtstag des Firmennachfolgers vor drei Monaten, da mein Vater ja immer noch im Aufsichtsrat sitzt. Bei meinem vorletzten Geburtstag hat mir meine Mutter telefonisch von den Bahamas gratuliert. Bei meinem letzten Geburtstag vor ein paar Tagen hat sie das wohl über einem oder zwei Cocktails auf irgendeiner Jacht vergessen. Seit meinem ersten Schrei in dieser Welt habe ich das Gefühl, meinen Eltern eher lästig zu sein. Nun, die vergangenen Jahre habe ich mich bemüht, dem gerecht zu werden.

»Ich möchte dir nachträglich gratulieren, liebste Felicia. Herzlichen Glückwunsch zum siebenundzwanzigsten Wiegenfest! Ich wünsche dir ...«

»Achtundzwanzig«, sage ich unwirsch. »Mama! Du liest meine Nachrichten nicht, vergisst meinen Geburtstag, und jetzt weißt du nicht mal mehr, wie alt ich bin. Frag mich mal, wie eine Tochter das wohl findet. An der Stelle kannst du dir die geheuchelten Wünsche gerne dorthin stecken, wo kein Licht scheint.«

»Felicia Johanna Kaiser! So eine hübsche junge Frau und dann so eine Art zu reden. Deine Ausdrucksweise ist nicht akzeptabel! Außerdem weißt du genau, dass wir beschäftigt sind.«

»Das seid ihr, seit ich denken kann. Ach, womit eigentlich? Mit Sektempfang auf irgendeiner Jacht?« Ich höre sie tief durchatmen, dann redet sie wohlwollender weiter.

»Ich überhöre das besser, liebe Felicia, denn ich wollte dir noch etwas anderes sagen, liebe Felicia. Obwohl dein Vater und ich beim besten Willen nicht nachvollziehen können, warum du deine Stellung bei Dr. Schröder gekündigt hast, haben wir unsere Beziehung genutzt und dir eine neue Beschäftigung vermittelt. Allerdings in Wiesbaden, du müsstest mit der Bahn fahren oder dir einen zuverlässigen Wagen besorgen. Wir ...«

»Ich habe ein Auto«, unterbreche ich sie unwirsch.

»Du meinst, du hast ein schrottreifes Gefährt, das den Namen Automobil nicht verdient. Zurück zum Wesentlichen, Felicia. Ab September steht es dir offen, bei Jerome anzufangen. Seine Sekretärin erwartet ein Kind.«

Spontan springt mir die Frage in den Kopf, von wem, lasse es aber sein.

»Bei dem alten versoffenen Golfkumpan von Papa, der jedem Rock hinterhersteigt? Da muss sich schon die Wüste Gobi in eine flächendeckende Oase verwandeln. Nie im Leben! Im Übrigen weißt du genau, dass ich keine Lust mehr auf Aktenberge habe. Oma hat immer von einem Blumenladen geträumt, und ich ...«

»Jetzt komm mir nicht mit meiner Mutter!«

»Du liebe Zeit ... Also, wie gesagt, vergiss das mit Jerome. Außerdem befinde ich mich gerade weit weg von Frankfurt und meinem bisherigen Leben, falls du es noch nicht mitbekommen hast. Vielleicht solltest du mal deine Mailbox abhören oder deine Mails lesen. Nein! Ich pfeife auf eure Beziehungen und eure High Society.«

»Jedes andere Kind wäre glücklich, in die Elite hineingeboren zu werden. Doch du bist nur undankbar. Kein Wunder, dass Ethan davon abgesehen hat, dich zur Frau zu nehmen.«

Ich schnappe nach Luft. Das hat gesessen.

In diesem Moment regnet es wieder sintflutartig, gerade so, als hätten die Wolken nur kurz Luft geholt. Die Sicht nach draußen tendiert nahezu gegen null. Das kann aber auch daran liegen, dass mir spontan die Tränen in die Augen schießen. Muss sie unbedingt Ethan ins Spiel bringen?

Okay, Starkregen und Einöde sind das eine, meine Mutter und die Erwähnung von Ethan das andere. Alles zusammen ist Armageddon. Zumindest für mich. Ich kralle mich ans Lenkrad.

»Was hat das bitte mit meiner Ausdrucksweise oder mit Undankbarkeit zu tun?!«, brülle ich das Handy an. »Der Mistkerl hat mich betrogen! Mit meiner angeblich besten Freundin! Hast du das etwa auch vergessen?!«

»Siehst du, das ist das, was ich meine. Deine Art passt weiß Gott wenig zu ...«

Ich rupfe das Handy aus der Halterung, schalte es aus und pfeffere es in den Fußraum.

»Jetzt erst recht!«

Bis vor wenigen Minuten habe ich mit der Entscheidung gehadert, einen Neuanfang zu wagen. Aktuell jedoch erscheint mir selbst der Dauerregen wie eine willkommene Erfrischung im Vergleich zu dem verkorksten Leben in Frankfurt.

»Ha!«, stoße ich trotzig aus. Fast zeitgleich versagt der linke Scheibenwischer, und im Rückspiegel flackert es hell auf. Und kommt näher. Verdammt, was ...?

Vier Scheinwerfer holen mich von hinten ein. Vier? Ich schnappe nach Luft. Dann sind sie heran. Einer der beiden Wagen rauscht auf der schmalen Straße mit Mach 3 links an mir vorbei. Ich reiße automatisch das Lenkrad herum. Olaf sackt leicht nach rechts ab, rollt aber weiter. Schlamm! Oder? Graben! Oh Gott, bitte kein Graben! Ich steuere wie wild dagegen, der Wagen schlittert. Olaf ächzt und stöhnt, und irgendwann ist der Wagen mit allen vier Reifen wieder auf der Fahrbahn.

Das war knapp!

Ganz ruhig, Fee, hochblicken, nach vorne gucken.

Dann geschehen drei Dinge zur gleichen Zeit: Hinter mir hupt es ungeduldig, jemand gibt mir Lichthupe – und vor mir taucht eine Kuh auf.

Mit einem Aufschrei ramme ich den Fuß auf das Bremspedal. Gerade noch rechtzeitig kommt Olaf zum Stehen, schüttelt sich einmal kurz und lässt seinen Motor mit einem gequälten Gurgeln absaufen. Mein Kopf sinkt auf das Lenkrad. Viel Zeit zum hysterischen Kichern bleibt mir allerdings nicht, denn urplötzlich wird meine Tür aufgerissen.

»Kann ich Ihnen helfen? Sind Sie verletzt?«

Na, der hat Nerven! Fährt fast auf mich drauf und schleimt sich auch noch ein. Ich hebe den Kopf ein Stück und blicke zur Seite. Vor dem Auto steht ein Mann, dunkelhaarig. Er sieht aus wie eine Mischung aus Dean Winchester aus der Serie Supernatural, Bradley Cooper und ... Ethan!

Wie auf Kommando beginnt meine Nase zu kribbeln. Das tut sie immer, wenn ich mich in unangenehmen Situationen befinde. Verdammt! Ich widerstehe dem Drang, an der Nasenspitze zu reiben, und hoffe, das Kitzeln verschwindet von alleine. Das kommt gelegentlich vor. So wie jetzt. Puh!

Seine Mundwinkel verziehen sich zu einem Lächeln. Herrgott, muss der mich so ansehen?! Sein Blick wandert amüsiert an mir runter und wieder hoch, und dabei schleicht sich ein süffisanter Ausdruck in sein Gesicht, den ich viel zu gut von Ethan kenne. So einer hat mir gerade noch gefehlt! Und das mit nur einem einzigen Kaffee im Blut und dem Geschmack eines sauren Apfels auf der Zunge. Da soll man noch nett und freundlich sein. Außerdem hat der Typ mich eben fast über den Haufen gefahren!

»Glotzen Sie nicht so!«, herrsche ich ihn an und richte mich im Sitz auf. »Noch nie eine Frau hinterm Steuer gesehen? Und haben Sie sich etwa eben ein Wettrennen geliefert? Sind Sie noch bei Trost? Ich wäre fast im Graben gelandet.«

Er hebt die Hände. »So war das nicht, ich ...«

»Ach, halten Sie den Rand und schieben Sie sich mitsamt Ihrem Anzug zurück in Ihre Nobelkarosse, bevor der Regen das edle Stöffchen noch ruiniert.« Ich will die Tür zuziehen, doch er hält sie fest.

»Wissen Sie was, Sie unhöfliche Person? Ich wollte mich nur erkundigen, ob mit Ihnen alles in Ordnung ist, aber das hat sich wohl erledigt. Viel Spaß noch mit der Herde!«

Energisch knallt er die Tür zu.

»Hilf dir selbst, sonst bist du verlassen!«, brülle ich nach hinten. Er steigt in seinen schwarzen Wagen, wendet und rauscht davon. Warum fährt er nicht an mir vorbei?

Moment – hatte er Herde gesagt?

Die Kuh hat Gesellschaft bekommen. Ich zähle durch … acht Stück. Sechzehn bedrohliche Hörner zwischen mir und dem Zielort. Jetzt wird mir auch klar, warum Mister Anzug die andere Richtung bevorzugt hat.

Na toll! Zu meinem Termin im McLeods komme ich garantiert zu spät. In Gedanken spiele ich mehrere Optionen durch.

1. Ich könnte ebenfalls wenden. Das hieße jedoch, von Himmelreich wegzufahren, anstatt darauf zu.

Ich angle das Handy aus dem Fußbereich. Wo ein Netz ist, ist auch eine Navigations-App. Gute Idee! Hastig schalte ich es ein. Zwei Pieptöne teilen mir den Akkustand mit. Ein Prozent. Entnervt sinke ich nach hinten und ärgere mich, dass es in dieser Karre keinen Stecker zum Aufladen gibt. Okay. Weiter überlegen.

2. Ich warte, bis die Kühe von alleine verschwinden. Ich meine, so eine Kuh ist verdammt groß, die Hörner können erheblichen Schaden anrichten, und bislang hatte sich mir noch keine Gelegenheit geboten, den Umgang mit Kühen ausreichend zu studieren. Aber ich habe keine Zeit zum Warten.

3. Ich treibe sie im sicheren Metallmantel von Olaf bis ins Dorf.

Option drei klingt gut. Energisch presse ich die Handfläche auf die Hupe. »Ab mit euch! Kusch!«

Himmel, was tu ich da eigentlich? Ich sitze im Auto und brülle Kühe an. Die fühlen sich auf der Landstraße offensichtlich wohler als auf der vermatschten Koppel, was ich ihnen nicht verdenken kann. Na, dann wollen wir doch mal sehen, was sie tun, wenn ich langsam losfahre. Im Schutz meines Wagens bin ich echt stark.

Ich drehe den Schlüssel und Olaf antwortet mit einem *Enenen*. Ach bitte, nein.

»Olaf! Lass mich nicht im Stich, ja?«

Nach dem dritten Versuch springt er gnädigerweise an, und mir fällt ein Gebirge vom Herzen. Vorsichtig drücke ich den Fuß auf das Gaspedal. Eine Kuh hüpft ein Stück nach vorne und blickt mich über die Schulter anklagend an. Schöne Augen hat sie, aber das bringt mich jetzt auch nicht weiter. Ich hupe erneut, rolle im Schleichtempo vorwärts und komme mir wie ein Viehtreiber vor. Die blöden Rindviecher zotteln jedoch ungerührt und gemütlich vor mir her. Mit einem Kuharsch vor der Scheibe wird mir erst richtig bewusst, wie groß diese Tiere eigentlich sind.

Trotzdem – so geht das nicht! In dem Tempo erreiche ich wahrscheinlich erst gegen Mitternacht das McLeods.

Aufgebracht halte ich an und stoße die Tür auf. Das bisschen Regen. Pah!

Gerade noch rechtzeitig sehe ich den tortenplattengroßen Kuhfladen. Soweit es mein Rock erlaubt, mache ich einen langen Schritt, halte mich an der Tür fest, ziehe das zweite Bein nach – und knicke um.

Verdammt! Hätte das Mistvieh nicht in das Schlagloch daneben kacken können?!

Meine schönen High Heels! Mein Geburtstagsgeschenk an mich selbst. Ein Vermögen habe ich für dieses mehrfarbige Einzelpaar mit quietschgrünem Absatz hingeblättert. Der hängt jetzt am Rand eines Schlaglochs am Arsch der Zivilisation und hat somit mit mir als Person mehr gemeinsam, als ich mir eingestehen mag.

Kurzerhand schlüpfe ich aus den Schuhen, werfe sie ins Auto und stehe nun barfuß auf der nassen, stellenweise mit Erdreich überzogenen Straße. Im Regen. Hinter einem Pulk von Respekt einflößenden Kühen. Es hätte schlimmer kommen können, oder? Es hätte Winter sein können. Es hätten Stiere sein können. Wenigstens ist der Regen warm. Um die Schuhe kümmere ich mich später, jetzt müssen die Kühe verschwinden.

Ich nehme all meinen Mut zusammen und gehe mit gespreizten Armen auf die Kühe zu.

»Weg«, piepse ich.

Eine Kuh dreht den Kopf, sieht mich mitleidig an, hebt den Schwanz und kackt Olaf vor den Bug. Nur wenige Zentimeter und ... Nicht drüber nachdenken. Ich räuspere mich und fasse mir ein Herz.

»Husch! Weg! Kusch!«, brülle ich gegen meine Angst an, hüpfe wie ein junges Fohlen und kreise windmühlenartig mit den Armen. Mein Gehopse zeigt tatsächlich Wirkung. Die Viecher bewegen sich, langsam, aber sie bewegen sich. Ich bin ehrlich verblüfft, aber auch ein bisschen stolz.

Mindestens hundertzwanzig gehüpfte Husch später stehen die Kühe auf dem Feld neben der Straße und muhen mich vorwurfsvoll an. Ich bin stolz auf mich! Fee, die Kuhbändigerin!

»Sorry, Mädels, wenn ich weg bin, könnt ihr gerne wieder den Asphalt belagern«, sage ich salopp im Abdrehen, eile zu Olaf zurück und springe hinters Lenkrad.

Alles tropft. Meine Haare hängen mir klatschnass im Gesicht, das Waschen am Morgen hätte ich mir getrost sparen können. Mit den Fingerspitzen hebe ich den durchnässten Stoff der Bluse von der Haut weg und verursache mit dieser kleinen Bewegung ein schmatzendes Geräusch. Ein prüfender Blick in den Spiegel: Katastrophe! So kann ich unmöglich bei meinem neuen Arbeitgeber erscheinen! Ich sehe aus, als wäre ich in voller Montur durch den Bodensee gekrault.

»Oh nein! Nicht gut, gar nicht gut!«, wimmere ich und schrubbe mit einem Blusenzipfel an den schwarzen Wimpertuscheklecksen unter meinen Augen herum – mit mäßigem Erfolg.

Schicksalsergeben seufze ich auf, verlasse den Wagen und öffne den Kofferraum. Ich zerre ein Handtuch und mein buntes Desigual-Kleid heraus, greife in die Tasche mit den Schuhen und werfe mein einziges unifarbenes Paar – schwarz, passt nicht, egal – nach vorne Richtung Beifahrersitz. Das wiederhole ich mit Handtuch und Kleid. Schnell klappe ich den Kofferraum zu und schlüpfe hinters Lenkrad.

Wer jemals Sex in einem Auto hatte, kann sich vielleicht vorstellen, wie schwierig es ist, sich in dem begrenzten Platz zu entkleiden. Also schäle ich mich mit Verrenkungen, die in jeden chinesischen Staatszirkus gepasst hätten, aus Bluse und Rock und hoffe, neben den interessiert glotzenden Rindviechern keine weiteren Beobachter zu haben. Hastig rubble ich mir die Haare trocken und verbringe kostbare Minuten damit, mir das Kleid überzustreifen. Schließlich habe ich es geschafft. Puh! Jetzt die Haare. Mist! Bürste vergessen. Ich greife ins Handschuhfach und ziehe die Haarspange heraus, die ich irgendwann einmal dort hineingeworfen und nicht mehr daran gedacht habe – bis jetzt –, und klemme die blonden Locken, die sich sowieso nur schwer bändigen lassen, zu einer Art origineller Hochsteckfrisur am Hinterkopf fest. Dann starte ich den Wagen.

»So, Olaf.« Ich nicke entschlossen und umgreife das Lenkrad. »Kann losgehen.«

Wie auf Kommando hört der Regen auf. Ich spucke ein sarkastisches *Danke auch, wäre das etwas früher auch gegangen, du Drecksregen?* aus und gebe Gas. In Gedanken höre ich meine Mutter mit gespitzten Lippen sagen: Kind! Deine Ausdrucksweise …

2.

Über eine halbe Stunde zu spät passiere ich das Ortsschild und Olaf holpert über Kopfsteinpflaster. Mit offenem Mund blicke ich mich um.

In diesem Kaff scheint die Zeit stehen geblieben zu sein. Die Straße ist gesäumt von Fachwerkhäusern und schmucklosen Steingebäuden. Hier und da ranken Efeu oder Kletterrosen an den Mauern. Eine Kirche, ein Rathaus, davor ein Brunnen. Hübsch, aber nichts, weswegen ich vor Entzücken außer mich geraten würde. Reizend, sehr sauber und sehr ... ausgestorben. Bis auf einen dicken, weißhaarigen Mann mit Bart, der mit greller Joggingkluft die Straße entlangtrippelt, vor einem Laden stehen bleibt und winkt. Ein joggender Weihnachtsmann.

Hey, es ist Freitag, fast schon Abend. Schließt man hier etwa bei Dämmerung die Läden und hängt Knoblauch ans Fenster?

Zum wiederholten Mal hadere ich mit der Entscheidung, in die Provinz zu ziehen, und fahre resigniert weiter. Die Straße ist kurz, und ungefähr auf der Hälfte entdecke ich das Schild: McLeods.

Ich könnte Gas geben und mich im nächsten Ort einmieten. Und dann? Zurück nach Frankfurt? In welche Wohnung? Ich habe keine mehr, und lieber breche ich alle Absätze meiner High Heels ab, als mich häuslich in der Villa meiner Eltern einzurichten. Diese Blöße gebe ich mir nicht. Niemals. Eine Felicia Kaiser stellt sich ihren Problemen und bleibt sich treu. So!

»Wir schaffen das, Olaf!«

Schwungvoll parke ich den Wagen zwischen zwei ausladenden Blumenkästen ein. In ihnen blüht es üppig in Rot, Violett, Blau, Gelb und Rosa. Bunt. Mag ich.

Es beginnt erneut zu regnen. Bindfäden. Ich ignoriere es einfach, steige aus und wuchte mein Gepäck aus dem Kofferraum. Die Handtasche über der Schulter und je ein Gepäckstück links und rechts, umschiffe ich einen Blumenkübel. Um die Tür zu öffnen, muss ich den Koffer abstellen. Ich ziehe die Tür auf, hebe mein Gepäck wieder an und schiebe mich in das Lokal. Geschafft.

»Ah, Frau Kaiser. Du bist zu spät«, begrüßt mich eine junge Kellnerin hinter der Theke und taxiert mich kritisch. Mit gelangweilter Miene poliert sie ein Glas, und ihr Kiefer bewegt sich wiederkäuend um ein Kaugummi herum. Dabei hängt ihr eine schwarze, fettige Strähne quer über dem Gesicht. Mein Blick bohrt sich in den silbernen

Nasenschmuck der Frau. Ein Ring, der auf meinen Daumen passen könnte.

»Richtig. Verzeihen Sie, ich wurde aufgehalten ... Eine Kuhherde wollte auf der Straße campen.«

»Da issn Zaun kaputt.«

So ein Nasenring kann praktisch sein; man könnte Zahnseide dort hineinhängen, so ginge sie nicht verloren. Oder einen gerollten Geldschein für Notfälle.

»Willste deinen Koffer nich mal abstellen?«

»Wie bitte?« Mühevoll reiße ich meine Aufmerksamkeit von dem Nasenring los. »Ah ja, danke.«

Die Fahrt habe ich überstanden, auch das hier werde ich überleben.

»Jennifer.«

Das muss dann wohl ihr Name sein. Ich versuche, nicht genervt auszusehen, und stelle fest, dass ich sie nicht ausstehen kann. Ich strahle sie trotzdem an.

»Hallo, Jennifer. Ist Herr von Hilsenhain da?« Normalerweise lächelt ein Mensch zurück, nicht so Jennifer.

»Nä.«

»Oh ...«

»Sie sind zu spät. Alex ist einkaufen.«

»Und nun?« Ich blicke mich um. So genau weiß ich nicht, was ich erwartet habe. Vielleicht eine Art Stammkneipe mit Geweihen an den Wänden? Karierte Vorhänge und cordbezogene Eichenstühle? Kunstblumen in kleinen Vasen?

Wider Erwarten wirkt der Gastraum gemütlich und modern. Es dominieren helle Sandtöne, kombiniert mit

Beige und Creme. Die Tische und Stühle bilden mit ihrem dunklen Holz einen schönen Kontrast zu den hellen Naturfarben. Beinahe mannshohe Grünpflanzen, dezent beleuchtet, nehmen den Raumecken ihre Schärfe. Doch etwas fehlt ... Kurz überlege ich. Musik. Es fehlt unaufdringliche Hintergrundmusik. Schade, das könnte dem Ambiente den letzten Schliff verpassen. Das moderne Flair versöhnt mich trotzdem mit meiner Situation. So hat der Tag doch noch sein Gutes.

Jennifer stellte das Glas ins Regal, kratzt sich am Hinterkopf und wischt die Hände an der weißen Kellnerschürze ab. Darunter trägt sie Jeans und Shirt.

»Alex hat gesagt, ich soll dich in dein Zimmer bringen.«

»Und wann kommt Al... Herr von Hilsenhain wieder zurück?«

»Wenn er fertig ist.« Sie seufzt auf, als trüge sie alle Last dieser Welt auf ihren Schultern, und verlässt widerstrebend ihren Platz hinter der Theke. »Komm.«

In dem Augenblick geht die Tür auf, und eine junge Frau, etwa in meinem Alter, stürmt herein, bleibt stehen und wuschelt mit den Fingern durch die bronzefarbenen Locken.

»Ach Gott, ich bin echt spät. Das ist aber auch ein Mistwetter, ein mistiges! Und gerade heute finde ich meinen Schirm nicht. Das ist mal wieder typisch, was?« Dann erblickt sie mich, und ein breites Lächeln überzieht ihr hübsches Gesicht. Sie streckt mir die Hand hin.

»Hallo, ich bin Ronja Engel, du musst die Neue sein, ich habe dich nämlich hier noch nie gesehen. Im Dorf kennt man sich, musst du wissen.« Sie zwinkert mir zu. Ich mag Ronja sofort, mitsamt ihren lustigen Sommersprossen. Im Gegensatz zu ihrer sauertöpfischen Kollegin strahlt sie eine natürliche Lebensfreude aus.

Erleichtert greife ich ihre Hand.

»Hallo, Ronja, ich bin Felicia, Felicia Kaiser. Aber nenne mich bitte Fee, das bin ich gewohnt.«

»Gerne. Fee. Wie süß. Na, das passt ja spitzenmäßig. Jetzt hat Himmelreich einen Engel und eine Fee.« Sie lacht, streicht sich eine Haarsträhne aus der Stirn und klatscht anschließend in die Hände. »So, die Arbeit ruft. Jennifer, ist Alex schon mit den Shrimps zurück?«

»Nä.«

»Danke für die ausschweifende Information. Dann bereite ich erst einmal den Salat vor.« Ronja wirft mir über die Schulter einen vielsagenden Blick zu und verschwindet in der Küche. Jetzt ist sie mir noch sympathischer.

Kurz darauf steige ich hinter Jennifer eine Holztreppe hoch, und die alten Stufen knarzen unter unserem Gewicht. Oben angekommen, wendet Jennifer sich nach links und zeigt auf eine Tür.

»Das ist dein Zimmer. Hat mal Schoscho gehört.«

»Schoscho?«

»Tochter von Alex.«

»Lebt sie noch hier?«

»Ja.«

»Aha.« Meine Güte, dieser Schlaftablette muss man auch alles aus der Nase ziehen. »Wo ist denn das Badezimmer?«

»Direkt gegenüber.«

»Danke. Ich brauche eine halbe Stunde zum Auspacken und Frischmachen. Ich hoffe, Herr von Hilsenhain ist bis dahin zurück.«

»Schätze schon.« Mit zuckenden Schultern schleicht sie an mir vorbei Richtung Treppe. Verblüfft starre ich ihr hinterher. Wenn das die Kellnerin ist, bin ich wohl ihr Ersatz. Ich kann mir beim besten Willen nicht vorstellen, dass der Andrang so groß würde, um zwei Bedienungen zu beschäftigen – und warum man eine wie sie ersetzen will, liegt ja wohl klar auf der Hand.

Ein schmales Bett, ein Schrank mit ovalem Spiegel, ein winziger Schreibtisch. Davor ein Stuhl. An der Wand hängt ein kleiner Flachbildfernseher. Sehr minimalistisch, dieses Zimmer, immerhin ist es mit fröhlichen Farben gestaltet. Der Bettbezug zumindest hat Ähnlichkeit mit meinem Kleid: gelbe und rote Blumen auf blauem Untergrund. Passt nicht wirklich zu den vanillefarbenen Wänden und den zarten, weißen Spitzenvorhängen vor dem Sprossenfenster – aber gut, ich mag ja Kontraste.

Erst einmal lüften, beschließe ich und wuchte den Koffer auf das Bett unter dem Fenster. Dann öffne ich die Fensterflügel, so weit es eben geht. Landluft strömt herein. Eine warme Brise, angefüllt mit dem Aroma aus Kuhdung und feuchtem Ackerboden. Irgendwie habe ich das Gefühl, dass ich mit High Heels hier nicht weit kommen werde.

Niedergeschlagen plumpse ich neben dem Koffer aufs Bett und starre in den Himmel. Hier ist es furchtbar! Auch in Frankfurt ist es furchtbar. Ach, das Leben an sich ist furchtbar, und überhaupt … Mir ist danach, es dem Wetter gleichzutun und loszuheulen. Was ist nur in mich gefahren zu glauben, mit einem beschissenen Job auf dem Land würde es mir besser gehen als mit einer Arbeit in einer Großstadt, die mich anödet und wo sich alle Freunde von mir abgewandt haben? Mein Freundeskreis hat am Ende nur aus Ethans Dunstkreis bestanden. Keine wirklichen Freunde, eher oberflächliche Snobs. Und eine davon hatte Ethan gevögelt. In unserem Bett. Genau an dem Tag, an dem ich mir die heißen High Heels mit den grünen Absätzen geschenkt hatte. Vermutlich ist der Absatz deswegen abgebrochen. Es soll mich nichts mehr an diese Zeit erinnern.

Verbittert umschlinge ich meine Knie. Lieber keine Freunde als dieses verlogene Pack.

Aber ist das hier etwa besser? Scheiße gegen Kacke getauscht? Die stinkt überall gleich. Und Typen wie Ethan gibt es an jeder Straßenecke, selbst im hintersten Winkel der Zivilisation.

Schluchzend falle ich auf die Seite und vergrabe mein Gesicht im Kissen.

Frisch geduscht, mit gerichteter Frisur und neuem Make-up, betrete ich eine halbe Stunde später den Gastraum. Gestylt fühle ich mich wesentlich sicherer und gesellschaftsfähiger. Gleich lerne ich den Besitzer des Pubs kennen, danach sehe ich weiter. Vorsorglich habe ich auf das Auspacken verzichtet. Wer weiß schon, ob ich bleibe?

Aus der Küche des McLeods dringen das Geklapper von Geschirr und der Duft von gebratenen Shrimps. Ronja trällert fröhlich einen Song mit. Mit Musik wirkt der Raum noch gemütlicher. Mein Blick schweift umher, und ich entdecke Jennifer, die in unglaublicher Langsamkeit Tische abwischt. Am Fenster sitzt ein einsamer Gast vor einem leeren Glas.

Unschlüssig stehe ich herum und zögere. Herrje, wo ist mein Enthusiasmus geblieben, das brennende Verlangen, alles hinter mir zu lassen und neu anzufangen? Aktuell sehne ich mich zurück in meinen Kuschelsessel, in dem jetzt jemand anderes kuschelt, und – ich kann es kaum fassen – sogar zu den Aktenbergen der Kanzlei Schröder & Schröder.

Weichei! Fee, du bist ein Weichei!

Meine Nase juckt, und ich reibe sie kurz. Meistens hilft es.

»Alex ist draußen.« Jennifer unterbricht ihre schweißtreibende Tätigkeit und deutet mit dem Tuch zu einer offen stehenden Tür.

Wie lange sieht sie mich schon an? Gott, ist das peinlich.

»Hier gibt es einen Biergarten?«, versuche ich freundlich zu sein.

»Sieht ganz danach aus.« Sie stemmt eine Hand in die Hüfte, sieht mich gelangweilt an und kaut auf dem Kaugummi herum.

Blöde Kuh!

Tief atme ich ein, umfasse meine Handtasche, trete hinaus und – muss tatsächlich blinzeln. Sonnenschein? Erstaunt bleibe ich stehen und hebe eine Hand über die Augen. Der Regen hat aufgehört, und die tief stehende Sonne schiebt ihre Strahlen durch die letzten verbliebenen Wolkenfetzen.

Im nächsten Moment kann ich kaum fassen, was ich sehe. Mit offenem Mund betrachte ich einen absolut romantischen Biergarten. Am Ende des Außenbereichs, der von einer alten Steinmauer eingefasst ist, steht eine riesige Birke. Im Mauerwerk sind in regelmäßigen Abständen Lichter montiert. Knallorangefarbene Marktschirme spannen sich über eine Vielzahl runder Mosaiktische unterschiedlicher Größe, und zwischen den Tischen hat man Bambus, Oleander, rot blühendes indisches Blumenrohr und Rosmarinbüsche in großen Kübeln platziert.

Wie bezaubernd!

Etwa in der Mitte sitzt ein älterer, attraktiver Mann. Als er mich sieht, steht er auf und kommt mit ausgestreckter Hand auf mich zu.

»Frau Kaiser.« Er strahlt mich an. Woher kennt er mich? Ach ja, das Bewerbungsfoto. »Herzlich willkommen! Darf ich bitten? Ich dachte, wir unterhalten uns hier draußen, das ist netter.«

Alex von Hilsenhain rückt mir einen Stuhl zurecht.

»Jennifer teilte mir mit, Sie hatten auf der Landstraße eine tierische Begegnung und sind hier in einem Zustand aufgeschlagen, als wären Sie einmal durch Gülle gewatet. Sie Arme. Das war aber auch ein extrem starker Regen. Machen Sie sich keine Vorwürfe, weil Sie nicht pünktlich zum Termin erscheinen konnten. Wir Himmelreicher sehen das nicht so eng. Also, die meisten nicht. Für Karl König würde ich allerdings nicht die Hand ins Feuer legen. Nun, wie ich sehe, haben Sie sich bereits frisch gemacht. Gut. Gefällt Ihnen das Zimmer? Es hat meiner Tochter gehört, sie ist ungefähr in Ihrem Alter. Oh, ich bin unhöflich, Sie möchten bestimmt etwas trinken. Auch eine Kleinigkeit essen? Ronja macht vorzüglichen Shrimpssalat.« Über die Schulter ruft er nach Jennifer. Dann wendet er sich wieder mir zu.

»Karl König?«, frage ich und bin überraschenderweise gut gelaunt. Die lustigen blauen Augen des Pubbesitzers und seine sprudelnde Art wirken ansteckend.

»Der Bürgermeister«, raunt er mit einem Augenzwinkern. »Ein … angenehmer Mensch, immer bemüht, den Ort zu etwas Be…«

»Du hast gerufen?« Plötzlich steht Jennifer am Tisch. Wo kommt die denn so plötzlich her? Hat sie sich angeschlichen, das flinke Luder?

»Jenn, bring mir bitte einen Kaffee. Und für die Dame …« Er blickt mich fragend an.

»Kaffee ist perfekt«, sage ich glücklich lächelnd.

»Also nur Kaffee …« Jennifers Kiefer bewegt sich um jeden einzelnen Buchstaben herum. Tut sie das bei allen Gästen? Dann wundert es mich nicht, dass es hier so leer ist.

»Ja, Kaffee.« Herr von Hilsenhains Stimme klingt ungeduldig, und ich bemerke, wie er seine Kellnerin scharf ansieht. »Oder auch erhitztes Bohnendestillat.«

Jennifer seufzt und kaut. »Milch, Zucker?«

»Für mich nur Zucker, bitte«, sage ich etwas gedrückt, und Jennifer schlurft wortlos davon. Zwischen Alex und ihr stimmt die Chemie nicht, das würde sogar ein Nacktmull in fünf Meter Bodentiefe wittern.

»Entschuldigen Sie«, beginnt Herr von Hilsenhain verlegen lächelnd. »Jennifer ist ... Sie sind ...« Er sucht nach Worten. Ich helfe ihm, denn ich ahne, was er sagen will.

»Ich bin ihr Ersatz, korrekt?«

»Korrekt.«

Überraschend schnell ist Jennifer zurück und knallt uns die Kaffeetassen auf den Tisch – ohne Zucker, dafür mit doppelt Milch – und verschwindet wieder nach drinnen.

»Ähm, macht sie das immer so?«, will ich wissen.

»Leider ja. Ich denke, es ist deutlich, warum wir jemanden suchen.«

Ich nicke. »Da gibt es nur ein Problem.«

»Und das wäre?« Er nippt an seinem Kaffee und blickt mich erstaunt an.

»Ich habe bisher nur einmal gekellnert. Kurz nach dem Abitur. Das ist also schon eine Weile her.« Unsicher blicke ich ihn an. Meine Nase kribbelt.

»Soweit ich weiß, stand das in Ihren Bewerbungsunterlagen, und es stellt kein Problem dar, sonst hätte ich Sie nicht eingeladen. Sicher lernen Sie das schnell.

Sie erscheinen mir weltoffen, herzlich und zuvorkommend. Das ist die halbe Miete. Kopfrechnen können Sie auch, und des Schreibens sind Sie ebenfalls mächtig. Im Übrigen ...«

Im Gastraum ist plötzlich Leben, eine Tür schlägt zu, ich höre ein Männerlachen, in das sich die Stimme der Köchin mischt.

»David! Schön, dich mal wieder hier zu sehen!« Sie freut sich so laut, dass man jetzt wahrscheinlich auch am anderen Ende des Dorfes weiß, dass David im McLeods eingetroffen ist.

»Im Übrigen«, fährt mein Gegenüber lächelnd fort, »sagen wir hier Du. Das heißt, wenn das okay ist.« Er streckt mir erneut die Hand hin. »Ich bin Alex.«

Sein Handschlag ist kräftiger, als ich dem hageren Mann zugetraut hätte.

»Felicia, aber nennen Sie mich bitte Fee, das tut jeder.«

»Du.«

»Bitte?«

»Du hast Sie gesagt.«

»Verzeihung.«

»Keine Ursache.« Er zwinkert mir zu. »Darauf stoßen wir an. Sekt? Rotwein? Prosecco? Lieber etwas anderes?«

»Oh, ich ... äh ...« Mist! Meine Nase kribbelt schon wieder. Kurz reibe ich mit dem Zeigefinger darüber und verschränke anschließend verlegen die Hände ineinander. Es ist nicht üblich, mit Vorgesetzten Alkohol zu trinken und sie zu duzen, zumindest nicht meinen Kreisen. Also, in meinen ehemaligen Kreisen, also ... Ach, scheiß drauf!

»Rotwein, bitte. Trocken, wenn es keine Umstände macht.«

»Keineswegs. Und jetzt entschuldige mich einen Augenblick, Fee – sehr schöner Name übrigens –, ich begrüße nur schnell einen alten Bekannten und komme in wenigen Minuten mit dem Wein zurück.«

Froh, einen Moment allein zu sein, atmete ich tief durch. Dieser Alex von Hilsenhain hat so gar nichts von dem stets mürrischen und vor allem oberlehrerhaften Exchef, bei dem ich mir immer wie ein Schulkind vorgekommen bin. Bei Alex habe ich spontan das Gefühl, ihm vertrauen zu können. Gedankenverloren nippe ich am Kaffee.

»Bah!« Kein Zucker. Bitter.

»Ist etwas mit dem Kaffee nicht in Ordnung?« Alex tritt an den Tisch. Und er ist nicht alleine.

»Doch, doch«, sage ich und stelle hastig die Tasse ab. »Es fehlt nur Zucker.«

In der nächsten Sekunde versinke ich im Erdboden. Neben ihm steht ein Mann in einem feinen, schwarzen Anzug, und diesen Anzug habe ich heute schon kennenlernen dürfen.

»Darf ich vorstellen?«, beginnt Alex, und ich erhebe mich steif. »David, das ist Felicia Kaiser, genannt Fee. Ab Montag wird sie unsere gute Fee im Pub sein. Sie ersetzt Jenn. Fee? Das ist David. Er beaufsichtigt die Bauarbeiten vor Himmelreich. Korrigiere mich, wenn ich was Falsches sage, David.«

Sein Blick ruht auf mir. Einer seiner Mundwinkel verzieht sich leicht nach oben, was sehr überheblich wirkt.

»Nicht ganz, Alex«, antwortet er, ohne den Blick von mir zu nehmen. »Ich beaufsichtige erst, wenn die Arbeiten beginnen. Deswegen bin ich hier.« Dann streckt er mir die Hand hin.

»Hallo, Fee. Ein schöner Name. Ich bin David. David Gandier. Wir hatten ja bereits das Vergnügen. Wenn ich mich recht erinnere, haben Sie es nicht so mit Kühen«, tönt es dunkel. Seine braunen Augen funkeln belustigt.

Ich ignoriere seine ausgestreckte Hand, er zieht sie wieder ein und versenkt sie in der Hosentasche. Hat er mir eben etwa zugeblinzelt? Also das ist ja ... Ich reiße mich zusammen und schlucke die Anspielung auf die Kuhherde und eine unschöne Erwiderung hinunter. Stattdessen begnüge ich mich damit, ihm einen scharfen Blick zuzuwerfen. Gleichzeitig hoffe ich, dass niemand bemerkt, wie ich erfolglos gegen das Kribbeln in meiner Nase ankämpfe.

»Allerdings«, antworte ich reserviert. Dieses verdammte Jucken.

Alex zieht erstaunt die Brauen hoch. »Ihr kennt euch schon?«

»Na ja, kennen ist etwas zu viel gesagt«, komme ich dem Anzugträger zuvor, der mich nach wie vor ansieht, als würde er sich prächtig amüsieren. Auf meine Kosten! Arsch! »Wir sind uns auf der Landstraße ... kurz begegnet.« Ein Niesen zu unterdrücken ist echt schwer ...

Unerwartet hält mir dieser Typ ein Papiertaschentuch vor das Gesicht.

»Ich dachte, das brauchst du gleich. Besser ins Taschentuch niesen als in den Ärmel.«

Automatisch weiche ich zurück und verfluche meine Nase, die ein Eigenleben führt. »Danke, nicht nötig. Wie Sie unschwer feststellen dürften, hat mein Kleid keine Ärmel.«

»Verzeihung. Ich wollte Ihnen nicht zu nahe treten.«

»Und warum tun Sie es dann?«

»Ihr könnt euch duzen, das machen hier alle«, mischt sich Alex zum Glück ein und nimmt der Situation die Peinlichkeit. Meine Nase juckt wie die Hölle. Trotzdem widerstehe ich dem Drang, sie zu reiben. Den Gefallen tu ich diesem aufgeblasenen Lächler nicht, der mich immer noch äußerst erheitert ansieht.

»Danke, ich verzichte«, sage ich und setze mich. Vordergründig wühle ich in der Handtasche und hoffe, dass der Mann bald Land gewinnt. Doch eines muss ich ihm lassen, nur ein leichtes Zucken eines Augenlides hat verraten, dass ich ihn getroffen habe. Gut so!

Aus dem Augenwinkel registriere ich, wie Herr Gandier Alex zur Seite zieht und etwas sagt, das ich nicht verstehen kann. Auch muss ich zugeben: Aus der Nähe betrachtet hat er mit Ethan so wenig gemein wie ein Strohsack mit einem Pfund Kaffee. Da müssen mir der Regen und die Aufregung einen Streich gespielt haben.

Nein, haben sie nicht! Anzug bleibt Anzug, und Snob bleibt Snob. Egal, welche Haar- oder Augenfarbe.

Weit nach Einsetzen der Dunkelheit und eine Flasche Rotwein später gähne ich herzhaft. Ein Stockwerk höher wartet mein neues Zuhause, oder besser, ein winziges Zimmer, das vorläufig so etwas wie ein Zuhause darstellt.

Wie lange? Keine Ahnung. Wenn ich schon mal hier bin, kann ich schließlich auch einen Versuch wagen, oder?

Zielstrebig gehe ich durch den Gastraum zur Tür, hinter der die Treppe nach oben liegt, und drei Köpfe schnellen herum. Ich erkenne David, also diesen Gandier. Er sitzt mit zwei Herren an einem der Tische. Einer davon ein älterer Mann mit schütterem Haar und grauem Bart, der andere kommt mir bekannt vor. Ist das nicht der Typ mit dem neonfarbenen Joggingoutfit von vorhin? Ich unterdrücke ein erneutes Gähnen, trete durch die Tür und stapfe müde die Stufen hoch.

Jetzt schlafen, nur noch schlafen. Nichts denken, nichts fühlen. Einfach nur schlafen. Tief. Fest. Traumlos.

Oh ja!

Es klopft an die Tür. Schlagartig bin ich hellwach, setze mich auf – und stoße mit dem Kopf an den Rahmen des offen stehenden Fensters.

Aua!

Es klopft erneut. »Fee? Bist du schon wach?«

»Nein ...«, murmele ich und reibe mir die Stirn.

»Und warum höre ich dich dann? Darf ich reinkommen?«

»Was? Nein! Natürlich nicht! Wer ist da überhaupt?!«

Verwirrt streiche ich mir die Haare aus dem Gesicht und sehe mich um. Im Schneckentempo setzt die Erinnerung ein. Himmelreich, Kaff, Kuhfladen. Und Rotwein. Uh, mein Kopf. Ich bin mir nicht sicher, ob der Wein oder die Kollision mit dem Fensterrahmen an meinem Schädelbrummen schuld ist. Kurzerhand entscheide ich mich für das Fenster, dem kann ich besser ausweichen – wenn es geschlossen ist.

Wie spät ist es überhaupt? Ich greife zur Armbanduhr, die ich am Vorabend auf den Nachtisch gelegt habe.

Sechs Uhr?! Das darf doch nicht wahr sein.

»Kann ich jetzt reinkommen oder nicht? Oh, äh, ich bin es, Ronja.«

»Ronja?« Mein Hirn streikt aufgrund ungewöhnlich früher Betriebsamkeit.

»Die Köchin.«

Dynamisch wie ein vollgesogener Schwamm schiebe ich die Beine aus dem Bett und zupfe mein Schlafshirt halbwegs in Form. Ich seufze. Adieu, Schönheitsschlaf.

»Komm rein«, sage ich und frage mich, warum ich nicht abgeschlossen habe. Als Nächstes stellt sich mir die Frage, ob es überhaupt einen Schlüssel gibt.

Mein Blick fliegt zur Tür, die sich in diesem Moment öffnet.

Es gibt einen, er steckt sogar. Ich muss sehr müde gewesen sein. Durch den offenen Spalt schiebt sich ein Fuß in mein Zimmer, dem folgt ein Tablett. Noch bevor ich die Kanne darauf wahrnehme, füllt ein unfassbar köstlicher Duft nach frischem Kaffee den kleinen Raum aus. Sofort funken meine Synapsen akuten Koffeinmangel.

»Ich dachte, du würdest an deinem ersten Tag gern im Bett frühstücken.« Munter und eindeutig wacher als ich stellt sie das Tablett neben mir auf dem Bett ab und setzt sich dazu. »Ich leiste dir Gesellschaft, wenn du nichts dagegen hast.«

»Toast ...«, hauche ich verschlafen und merke erst jetzt, welchen Hunger ich habe. Gestern hatte ich nichts mehr hinunterbekommen, im Moment könnte ich eine Kuh verschlingen.

»Du magst keinen Toast?«, fragt Ronja. »Ich kann dir auch was anderes holen. Vollkornbrot, Roggenbrot …«

Verwundert blicke ich auf. »Toast ist perfekt. Wie kommst du darauf, dass ich ihn nicht mag?«

»Du hast das Gesicht verzogen.«

»Ach so, nein, ich habe nur gerade an etwas gedacht.«

»An was denn?« Sie greift nach der Kanne und schenkt uns Kaffee ein.

»An eine Kuh.«

»Du wachst auf, siehst einen Toast und denkst an eine Kuh. Nun, ich hoffe, sie steht dir nahe und es geht ihr gut. Honig oder Marmelade?«

»Honig, bitte.« Amüsiert betrachte ich diese gut gelaunte, junge Frau und bin eigentlich ganz froh, dass sie mich geweckt hat.

»Wie kommt's, dass du am frühen Morgen im McLeods bist? Alex erzählte gestern, du arbeitest abends hier«, will ich wissen und beiße in den noch warmen Honigtoast. Gott, ist das köstlich!

»Notorischer Frühaufsteher«, antwortet sie verschmitzt. »Und da du hier neu und ziemlich nett bist, habe ich mir überlegt, dich ein bisschen in Himmelreich herumzuführen. Du hast ja noch bis einschließlich Sonntag frei. Was hältst du davon? Milch?« Sie hebt das Milchkännchen hoch.

»Nein, danke. Nur Zucker. Das ist sogar eine hervorragende Idee.«

Ich gebe drei Löffel Zucker in den Kaffee. Schwarz und süß. Ich nippe daran und schließe entzückt die Augen.

»Oh, der schmeckt herrlich.«

»Ja, nicht wahr? Die Kaffeebohnen werden von jungfräulichen Katholikinnen auf einer Hochlandplantage in El Salvador einzeln handgepflückt.«

»Du veräppelst mich.«

»Aber sicher doch«, grinst sie. Dann wandert ihr Blick zu meinem Koffer, den ich in der Nacht kurzerhand auf den Boden verfrachtet habe.

»Du hast noch nicht ausgepackt.«

»Ich wusste nicht, ob ich bleibe«, sage ich leise hinter meiner Tasse. Das war nicht einmal geflunkert. Der Regen, die graue Wolkendecke, die Kühe ...

Mit einem Mal schiebt sich ein Sonnenstrahl durch die feinen Vorhänge und lässt das Zimmer leuchten. Auch Ronjas bronzefarbenen Locken glänzen, wie um zu beweisen, dass sie ihren Nachnamen zu Recht trägt. Und ich stelle fest: Ich fühle mich ausgesprochen wohl in der Gesellschaft von Ronja und in dieser lichtdurchfluteten Besenkammer.

Wohlig seufze ich auf und verschränke die Beine zum Schneidersitz.

»Darf ich mal?« Ronja kniet sich vor den Koffer, klappt ihn auf und blickt interessiert hinein. »Aha, jede Menge bunte Kleider, eine knallrote Hose mit ... ähm ... Blümchen drauf, Bikini. Okay, Bikinis dürfen gerne bunt sein. Du hast es nicht so mit unifarben, hm? Oh, ein Fotoapparat – der ist aber groß – ein Hobby? Strohhut. Hübsch. Du solltest ihn herausnehmen, er ist schon ein bisschen zerdrückt.« Sie nimmt den Strohhut und wirft ihn zu mir herüber.

Ich setze ihn auf und stecke das letzte Stückchen Toast in den Mund.

»Keine Schuhe?« Erstaunt sieht sie mich an.

»Doch«, sage ich etwas undeutlich mit vollem Mund und deute zur Tasche unter dem Schreibtisch.

Ronja zieht die Tasche zu sich heran. »Oh.«

»Was?«

Sie zieht ein Paar meiner High Heels heraus. Rot mit verschiedenfarbigen Punkten. Gut, ich gebe zu, ich trage sie selten, aber sie waren verdammt teuer.

»Erstens: Wie läuft man auf so was? Zweitens: Die sind sehr bunt, sehr, sehr bunt. Und hoch.«

»Ich mag bunt.«

»Wäre ich jetzt nicht drauf gekommen.« Nach eingehender Inspektion des restlichen Tascheninhaltes sieht sie mich nachdenklich an. »Du hast nur einziges Paar Sneakers. Dein Ernst?« Sie streckt ein Bein in die Luft und wackelte mit dem Fuß. »Ich habe nur Sneakers. In allen Formen und Farben. Das hier sind meine Morgensneakers. Gefallen sie dir?«

Mit gemischten Gefühlen betrachte ich die weißen Schuhe mit den grauen Streifen.

»Sie sehen sehr bequem aus.«

»Das will ich meinen.« Lachend kommt sie in die Höhe und plumpst neben mir aufs Bett. »Fee«, sagt sie entschlossen und mit bedeutungsvoller Miene, »du benötigst dringend ein anderes Outfit.«

»Etwa Jeans mit Löchern und übergroße T-Shirts?« Ich verziehe das Gesicht und zupfe an ihrem Shirt mit der Aufschrift »Wild Thing!«.

Schulterzuckend grinst sie mich an.

»Warum nicht? Du bist hier auf dem Land. Willst du ernsthaft auf diesen hohen Absätzen kellnern?«

»Die Sneakers?«, werfe ich vorsichtig ein.

»Sie haben Glitzer und sehen unmöglich aus.«

Mit einem lauten Ächzen lasse ich mich nach hinten fallen und drücke mir das Kissen aufs Gesicht.

»Von mir aus«, nuschele ich.

»Wunderbar«, höre ich sie sagen. »Wir machen das so: Du pimpst dich in Ruhe auf, und dann treffen wir uns – sagen wir, in einer Stunde – unten. Die Läden öffnen Samstag bereits um acht Uhr, dafür schließen sie um zwei. Einverstanden?«

Ich nicke und stöhne auf. Kurz darauf höre ich die Tür und bin wieder alleine.

Im Schneidersitz trinke ich eine zweite Tasse Kaffee und lasse goldgelben Honig auf den Toast fließen. Genüsslich kauend starre ich auf den geöffneten Koffer. Insgeheim muss ich Ronja recht geben: Mein bisheriger Kleidungsstil eignet sich tatsächlich nur bedingt für das Landleben.

»Das Kleid ist hübsch«, begrüßt mich Ronja, die auf einem Barhocker an der Theke sitzt und dabei ist, ihre Haare hochzustecken. »Und nicht ganz so bunt. Schöner Kontrast mit der knallroten Tasche.«

Nach langem Überlegen habe ich mich für das schlichteste Kleid von allen entschieden. Es ist ärmellos, die eine Diagonale hellgrün, die andere gelb. Keine Blumen, keine Ranken. Dazu trage ich grüne Pumps. Allerdings besitze ich keine Handtasche in diesen Farben.

»Das mit der Tasche ist aber jetzt extrem geschmeichelt, oder?«

»Stimmt.« Sie zwinkert mir zu, springt vom Hocker und hängt sich einen cremefarbenen Stoffbeutel an die Schulter. »Können wir? Der erste Halt ist quasi direkt gegenüber.«

Kurz nach acht Uhr trete ich neben Ronja an den bunten Blumenkübeln vorbei auf die Straße und ahne, was gleich auf mich zukommt.

Auf der gegenüberliegenden Straßenseite lese ich den Schriftzug »Monas Modescheune« auf dem Schaufenster, dessen Dekoration durchweg in Vanillefarben, Creme und Beige gehalten ist.

Ich simuliere Gelassenheit und hoffe, Ronja sieht mir nicht an, wie entsetzt ich bin. Die Sonne scheint; das ist mehr, als ich erwartet habe. Vorsichtig balanciere ich auf meinen Absätzen über das Kopfsteinpflaster.

Geschafft! Von einem Bimmeln begleitet, betreten wir in den Laden. Sogleich eilt eine Verkäuferin auf uns zu, nach menschlichem Ermessen muss das Mona sein. Sie trägt Beige, was sonst?

»Willkommen im einzigen Klamottenladen von Himmelreich«, sagt sie freudig und lässt ihren Blick interessiert an mir heruntergleiten. Und wieder hoch. »Darf es etwas Buntes sein?«, fragte sie freundlich.

Ronja und ich antworten gleichzeitig:

»Ja, gerne.«

»Um Gottes willen, nein.«

»Stöbert doch einfach ein bisschen. In Monas Modescheune ist für jeden Geschmack etwas dabei.«

Ach ja? Skeptisch sehe ich mich um. An schlichter, alltagstauglicher und überwiegend cremefarbener Kleidung herrscht hier kein Mangel. Entschlossen drehe ich auf dem Absatz rum, werde jedoch sogleich am Arm zurückgezogen. Ronja hakt mich fest unter und lächelt Mona an.

»Wir gehen dann mal nach hinten.«

»Aber sicher doch, lasst euch ruhig Zeit.«

»Nach hinten?«, will ich wissen, während mich Ronja durch den Verkaufsraum dirigiert.

»Es gibt zwei weitere Räume, einen mit Abendgarderobe und einen für die jüngere Generation.«

»Ich baue an«, ruft Mona. »Nächstes Jahr gibt es auch Kinderkleidung von null bis zehn.«

»Na, wenn ich bei diesem Shoppingangebot mal nicht dezent eskaliere«, nuschele ich.

»Was?«

»Ach nichts.« Seufzend ergebe ich mich Monas dörflicher Kleiderauswahl, auch wenn ich mir sicher bin, in diesem Laden definitiv nichts zu kaufen.

Tatsächlich verlasse ich den Laden eine knappe Stunde später mit zwei prall gefüllten Tüten. Darin zwei luftige Baumwollkleider in Olive und Creme, zwei paar Ballerinas in Schwarz und Creme, diverse Shirts in ähnlichen Farben, eine leichte Jeans und zwei Tops.

»Am besten, du ziehst dich gleich um.« Ronja freut sich, als hätte sie sich einen Berg von Klamotten gekauft und nicht ich.

Entschlossen lehne ich ab. Einkaufen ist das eine, ungewaschene Kleidung tragen das andere. Außerdem fühle ich mich Jeans und Shirt noch nicht gewachsen. Unifarbenen Hängekleidchen, die an Ronjas Stofftasche erinnern, ebenfalls nicht. Kurzerhand deponiere ich die Tüten in Olafs Kofferraum.

»Hast du Lust, unseren Park zu sehen?«, fragt Ronja.

»Warum nicht?«, antworte ich verblüfft. Das Kaff hat einen Park? Mittlerweile sind alle Läden geöffnet.

»Guten Morgen, Heinz«, ruft Ronja fröhlich winkend über die Straße und erhält einen ebenso beschwingten Gruß zurück.

Ich lasse meine Blicke schweifen. »Heinzes Gemüseladen« lese ich auf dem Schild, das über der Tür baumelt. Der ältere Mann schiebt einen Handwagen mit den

Obst- und Gemüselagen heraus, direkt daneben rollt eine junge Buchhändlerin einen Ständer mit Postkarten auf den Gehweg. Ich schnuppere. Es duftet nach frisch gebackenem Brot, nach Lindenblüten und Sommer. Nebeneinander schlendern wir die Straße hinunter – also, Ronja schlendert, ich stöckele.

Ein Postbote fährt – ein Liedchen summend – an uns vorbei.

»Hier ist ja richtig was los«, wundere ich mich und denke laut weiter. »Und nach Kuhdung riecht es auch nicht mehr.«

»Das tut es nur bei Regen«, sagt Ronja, hüpft einmal kurz und läuft mit mir im Gleichschritt. Ich muss grinsen. Das habe ich als Kind oft mit meiner Freundin getan. Hüpf – rein in den Gleichschritt – hüpf – raus aus dem Gleichschritt.

Aber damals hatte ich keine High Heels an den Füßen.

»Ganz ehrlich?«, sage ich. »Dieses Dorf hat Charme.«

»Schön!«, freut sich Ronja. »Aber glaube nicht, dass alles Gold ist, was glänzt. Es gibt schon ein paar skurrile Gestalten hier. Doch ohne sie wäre Himmelreich nicht Himmelreich. Unser Pfarrer Wohlfahrt zum Beispiel. Hast du ihn schon gesehen? Das ist der etwas rundliche Jogger mit dem neongelben Outfit. Er ist total in die Frau aus dem Tante-Emma-Laden verliebt, Gertrud mit den Halspastillen. Wirst du auch noch probieren, keine Chance, dem zu entgehen. Sie hat sie selber erfunden. Und dann gibt es natürlich noch unseren Bürgermeister, der schon so lange Bürgermeister ist, dass sich keiner traut, ihm den

Posten streitig zu machen. Wie man sagt, will das auch niemand wirklich. Ach ja, ein notdürftig zusammengezimmertes Kino haben wir auch, es ist nur selten offen.«

»Der joggende Weihnachtsmann ist der Pfarrer?«

Ronja lacht. »Ja, er dreht fast täglich seine Runden. Figurtechnisch hat es ihm noch nicht viel gebracht. Er liebt Schweinebraten zu sehr.«

Zwei junge Frauen im Teenageralter tänzeln an uns vorbei. An ihren Unterarmen baumeln winzige Handtaschen in der Form von Sonnenbrillen.

»Also ich freue mich auf die Fabrik. Meine Mama hat gesagt, ich kann dort bestimmt ein Praktikum machen«, höre ich die eine aufgeregt sagen.

»Praktikum ... Viel besser ist doch, dass dieses Kaff endlich mal ein paar neue Menschen sieht.« Ihre Freundin verzieht das Gesicht.

»Du meinst Jungs.«

»Logo, guck dir doch an, was hier rumrennt.«

Mit offenem Mund starre ich den beiden hinterher, die so gar nicht in das Dorfbild passen. Außerdem habe ich das Kleid sofort erkannt: gelbe und rote Blumen auf blauem Untergrund. Ich werde es zumindest in Himmelreich nicht mehr tragen, beschließe ich.

»Hübsches Kleid, hm?« Ronja wirft mir einen amüsierten Blick zu, den ich geflissentlich ignoriere.

»Gleich sind wir am Park. Wenn wir ein Fest feiern wollen, machen wir das hier. Die jährliche Tortenversteigerung zum Beispiel. Die haben wir schon hinter uns, du musst also bis nächstes Jahr warten. Aber es gibt auch

Floh- und Jahrmärkte. Oh, da vorne steht Gertrud. Die solltest du unbedingt kennenlernen. Aber frag sie bloß nicht nach ihren Pastillen. Komm!«

Ronja beschleunigt ihren Schritt.

»Warum nicht?« Ich tripple ihr hinterher, so schnell ich kann. Wir passieren eine Kirche und erreichen einen freien Platz zwischen Kirche und Rathaus, wohl das Zentrum des Dorfes. Dahinter liegt der Park. Sofort fällt mir der weiße Pavillon in der Mitte der Grünfläche auf.

Ronja steuert direkt auf eine kleine Gruppe von Menschen zu – und ich halte die Luft an. Das darf doch jetzt nicht wahr sein!

»Nicht so schnell«, zische ich und umschiffe ungelenk einen Blumenkübel, der in den Gehweg hineinragt. Schlagartig beginnt meine Nase zu kribbeln. Ich reibe hastig die Nasenspitze, bevor man uns bemerkt. Zu spät. Ronja stoppt. Beinahe wäre ich auf sie draufgelaufen.

»... und Edeltraud ist mal wieder aus ... Oh, hallo, Frau Kaiser.«

Rasch nehme ich die Hand von der Nase.

»Herr Gandier! Welch ein Zufall«, sage ich betont freundlich und verziehe mein Gesicht zu einer Art Lächeln. Ich hege eher wenig Hoffnung, dass es mir überzeugend gelingt.

Blöderweise schlägt mein Herz ausgerechnet jetzt einen Purzelbaum. Da wird mir wohl mein jahrelang eingetretener Pfad zum Verhängnis. Wahrscheinlich vögelt dieser Gandier – genau wie Ethan – alles, was nicht bei Drei die Beine zusammenkneift.

Absurderweise fällt mir ein Zitat meiner Oma ein, die selbst mit über neunzig Jahren die derben Sprüche nicht sein lassen konnte. Schade, dass sie nicht mehr lebt: Das beste Verhütungsmittel ist ein Apfel. Du musst ihn nur zwischen deine Knie stecken und die Beine fest genug zusammenpressen.

Herrje, es kribbelt wieder um die Nasenflügel herum. Ich kralle mich an meine Handtasche. Nicht kratzen, lächeln, einfach nur lächeln. Denk an einen Apfel.

Nicht. Kratzen! Apfel, Apfel, Apfel.

»Fee? Bist du anwesend?« Ronja legt eine Hand auf meinen Unterarm und sieht mich besorgt an.

»Was? Natürlich, wieso?« Irritiert wende ich den Kopf.

»David hat dich was gefragt«, raunt sie leise.

Oh nein, wie peinlich ... Schlagartig wird mir bewusst: Ich habe ihn zwar die ganze Zeit angestarrt, aber trotzdem nicht bemerkt, dass er mich angesprochen hat. Im nächsten Leben tausche ich die Nase gegen ein zweites Paar Ohren.

»Ähm ... Verzeihen Sie, Herr Gandier, ich war wohl in Gedanken. Was hatten Sie gesagt?« Erst jetzt bemerke ich, dass mich die Frau, die dicht neben ihm steht, mit zusammengekniffenen Lippen mustert. Schnell blicke ich weg.

»Er will wissen, ob du dich schon eingelebt hast, Kindchen«, mischt sich eine ältere Dame ein, ergreift meine Hand und schüttelt sie. »Ich bin Gertrud, die Besitzerin des Ladens da drüben.« Sie wedelt mit der Hand in Richtung Straße. »Und du bist Fee. Was für ein putziger Name. Und du machst unseren bunten Parkbänken Konkurrenz.

Charmant. Herzlich willkommen in Himmelreich. Wie ich gehört habe, hast du bereits die Bekanntschaft mit einer Herde von Kühen gemacht. Keine Sorge, die sind absolut harmlos.«

»Harmlos ... Natürlich.«

Ich werfe dem hochgewachsenen Mann einen galligen Blick zu und merke, dass Gertrud immer noch meine Hand hält. Sie ist mir sympathisch, sie hat *charmant* zu mir gesagt. Was wippt denn da an Gertruds blond toupiertem Hinterkopf? Ein vergessener Lockenwickler. Nur mühsam unterdrücke ich ein Kichern. Soll ich sie darauf aufmerksam machen? Nee, lieber nicht.

»Danke«, stammle ich. »Eingelebt ... Nein, noch nicht wirklich, heute ist ja eigentlich mein erster richtiger Tag und ...«

»... der gestrige war ziemlich verregnet«, bemerkt Herr Gandier.

Ich sehe genau, wie sein linker Mundwinkel amüsiert zuckt. Sehr genau sehe ich das.

Endlich lässt Gertrud meine Hand los. Die will blitzschnell und ohne sich mit mir abzustimmen, zur Nasenspitze hochschnellen, die kribbelnde Stelle besänftigen. Angestrengt umklammere ich den Lederriemen der Handtasche, recke das Kinn vor und funkele diesen Gandier an.

»Eigentlich wollte ich nur sagen, dass der Ort bei Sonnenschein sehr reizvoll ist«, schiebt er hinterher.

»Warum sagen Sie das dann nicht gleich?«

Er öffnet den Mund zu einer Erwiderung, doch seine weibliche Begleitung kommt ihm zuvor.

»Ich bin zwar keine Himmelreicherin, sondern aus Gottstreu, aber ich darf Sie ebenfalls willkommen heißen. Ich bin Mira Anderson.« Die mittelmäßige Kopie von Gwen Stefani wendet sich mir pikiert lächelnd zu und streicht mit der Handfläche kokett über ihre Hochsteckfrisur. Sie erinnert mich an die Zicken aus dem Frankfurter Freundeskreis. Dann hängt sie sich bei David unter, um mir wohl die Nähe zu ihm zu demonstrieren. »Die Lebenspartnerin Herrn Gandiers«, fügt sie auch sogleich hinzu und zieht den hauchzarten, weißen Chiffonschal, der den Ausschnitt ihres roséfarbenen Kostüms bedeckt, über die nackte Schulter.

Hat sie jetzt absichtlich das herzlich vor dem Willkommen vergessen? Noch bevor ich das übliche Dankeschön herausquetschen kann – es will mir partout nicht über die Lippen schlüpfen –, sieht sie genervt auf ihre zierliche Armbanduhr.

»Mein Gott, David, wie lange wollen wir denn noch hier in der Sonne stehen? Meinem Teint tut das nicht gut.«

Spontan unterdrücke ich ein Kichern, das sich in mein Zwerchfell schraubt. Ein Seitenblick auf Ronja verrät mir, dass es ihr ebenso ergeht.

»Liebelein«, meldet sich Gertrud zu Wort, »wenn Sie so besorgt um Ihren Täng sind, dann müssen Sie sich einen Hut aufsetzen, in den Schatten gehen oder einen Sonnenschirm tragen. Im Laden hätte ich beides. Hut und Regenschirm täten es zur Not auch.«

»Sie meinen *Teint*, gute Frau.« Miss Etepetete rümpft die Nase und lässt sich von David die Hand tätscheln.

»Teint, Täng, ist das nicht einerlei? Sie sollten dringend mal meine Hals...«

»Ach, da fällt mir ein, ich muss telefonieren. Sie entschuldigen mich?« Damit wendet sie sich ab, und ich sehe, wie sie ein Handy aus der Tasche zieht, eine Nummer eintippt und sich dabei von uns entfernt.

»...pastillen probieren«, schließt Gertrud pikiert.

»Auf wen oder was wird hier eigentlich gewartet?« Ronja durchbricht die Situation und erntet dafür einen beleidigten Blick von Gertrud.

»Auf den Bürgermeister und Frau Kamp-Nestor«, fährt Gertrud fort. »Die Inhaberin der Kamp-Nestor-Gruppe. Eine sehr einflussreiche und wohlhabende Frau. Soeben schließen unser Bürgermeister und sie den Vertrag für den Bau der Pastillenfabrik ab.« Sie richtet sich gerade und hebt den Kopf leicht an. »*Meine* Pastillen ...« Sie sagt das mit einer großen Portion Stolz und strahlt mich an. »Du musst unbedingt meine Halspastillen probieren. Komm doch nachher in meinen Laden, ja? Aber erst später, denn gleich trinken wir mit Frau Kamp-Nestor ein Proseccochen im Scardellis. Zur Feier des Tages öffnet Mario für uns den Biergarten heute schon früher.«

»Gerne«, sage ich unsicher und schiele zu Ronja, die sich ein Lachen verkneift.

Davids Freundin gesellt sich sichtlich zufrieden wieder zu uns.

»Schatz«, flötet sie und hakt ihn unter. »Heute Abend werde ich eine Vernissage besuchen. Das macht dir doch nichts aus? Ich bin mir sicher, du wirst mit deinen ...

Mitarbeitern sowieso diverse ... Dinge besprechen wollen.« Sie lacht gekünstelt auf, ihr Blick huscht zwischen mir und Ronja hin und her. »Mein David arbeitet gern an Samstagen, müssen Sie wissen. Tja, da bleibt einer allein gelassenen Frau nichts anderes übrig, als sich selbst um ihr Amüsement zu kümmern.«

Muss ich das wissen? Ich suche mir einen Punkt in der Ferne. Mein Blick schweift an Menschen vorbei, erfasst einen winzigen weißen Hund, streift eine Parkbank, auf der drei alte Männer sitzen. Oh, Pavillon. Hübsch.

»Tut mir leid, Mira, aber heute wird die Baustelle für Montag vorbereitet. Ich bin ja schon froh, dass meine Jungs die paar Stunden vom Wochenende opfern.«

»Eine wunderbare Künstlerin, Bernadette von Greifenstein, mit recht expressionistischen Zügen«, übergeht sie ihn. »Und was machen Sie an einem herrlichen Samstag wie diesem in ... einem Dorf?«

Meint sie mich? Oh, sie meint mich.

»Ich? Was ich mache? Nun, ich denke, ich werde mir nachher die Kamera schnappen und durch die Felder ziehen. Am Nachmittag herrscht oft ein perfektes Licht für Aufnahmen.«

»Ach ja ... wie nett.«

Ich habe dieses gespreizte Getue gründlich satt. Schließlich bin ich nicht stundenlang in ein Dorf gefahren, um dort die gleiche Mischpoke zu treffen, vor der ich getürmt bin.

»Ja ... nett. Sagen Sie das heute Abend auch vor einem Bild bei der Ver...«

»Da ist er ja, unser Herr Bürgermeister. Das Warten hat ein Ende«, ruft Ronja in die drohende Eskalation hinein und deutet zum Rathaus.

»Gott sei Dank!«, spricht Mira meinen Gedanken aus – was sie keineswegs sympathischer macht – und tupft mit dem Handrücken nicht vorhandenen Schweiß von der perfekt gepuderten Stirn. Ich rolle mit den Augen und werfe Ronja einen unmissverständlichen Blick zu.

Sie versteht.

»Wir gehen dann mal ein Eis essen«, sagt sie schnell.

»Zur Abkühlung«, schiebe ich nach. »Wünsche noch einen schönen Tag. Und viel Spaß beim Prosecco.« Ich hake mich bei Ronja unter und dirigiere sie eilig über die Straße.

»Ach, Ronja«, ruft uns Gertrud hinterher. »Für dich wartet später eine Überraschung bei mir.«

Unerwartet bleibt Ronja mitten auf der Straße stehen, und ich kann gerade noch so verhindern, in eine Pflasterrille zu treten.

»Welche denn?«

»Das wirst du schon sehen. Wenn ich es dir verrate, ist es ja keine Überraschung mehr.«

»Da hat sie recht«, sage ich und ziehe Ronja ungeduldig weiter. »Im Übrigen wäre mir jetzt auch nach Prosecco. Oder einem Schnaps.«

»Warum das denn? Außerdem ist es noch vor zwölf!«

»Umfängliche Beruhigungsmaßnahme. Diese affektierte Person ist ja nicht zum Aushalten.«

»Gertrud?«

»Nein, die andere.«
»Dem mag ich nicht widersprechen. Honigeis?«
»Kenne ich nicht. Wie schmeckt das?«
»In der Regel nach Honig. Das bekommst du nur hier in Himmelreich. Eis mit Honig von glücklichen Himmelreichbienen. Der alte Hubertus unterhält am Waldrand einen großen Bienenstand. Er flicht sogar noch von Hand traditionelle Bienenkörbe aus Stroh. Die Bienen scheinen es zu mögen, der Honig ist wirklich allererste Sahne.«

Wie einen Pawlow'schen Hund befällt mich sofort unbändiges Verlangen nach diesem Honigeis.

»Dann gerne. Mit Sahne und Schokostreusel, bitte. Korrigiere: Doppelt Sahne – ohne Streusel.«

4.

Der köstliche Geschmack nach Sahne und Honig liegt mir noch eine Stunde später auf der Zunge. Nur ungern erhebe ich mich und stöhne auf, als wir den kurzen Weg zu Gertruds Laden antreten.

Meine Füße brennen und fühlen sich definitiv zu dick für die schmalen Schuhe an. Das liegt am Wetter, da bin ich mir sicher, jedoch ändert diese Erkenntnis nichts an meinen Schmerzen. Himmel, ich bin es gewohnt, in High Heels herumzustehen – aber nur kurz – oder herumzusitzen. Von längeren Strecken über Kopfsteinpflaster ist nie die Rede gewesen.

Ich mache drei Kreuze, wenn ich nachher die Füße in einen kalten Bottich hängen kann. Was die Frage aufwirft, wo ich einen Bottich herbekomme.

»Autsch!«, rutscht es mir heraus, als ich auf eine Unebenheit trete, und halte mich an Ronjas Tasche fest.

»Zieh doch diese Folterinstrumente aus«, sagt sie. »Ich kann sowieso nicht verstehen, wie du es so lange darin aushältst.«

»Ich soll barfuß gehen?!« Mit einer Hand stütze ich mich an der Hauswand ab und kreise den Fuß. Ah, das tut gut.

»Ich hab ja nicht gesagt, häng dich nackig über den Kirchenzaun. Also, was ist? Anlassen oder ausziehen?«

»Ich überlege noch.«

»Ihr Städter seid echt komisch. Hier stört es keinen Floh im Fell, ob du Schuhe trägst oder nicht, glaub mir.«

»Nicht?«

»Nein. Okay, im Restaurant vielleicht, beim Bedienen. Aber hier ...?« Sie holt weit mit dem Arm aus. »Und Gertrud stört sich auch nicht dran.«

»Also gut.« Ich schlüpfe aus den Schuhen. Auf meinen Fußrist ist deutlich ein roter Abdruck zu sehen. Kein Wunder.

»Sie sind zu eng«, stellt Ronja treffsicher fest.

»Nur mittags oder abends und nur, wenn es so heiß ist.«

»Ihr Städter seid ...«

»Das sagtest du bereits.« Die High Heels in einer Hand haltend, betrete ich hinter Ronja Gertruds Krämerlädchen.

»Ronja!«

»Nicole!«

»Überraschung!«, freut sich Gertrud.

Ich reibe meine Nase, nicht weil sie juckt. Ronja ist abrupt stehen geblieben und hat einen kleinen Auffahrunfall provoziert. Außer mir scheint sich niemand dafür zu interessieren. Ob ich die Schuhe wieder anziehen soll?

»Oh mein Gott, Nicole! Was machst du denn hier? Ach, ich freu mich so!«

Ronja und Nicole liegen sich in den Armen und hüpfen quietschend auf der Stelle. Gertrud tupft sich eine Träne aus dem Augenwinkel. Ich überlege, wie lange bei mir eine derartig herzliche Wiedersehensfreude zurückliegt, gebe aber nach einer Weile auf und blicke mich im Laden um.

Offenbar kann hier vom Schraubenschlüssel über Backpulver bis hin zur Haarbürste so ziemlich alles gekauft werden. Planlos schlendere ich durch den Laden. Einstweilen kramt Gertrud betriebsam in einer Schublade und die Mädels plaudern aufgeregt von vergangenen Zeiten.

»Hier, das ist für dich.« Gertrud steuert auf mich zu, strahlt mich an und hält mir eine flache, metallene Dose unter die Nase. »Du wirst sehen, Kindchen, meine Halspastillen sind ein Allheilmittel! Sie wirken Wunder bei Halsweh, Sodbrennen und Bauchgrummeln!«

»Aber ... ich habe kein Sodbrennen.« Warum sagt der putzigen Frau niemand, dass an ihrem Hinterkopf immer noch ein Lockenwickler steckt?

»Mit diesen Pastillen wirst du auch nie welches bekommen, so wahr ich hier stehe.« Sie öffnet die Dose und hält sie mir hin.

Skeptisch beäuge ich die kleinen, braunen Dragees. Hasenköttel? Ich hoffe inständig, sie schmecken besser, als sie aussehen, und stecke mir eine in den Mund. Meine Nase juckt. Ich reibe sie und lächle Gertrud dabei tapfer an.

»Köstlich, nicht wahr? Meine Pastillen vertreiben jeden Schnupfen bereits im Ansatz.«

»In der Tat sehr … exotisch«, quetsche ich heraus, bemüht, mir nicht anmerken zu lassen, dass mir der Geschmack leichten Brechreiz verursacht.

»Genau! Frau Kamp-Nestor ist ähnlicher Meinung und so begeistert, dass sie eine Pastillenfabrik vor unserem bezaubernden Städtchen bauen lässt.«

»Dorf!«, rufen Ronja und Nicole gleichzeitig und lachen. Wohl ein Insiderwitz. Ich blicke Ronja irritiert an.

»Lerne Karl König kennen, dann wirst du es verstehen.« Nicole streckt mir die Hand hin. »Hallo, Fee, ich bin Nicole, die Nichte von Gertrud. Herzlich willkommen in Himmelreich.«

Noch bevor ich antworten kann, schiebt sich Gertrud dazwischen und legt ihr einen Arm über die Schulter.

»Nicole wohnt eine Weile bei mir, weil …« Sie legt eine dramatische Pause ein und blickt mit leuchtenden Augen von einem zum anderen. »Ihr müsst wissen, unsere Nicole ist Hochzeitsplanerin, und sie hat für Mitte August Großes vor. Nicht wahr, meine Liebe?«

»Ja, Tantchen.«

»Oh wie schön«, sage ich und schlucke die Pastille einfach runter. Himmel, sind die widerlich! Dieser leicht fischige Abgang mit Andeutung von Minze und Ingwer.

»Wer heiratet denn?«

»Ich.« Gertrud strahlt bis zum Lockenwickler. »Und ihr seid natürlich alle eingeladen. Ganz Himmelreich wird kommen. Mein zukünftiger Ehemann, unser aller …«

Der Rest ihrer Worte geht in ohrenbetäubendem Brummen und einer leichten Erschütterung des Erdreichs unter. Draußen schiebt sich eine Kolonne aus zwei Lastwagen, einem Bagger und einem Transporter vorbei. Fast gleichzeitig geht die Tür auf und eine feine Dame tritt herein. Flüchtig streicht sie mit flacher Hand über ihre silbergraue Hochsteckfrisur und nickt uns nacheinander zu.

Ich könnte schwören, sie in irgendeinem Magazin schon mal gesehen zu haben.

»Meine liebste Gertrud! Leider muss ich mich verabschieden, die Geschäfte rufen mich zurück nach Hamburg.« Mit ausgebreiteten Armen schreitet sie, einen Fuß exakt in einer Linie vor den anderen gesetzt, auf die Tante-Emma-Laden-Inhaberin zu.

Jetzt fällt mir ein, woher ich dieses Gesicht kenne. Hamburg, Nestor-Gruppe, klar! Das Unternehmen ist führend auf dem Markt der Erfrischungsgetränke, Süßwaren und Babynahrung. Und bald auch für Halspastillen mit Fischgeschmack im Abgang. Wenn sich Lady Nestor da mal nicht verkalkuliert hat.

»Elfriede«, freut sich Gertrud. »Wie schön, dass du noch mal reinschaust. Da werden meine Augen ja feucht wie Dosenpfirsiche! Ich möchte dir von ganzem Herzen danken! Danke, danke! Diese Fabrik ... ein Traum ist in Erfüllung ... Ach, ich weiß gar nicht, was ich noch sagen soll. Bis vor Kurzem war ja nicht klar, ob bei uns oder auf den Feldern von Wolkenbusch gebaut wird. Du kannst dir nicht vorstellen, wie erleichtert ich bin. Auf der Gemeindesitzung hätte ich vor Aufregung beinahe einen Herzinfarkt erlitten.«

»Unkraut verdirbt nicht«, höre ich Nicole verschmitzt sagen und muss grinsen.

Nach kurzem Stocken spricht Gertrud ungerührt und theatralisch weiter. »Du warst dabei, Elfriede. Alle bis auf mich, meinen Pfarrer, Karl und dich waren dagegen und …«

»Letztendlich hat die Aussicht auf Arbeitsplätze und Fortschritt den Ausschlag gegeben. Aber auch dir zuliebe haben viele zugestimmt, Gertrud, das solltest du nicht vergessen. Und das mit Wolkenbusch, tja, was soll ich sagen? Ich habe zwar eine starke Stimme in der Firma, zu guter Letzt zählt jedoch die Zahl unterm Strich, und der Nachbarort hatte einen viel zu hohen Preis für das Grundstück gefordert. Aber glaube mir, auch ich war erleichtert, dass die Kempfs nicht von ihrem Preis abgerückt sind.«

»Soweit ich weiß, lagen sie preislich doch gar nicht so weit über dem Grundstückspreis von Himmelreich, oder?«, fragte Gertrud erstaunt.

Elfriede zwinkert und lächelt geheimnisvoll.

»Ach«, sagt Gertrud gerührt und ergreift Elfriedes Hand. »Danke, danke, tausendmal danke! Ich weiß gar nicht, was ich noch sagen soll.«

Wie wäre es mit Danke? Ich rolle die Augen und nehme neben einem Turm aus Sardinenbüchsen auf einem rosafarbenen Sitzpompon Platz, der in diesen Laden passt wie Dreadlocks zu Pailettentops. Seufzend schlage ich die Beine übereinander. Pastillenfabrik, Himmelreich, Wolkenbusch, Hochzeit. Die Ellenbogen auf die

Knie gestützt, die Schuhe in einer Hand, klinke ich mich für einen Moment mental aus. Bisschen viel für einen Tag. Wie durch Watte lausche ich dem Gespräch.

»Deine mehr als einhundert Dankeschöns genügen völlig.« Frau Kamp-Nestor wischt Gertruds Rede lächelnd mit einer Geste zur Seite. »Die Pastillen werden ein Bestseller, das habe ich im Blut. Die Fabrik gehört nach Himmelreich. Basta!«

Ergriffen hält Gertrud ihre Hände jetzt vor die Brust. »Und heute schon geht es los.«

»Erst am Montag«, wird sie von ihrem Gegenüber korrigiert. »Herr Gandier hat jedoch dafür gesorgt, dass die notwendigen Gerätschaften bereits heute an der Baustelle ankommen. Ein sehr kompetenter und ausgesprochen charmanter Mann.«

»Oh ja«, höre ich Nicole, die entrückt aus dem Fenster schaut. Ich folge ihrem Blick nach draußen zu dem Jeep mit Ladefläche. Am Steuer sitzt dieser David. Nanu, ausnahmsweise mal nicht in feinem Anzugstöffchen und Protzkarre? Ich muss zugeben, der weiße Jeep steht ihm gut, das olivfarbene Hemd mit den hochgekrempelten Ärmeln fast noch besser.

Entschlossen verbiete ich mir jeden weiteren Gedanken. So weit kommt es noch, dass ein Typ nur Klamotten und Gefährt wechseln muss, um mir zu gefallen. Angestrengt nage ich auf der Unterlippe herum, bemerke es und lasse es wieder – unvorteilhaft für die Lippen.

Die Türglocke bimmelt. Frau Kamp-Nestor gleitet mondän davon, und vor meiner Nase schwebt mit einem

Mal ein Teller mit herrlich nach Käse und Schinken duftenden Croissants.

»Nimm eins, Kindchen. Du siehst verhungert aus.« Wo hat sie die denn so schnell hergezaubert?

Skeptisch blicke ich auf die kleinen Blätterteiggebilde. Wer solch furchtbare Pastillen erfindet, ist sicher auch sonst kreativ beim Auswählen von Gewürzen.

»Nimm eins, die sind köstlich«, ermuntert mich Ronja mit vollem Mund.

Vorsichtig beiße ich ein Stückchen ab, schlucke runter und atme auf. Kein Fischgeschmack. Der Jeep ist weg. Frau Kamp-Nestor ebenso. Spontan entwickle ich das Bedürfnis, ihnen nachzueifern.

»Nimm noch ein Döschen von meinen Pastillen mit, liebe Fee. Ach nein, hier, nimm zwei und gib Alex auch eines, ja? So, und jetzt schließe ich den Laden. Eine alte Frau braucht ihren Schönheitsschlaf.« Sie zwinkert uns zu und schiebt uns drei aus der Tür.

Die Sonne steht hoch und brennt unbarmherzig vom Himmel. Keine Wolke. Nicht eine. Das ist schön, hätte gestern aber durchaus besser gepasst. Zumindest für mich.

»Fee«, sagt Nicole, »kommst du heute Abend mit ins Scardellis, Pizza essen?«

»Pizza? Gerne.« Honigeis und Blätterteig brauchen unbedingt nahrhafte Ergänzung. Mit viel Mozzarella und Basilikum.

Gleichzeitig freut es mich, dass Ronja und Nicole mich offenbar in ihren Kreis aufnehmen.

»Wie wäre es mit acht Uhr?«, fragt Ronja. »Da ist es nicht mehr so heiß. Zum Glück habe ich heute meinen freien Tag.«

»Wunderbar.« Nicole schultert ihre Tasche und öffnet mit der Fernbedienung einen kleinen pinkfarbenen Sportwagen. »Dann werde ich vorher nach Gottstreu fahren und mich für Gertruds großen Tag inspirieren lassen.«

»Ist eine Großstadt in der Nähe?«, will ich wissen. Soweit ich mich erinnere, war auf der Karte keine wesentlich größere Ortschaft verzeichnet.

Nicole lacht. »Für hiesige Verhältnisse schon, im Vergleich zu Frankfurt ist es eher ein Vorort. Aber einer mit Einkaufszentrum.«

Die Information, doch noch ein Stückchen Zivilisation in der Nähe zu wissen, macht mich spontan glücklich. Ein Shoppingcenter! Bei Gelegenheit werde ich dem Ort einen Besuch abstatten. Adieu Monas Modescheune, willkommen Shoppingmall.

»Ach … « Ronja gähnt verhalten. »Ich glaube, ich lege mich einen Moment in den Liegestuhl und lese – vermutlich die nächsten zwei bis drei Stunden, wenn ich nicht dabei einschlafe. Ist spät geworden gestern. Und du, Fee?«

Unschlüssig blicke ich erst auf meine nackten Füße, dann auf die Schuhe, die ich immer noch in der Hand halte. Zum Fotografieren ist das Licht zu grell, aber ich könnte mich umziehen und die Gegend erkunden.

»Ich weiß noch nicht. Gibt es einen Bach oder ein Waldstück hier?«

»Beides«, sagt Ronja und deutet Richtung Pavillon.

»Du gehst durch unseren kleinen Stadt... Verzeihung, Dorfpark. An der Bank mit den drei Männern vorbei, lach nicht – die sitzen immer dort, außer nachts. An den Tannen führt ein Weg aufs Feld, dann siehst du das Wäldchen schon.«

»Danke. Wo ist das Scardellis?«

»Raus aus dem McLeods, ein paar Schritte nach links, und du bist da.«

Knappe zwei Stunden später ziehe ich das frisch gewaschene Baumwollkleid aus dem Trockner im Keller und bin dankbar, dass es hier einen gibt, denn das McLeods verfügt weder über einen Garten noch einen Balkon, wo ich Wäsche aufhängen kann. Eilig nehme ich immer zwei Stufen auf einmal, ich freue mich auf einen ausgedehnten Spaziergang durch die Natur.
Oben angekommen, schäle ich mich aus meinem Outfit, lass das luftige Kleid über meinen Körper gleiten und schlüpfe in die hellen Ballerinas. Kamera umgehängt. Fertig. Das ging ja schnell.

Mit einer Hand am ledernen Riemen der Kamera durchquere ich gemütlich Himmelreichs Park. Eine warme Sommerbrise umspielt das luftige grau-grüne Kleidchen.

Es ist ein herrliches Gefühl, in der Nachmittagssonne durch diesen Park zu schlendern und diese frische Landluft einzuatmen. Zu meiner Überraschung sogar viel schöner als jeder Cocktailempfang an irgendeiner privaten Poolbar.

Auf der Treppe des Pavillons sitzt ein verliebtes Pärchen. Gerade setzt er ihr eine Krone aus Blüten auf. Wie zauberhaft. Etwas weiter entfernt rennt ein kleiner Hund einem Stock nach, ein älteres Paar geht Hand in Hand den schmalen Weg entlang, der einmal um die Festwiese führt, und im hinteren Bereich spielen Kinder Federball. Ihre Mütter sitzen auf ausgebreiteten Decken und plaudern. Dann sehe ich die drei Männer auf der Bank und muss grinsen. Ein Dorfidyll wie aus dem Fernsehen.

Viel zu schnell erreiche ich das Ende des Parks und finde den Weg, der zum Feld führt. Nach kurzer Zeit trete ich aus dem Schutz der Tannen. Die Sonne blendet.

Mit zusammengekniffenen Augen – Sonnenbrille vergessen, typisch – schwebt mein Blick über goldene Felder, dazwischen rote und blaue Kleckse von Mohn- und Kornblumen. Die Sonne wirft ein bezauberndes Licht über die Landschaft, und ich möchte einfach nur stehen bleiben und dieses Bild in mir einschließen. Oder auf einem Foto verewigen. Was ich dann auch tue.

Nachdem ich mich sattgesehen und einige Bilder geschossen habe, folge ich dem unebenen Weg am Rand des Wäldchens entlang und überlege, aus welchem Winkel ich so ein bereits über Hunderte Male gesehenes Weizenfeld noch fotografieren kann, um ihm Leben einzuhauchen.

Ich sehe mir an, in welche Richtung der leichte Wind die Blumen pustet, vielleicht ergibt sich dadurch ein Muster.

Konzentriert gehe ich in die Hocke und betrachte das Feld durch die Linse. Eine einsam stehende Mohnblume, liebkost von goldgelben Halmen. Wunderbares Motiv. Ich stelle sie scharf, die Ähren im Hintergrund verschwimmen in einzelnen Sonnenstrahlen. Nach ungefähr zehn Aufnahmen schlendere ich weiter und erreiche eine verwitterte Holzbank. Davor hat gerade eine Kornblume ein Rendezvous mit einem Schmetterling. Lächelnd fange ich sie für die Ewigkeit ein.

Ich setze mich auf die Bank und scrolle achtundvierzig Fotografien durch. Alle, die nicht infrage kommen, lösche ich, um mir später das Suchen am Laptop zu sparen. Mein Mund ist trocken. An Mineralwasser hatte ich nicht gedacht. Und wo hätte ich es kaufen sollen? In Himmelreich gibt es – soweit ich das umrissen habe – keinen Supermarkt, nur Gertruds Lädchen. Na, wahrscheinlich gibt es dort auch Getränke. Das Trinken muss leider warten, zu wohl fühle ich mich hier. So einsam, nur mit mir und den roten Mohnköpfchen in leuchtend gelben Feldern. Zufrieden lege ich die Kamera neben mich, verschränke die Hände im Nacken und schließe die Augen. Nur das Summen der Bienen und das sanfte Rauschen der Ähren in der Sommerbrise durchbrechen die Stille. Entspannt seufze ich auf. Und habe Durst, was das Wohlgefühl extrem stört. Und nicht nur das.

Ein Knattern wie von einem Traktor mischt sich in meine Idylle. Frechheit! Dann katapultiert es mich vor

Schreck beinahe von der Bank. Aus heiterem Himmel saust ein Motorrad an mir vorbei. Darauf ein echt stranger Typ in T-Shirt und zerfledderten Jeans. Ohne Helm. Ich schüttle den Kopf, starre ihm hinterher und hätte ihm gerne Unflätiges hinterhergerufen, wenn er mich denn hätte hören können.

Wieso hält er denn jetzt an und dreht sich zu mir um? Schnell blicke ich in die entgegengesetzte Richtung und lehne mich scheinbar gelassen zurück. Dann knattert es wieder. Gott sei Dank, er fährt weiter. Einen Moment habe ich mich unwohl gefühlt, man hört ja so einiges über Frauen, die in Wäldern oder an Feldern tot aufgefunden werden.

Leider entfernt sich der Motorradfahrer nicht, er wendet. Nicht hinsehen. Vermutlich hat er sich im Weg geirrt.

Wie von alleine zuckt meine Hand zur Nase und reibt sie. Mit der anderen greife ich zur einzigen Waffe, die ich habe: meiner Kamera. Wäre schade drum, aber ich schätze, ein Ballerina hinterlässt keine nachhaltigen Verletzungen, und nach einem Stock oder Ähnlichem zu suchen fehlt mir aktuell wirklich die Zeit. Blitzschnell lege ich mir den Plan zurecht, ihm zwischen die Beine zu treten und gleichzeitig die Kamera über den Schädel zu ziehen. Und dann rennen. Am besten in den Wald hinein, da kommt er mit der Maschine nicht durch.

Dann ist er bei mir. Ich halte die Luft an.

»Hallo, schöne Frau«, sagt er mit dunkler Stimme. Offenbar zur Bestätigung seiner Worte lässt er den Motor aufjaulen, nein, aufbrüllen trifft es besser.

»Sie verpesten die Luft«, sage ich unfreundlich.

»Tut mir leid.« Er fährt sich mit einer Hand über die braun gebrannte Glatze und lächelt.

Huch? Jetzt sieht er gar nicht mehr zum Fürchten aus, trotz Skin-Frisur und unzähligen Tattoos. Ich zögere und widerstehe dem Impuls, mich an der Nase zu kratzen. Mit beiden Händen halte ich die Kamera fest, bereit, mit Karacho zuzuschlagen, sollte er ...

»Können Sie mir vielleicht verraten, wie ich nach Wolkenbusch komme? Anscheinend bin ich irgendwo falsch abgebogen.« Er schaltet die Maschine aus, steigt ab und setzt sich neben mich auf die Bank, einen Ellenbogen legt er lässig auf die Lehne. »Schön hier.«

»Ja. Und bis eben auch herrlich still.« Ich funkele ihn erbost an.

»Sorry, wie gesagt ... Wissen Sie nun, wo es nach Wolkenbusch geht?«

»Nein, bin selbst neu hier.« Ich rücke ein Stück ab. Gleich neben der Bank führt ein Weg in den Wald.

»Haben Sie etwa Angst vor mir?« Er steht auf und nimmt zwei kleine Plastikflaschen aus einer Tasche, die an der Harley hängt. »Das brauchen Sie nicht, ich bin ein netter Kerl. Sagt zumindest meine Mutter. Darf ich Sie zu einem Wasser einladen?«

Skeptisch blicke ich auf die Flasche in seiner Hand. Der Mensch ist von den Handgelenken bis zum Hals tätowiert!

»Wer sagt mir, dass da keine K.-o.-Tropfen drin sind?!«

»Niemand. Sie können mir vertrauen oder es sein lassen.« Er lässt sich wieder auf die Bank plumpsen, schraubt den Deckel der Flasche ab, setzt sie an den Mund und trinkt sie zur Hälfte leer. »Ah, schön kühl. Tut gut bei der Hitze.«

Das ist gemein. Meine Lippen reiben trocken aufeinander. Überredet.

Es zischt, es blubbert, und ich nehme durstig große Schlucke.

Belustigt sieht er mich aus stahlblauen Augen an. Ein deutscher Dwayne Johnson, nicht unattraktiv. Ist Dwayne »The Rock« Johnson auch tätowiert? Ich suche in meinen Hirnzweigen den letzten Film mit ihm und glaube, er hat tatsächlich ein großes Tattoo am Oberarm bis zum Hals hinauf. Recht dezent im Vergleich zu dem … Gangstertyp mir gegenüber.

»Schön, Sie leben noch. Die Flasche können Sie behalten.«

Allerdings siezen Gangster nicht. Und Wasserflaschen schleppen sie in der Regel auch nicht mit sich rum, eher Whisky oder Bier. Joints. Buschmesser …

»Äh … danke«, antworte ich beschämt. Der Mann – wie heißt er überhaupt? – scheint trotz seines finsteren Aussehens harmlos zu sein.

»Mein Name ist übrigens Marlon.«

»Wie Marlon Brando?«

»Ja, unsere Mutter hat mich nach ihm benannt.«

»Ich glaube nicht, dass wir dieselbe Mutter haben …«, merke ich amüsiert an.

Er zieht eine Augenbraue hoch und grinst ertappt.

»Sie haben also Geschwister …« Ich rücke so weit von ihm weg, wie es gerade noch geht.

»Ja … einen Bruder. Und Sie heißen?«, will er wissen.
»Felicia.«
»Hallo, Felicia.« Er nickt mir zu und blickt mich lange aus unglaublich blauen Augen an. »Sagen wir Du?«
»Warum nicht?«
»Schön.« Er lehnt sich zurück, jetzt beide Arme über der Banklehne liegend, in einer Hand die Wasserflasche, und hält sein Gesicht in die Sonne.

Verstohlen betrachte ich ihn. Markante Züge, kräftige Wangenknochen, dichte Augenbrauen. Dreitagebart. Also wächst da noch was. Obwohl, schütteres Haupthaar hat ja nichts mit Bartwuchs zu tun. Jemand kann eine natürliche Glatze haben und trotzdem einen Vollbart. Oder hat er sich den Kopf mit Absicht rasiert? Wie auch immer, er sieht verdammt gut aus, nur die Tätowierungen gefallen mir nicht. Wahrscheinlich ziehen sie sich vom Hals bis über seine gesamte Brust. Ein Schriftzug ist nur zum Teil erkennbar, der Rest liegt unter dem Muscleshirt verborgen. Seine Haut glänzt in der Sonne und … Was denke ich denn da? Blödsinn! Seine Haut glänzt … Fee, also wirklich! Der Einzige, der in der Sonne glänzen darf, ist der Vampir Edward.

»Was ist denn so lustig?«
»Bitte? Was? Lustig? Nichts. Was soll lustig sein?«
»Du lächelst, als hättest du an etwas Schönes gedacht.«
»Nicht wichtig.«

Oha, ein Bad Boy, der sich auszudrücken versteht und Wasser trinkt. Ich muss ein paar Dinge in meinem Vorurteilsbüchlein streichen.

»Felicia, Feli, Cia ...«

»Fee«, platzt aus mir heraus. Feli und Cia ... so heißen Katzen, Automarken oder Enthaarungscremes.

Er sagt nichts und blickt mich nur lange an. Irgendetwas an ihm löst in mir ein Kribbeln aus. Sein Blick, den er mir mit leicht gesenktem Kopf zuwirft? Sein Bad-Boy-Charme? Die zerrissenen Jeans unter dem weißen Muscleshirt mit der Aufschrift »Harley for ever« schließe ich aus. Auch die zerrupften Sneakers, die schon bessere Tage gesehen haben. Die Glatze vielleicht?

Jetzt lacht er und zeigt dabei eine Reihe verblüffend weißer Zähne.

»Eigentlich trage ich Blond«, sagt er.

Ertappt sehe ich zur Seite. »Ach ja?«

»Ja, im Sommer kommen sie ab. Viel zu heiß unterm Helm.« Er lehnt sich nach vorne und stützt die Ellenbogen auf die Knie.

»Den du nicht dabeihast.«

»Vergessen.«

»Ja klar.«

Er schmunzelt. Ich kann nicht anders und schmunzle mit.

Plötzlich steht er auf und steckt die leere Flasche zurück.

»Ich muss los, Wolkenbusch finden. Soll ich dich irgendwohin mitnehmen?«

»Was?«

»Mitnehmen? Magst du ein Stück mitfahren? Ich kann dich absetzen, wo immer du auch willst.«

»Äh ...« Überrascht sehe ich an mir herunter. Ich trage nicht gerade die passende Montur für eine Motorradfahrt. Außerdem habe ich Angst, meine Fesseln an dem goldenen Auspuff zu verbrennen, der sich im unteren Bereich der Maschine nach hinten schlängelt. Marlon scheint meinem Blick gefolgt zu sein.

»Krasses Teil, was? Frisch montiert. Ein ZARD. Die Carbon-Rennversion. Das Hitzeschutzblech muss ich noch schwärzen, dann ist das Baby fertig.«

»Interessant ...«

»Also was ist?« Er schwingt sich auf die Harley. Mein Herz klopft.

»Wo kann ich mich festhalten?«

»Na hier!« Er hebt sein Shirt hoch und klatscht sich mit der flachen Hand auf das bestproportionierte Sixpack aller Zeiten.

Keine fünf Sekunden später sitze ich hinter ihm und schlinge meine Arme um seine Mitte. Du liebe Güte, der Typ besteht ja nur aus Muskeln! Jetzt brauche *ich* so ein Hitzeschutzblech! Der Mann duftet nach Motoröl, frischem Männerschweiß und herbem Rasierwasser. Ethan hatte immer den gleichen Duft von Boss benutzt, obwohl ich die Mischung aus Moschus, Grapefruit und Mandarinen an Ethan nicht ausstehen konnte. Sie roch machohaft und egoistisch. Im Nachhinein muss ich zugeben: der perfekte Duft für Ethan.

»Kann's losgehen?«, fragt Marlon in meine Gedanken hinein und gibt Gas, ohne eine Antwort abzuwarten.

Ich erschrecke und klammere mich noch fester an ihn.

Unter meinen Fingern spielen Bauchmuskeln. Das zusammen mit einem verdammt männlichen Geruch lässt mich vergessen, dass ich nur in einem dünnen Baumwollkleid und ohne Helm auf dem Sozius einer Harley Davidson sitze. Und vor mir Dwayne Johnson …

5.

»Diese Anderson ist eine Großstadttussi vor dem Herrn«, echauffiert sich Ronja, als Mario, der Wirt vom Scardellis, unsere Bestellung aufgenommen hat. Wir sitzen im schattigen Teil des Biergartens unter blühenden Klematis.

Ich nicke zustimmend und reibe meine brennenden Füße aneinander. Zum Glück kann niemand sehen, dass ich meine Ballerinas ausgezogen habe, außer man würde direkt unter den Tisch gucken. Einen Marsch in Stöckelschuhen und anschließenden Spaziergang in flachen Schuhen auf unebenem Geläuf mit vielen Steinchen sind meine Füße nicht gewohnt.

»Wer ist Anderson?«, will Nicole wissen.

Ronja verschränkt die Arme. »Die neue Flamme von David. Du kannst dich an David Gandier erinnern?«

»Der Hübsche mit den dunklen Haaren? Die beurkundete Sahneschnitte in der weiterführenden Schule, ein paar Stufen über uns? Der Athlet?«

»Der Schwarm aller Mädchen. Genau der.«

»Fast aller.«

Mein Interesse ist geweckt. »Der Athlet?«

»Das war sein Spitzname. In der gesamten Schulzeit hatte es niemand geschafft, ihn beim Hundertmeterlauf zu besiegen. Auch beim Weitsprung nicht.«

»Beim Hochsprung ebenfalls nicht«, ergänzte Nicole.

»Warst du mal mit ihm zusammen?«, will ich wissen.

»Ich?! Nein.« Nicole lacht und winkt ab. »Er ist ein Hübscher, ja, charmant auch, aber ... nicht mein Typ.«

Mario kommt mit den Getränken. Er stellt zwei Flaschen Wasser, eine Flasche Weißwein und drei Gläser auf den Tisch.

»Die Dame habe gewählte? Oder wolle nix esse?« Er greift enttäuscht nach den Speisekarten, die wir nicht angerührt haben.

Halt! Doch. Ich will was essen! Eine Kuh, drei Eimer Nudeln, doppelte Familienpizza. In dieser Reihenfolge!

»Verzeihung, wir waren ins Gespräch vertieft. Darf ich?« Ich strecke die Hand aus und Mario reicht mir versöhnt lächelnd die Karte.

»Wir habe Pizza Calzone heute in Angebote. Iste beste Pizza in – wie sagt man? – Uhrkreis.«

»Umkreis«, verbessere ich lächelnd. »Dann eine Calzone bitte.«

»Dreimal«, ergänzt Ronja, und Mario blickt überrascht.

»Du haste große Hunger heute, bella Ronja ...«

Nicole lacht. »Nein, insgesamt drei Calzone, für uns drei, Mario.«

»Ah, capisce. Kommte gleich, wenig Minute. Nicht Pflanze aufesse in Zwetschenzeit.«

»Zwischenzeit …«, kichert Ronja, und Mario zwinkert ihr zu. Ich bin mir sicher, der humorvolle, alte Mann verspricht sich mit Absicht. Ich mag ihn sofort.

»Der ist putzig.« Lächelnd fülle ich die großen Gläser bis zur Hälfte mit Wasser und gieße mit Wein auf.

»Mario, der Wein oder David?«

»Ronja …« Nicole verdreht die Augen. »Sie meint Mario. Meinst du doch, Fee. Oder?«

»Äh … ja.« Ich nippe am Glas. Herrlich kalt, genau richtig. Am liebsten würde ich da jetzt meine Füße reinhängen.

»Zurück zum Schmachtobjekt«, nimmt Nicole den Faden wieder auf. »Ich liebe den Tratsch und Klatsch von Himmelreich. Und von dieser Andersrum hat mir Gertrud bisher noch nichts zugetragen.«

»Wahrscheinlich ist sie zu sehr mit der Fabrik und der bevorstehenden Hochzeit beschäftigt«, vermutet Ronja. »Es heißt übrigens Anderson, Nicole. Mario scheint auf dich abzufärben.«

»Von früher kennen wir sie nicht, oder?«

Es interessiert mich brennend, wer diese Anderson ist. Vielleicht kennt Ronja ja auch den Harley-Fahrer.

»Die alte Liese aus Wolkenbusch erzählt, sie hätte von der Bäckerin Bings gehört, sie wäre eine Zugereiste. Ihre Eltern haben wohl irgendeine Firma und am Ortsrand zwei Häuser gebaut. Eines für sich, eines fürs Töchterlein. Wahrscheinlich arbeitet sie sich in Papas Firma die Finger wund.«

»So sieht sie aus«, sage ich und hebe mein Glas. »Zum Wohl, Mädels. Ich freue mich ehrlich, mit euch hier zu sein. Zugegebenermaßen habe ich gestern noch gedacht, hier gibt es nur Kneipen mit Blasmusik und Stammtischen, an denen Bauern sitzen und Fußball gucken.«

Wir prosten uns zu. Die Weinschorle schmeckt sehr gut, daran könnte ich mich gewöhnen.

»Gott bewahre!« Ronja stellt ihr Glas ab. »Wo kommst du her, dass du so übers Landleben denkst?«

»Aus Frankfurt, warum?«

»So groß ist doch die Stadt auch wieder nicht, oder? Gibt es da nicht auch eine ländliche Umgebung?«, will Nicole wissen.

»Na ja, natürlich ist um jede Stadt, egal wie groß sie ist, Land drumrum, das gilt für Frankfurt wie für Tokio. Aber ich … Nun, ja …« Verlegen spiele ich mit dem Bierdeckel. »Wie soll ich sagen …? Ähm … in meiner Vergangenheit … Ach nein, das hört sich an, als wäre ich eine alte Frau. Also, bis vor Kurzem habe ich mich eher in Kreisen bewegt, die wohl ähnlich sind wie die von dieser Anderson.« Entschuldigend blicke ich von einer zur anderen.

»So hast du auch bis heute Abend ausgesehen, wenn ich ehrlich sein soll.« Ronja beugt sich vor. »Du bist viel netter, als du auf den ersten Blick gewirkt hast.«

»Oh … danke.« Ich bin perplex. So wirke ich also?

»Das war nur ein erster Eindruck.« Ronja grinst. »Was hast du eigentlich in Frankfurt gemacht? Auch gekellnert?«

»Nein.« Nachdenklich drehe ich das Glas in den Händen. Nicht nur für Ethan habe ich alles getan, auch für meine Eltern – zumindest anfangs. »Meine Eltern wollten, dass ich einen anständigen Beruf lerne, wenn ich mich schon nicht für ein Studium begeistern konnte. Also habe ich Rechtsanwaltsfachkraft bei einem Bekannten meines Vaters gelernt, jahrelang in verstaubten Akten gewühlt, Fälle dokumentiert, Briefe getippt.« Ich verdrehe die Augen.

»Wie langweilig«, sagt Nicole.

»Total langweilig. Und so ein Job passt gar nicht zu dir, so rein bauchmäßig«, pflichtet Ronja ihr bei.

»Pizza Calzone!« Mario serviert uns Pizzen, die so groß wie Badvorleger sind, aber dreimal so hoch.

»Du liebe Güte, wer soll das essen?«, rutscht es mir heraus.

»Iste bissele Luft inne drin.« Mario zwinkert uns zu. »Noch Wein?«

Wir verneinen, und Mario tänzelt ein Liedchen summend Richtung Gastraum. Auf dem Weg begrüßt er einen gut aussehenden jungen Mann, der in diesem Moment den Biergarten betritt und den Tisch uns gegenüber wählt. In dieser Ecke der Erdkugel scheint es jede Menge attraktive Männer zu geben.

»Na dann, lassen wir mal die Luft raus, was?«, sage ich und schneide die Calzone an. Von wegen Luft. Auf dem Teller vor mir liegt eine prall gefüllte Wochenration. Wir widmen uns alle hingebungsvoll unseren Pizzen, und für geraume Zeit ist jedes Gespräch am Tisch erstorben.

»Sag mal, Fee, wieso ausgerechnet Himmelreich?«, fragt Nicole nach einer Weile und beugt sich interessiert vor.

Ich säbele ein Stück Pizza ab – eigentlich bin ich bereits nach dem vergangenen Drittel schon satt – und suche nach knappen, einfachen Worten.

»Weil.«

»Weil was?«

Seufzend lege ich das Besteck zur Seite. Okay, warum mit der Wahrheit hinterm Berg halten? Ronja und Nicole könnten mir so etwas wie Freundinnen werden. Und Freundinnen erzählt man alles. Ob ich sie nach Marlon fragen soll?

»Ich versuche, es kurz zu machen: Ich hatte einen Job, den ich hasste – Rechtsanwaltskanzlei, cholerischer Chef –, einen Freund, der meine beste Freundin an meinem Geburtstag gevögelt hat – oder umgekehrt. Meine Eltern sind stinkreich, jetten um die Welt und sind nur besorgt, dass ihre Tochter – also ich – ihren guten Ruf versauen könnte. Mein Freundeskreis – mein ehemaliger Freundeskreis – besteht aus lauter Mira Andersons und den passenden Gegenstücken dazu. Und ... irgendwie hatte ich die Nase gestrichen voll diesem High-Society-Gehabe.« Gespannt blicke ich von Ronja zu Nicole.

Ronja findet als Erste die Sprache wieder.

»Jetzt wird mir auch klar, warum du Davids neue Flamme so angezischt hast.«

Gequält verziehe ich das Gesicht. »Ja ... Danke, dass du die Situation gerettet hast.«

»Dann bist du also noch zu haben«, schließt Nicole treffend.

»Sieht ganz so aus. Und du? Verliebt, verlobt, verheiratet?«

»Weder noch.« Sie richtet sich gerade und steckt sich eine Haarsträhne hinters Ohr. »Überzeugter Single.«

»Ein Single, der Hochzeiten organisiert ...«

Nicole zuckt mit den Schultern, und einen kurzen Augenblick verdüstert sich ihre Mimik. Besser, ich bohre da nicht weiter nach.

»Drei mit Pizza und ohne Männer.« Ronja hebt ihr Glas. »Prost darauf.«

»Guten Abend, die Damen.« Ein beleibter Mann mit grauem Bart und schütterem Haar steht wie aus dem Kübel geschossen vor uns und nickt jeder von uns zu.

»Guten Abend, Herr König«, sagen Ronja und Nicole fast zeitgleich. Auch ich schiebe eine Begrüßung hinterher. Wenn ich mich richtig an den Namen erinnere, muss das der Bürgermeister sein.

Der streckt mir jetzt die Hand hin. Oh, ich sollte aufstehen. Flüchtig betupfe ich mit der Serviette die Mundwinkel und erhebe mich. Sogleich ergreift er meine Hand.

»Willkommen in Himmelreich. Sie sind bestimmt Felicia Kaiser. Ich habe schon viel von Ihnen gehört.«

»Ich hoffe, nur Gutes.«

»Ausnahmslos, ausnahmslos. Haben Sie sich in unserem bezaubernden Städtchen schon eingelebt? Wissen Sie, in unserem …«

»Dorf …«, grätscht Ronja in seinen Satz. Nicole kichert. Beide werden von Karl König mit einem kurzen, mahnenden Blick bedacht.

»… in unserem wundervollen Städtchen heißt es: einmal Himmelreich, immer Himmelreich. Wer einmal kommt, der bleibt. Wie schade, dass Sie nicht ein bisschen früher eingetroffen sind. Die Tortenversteigerung – unser Highlight des Jahres – hat bereits stattgefunden.«

»Ja, das ist schade …«, stammle ich. Endlich lässt er meine Hand los, die allmählich zu schwitzen beginnt.

»Tja«, sagt er und strahlt mich an. »Dann wünsche ich noch einen schönen Abend. Sollten Sie Fragen haben zu Freizeitaktivitäten rund um unser bezauberndes Städtchen, zögern Sie nicht, mich anzusprechen.« Er deutet an den Tisch, an dem der junge Mann sitzt. »Ich bin noch eine Weile hier. Also zögern Sie nicht.«

»Ich zögere nicht.«

»Das ist wunderbar. Die Damen …« Er nickt noch mal in die Runde und begibt sich an den Tisch nebenan. Zum Glück ist der Tisch durch den breiten Gang getrennt, sodass der Bürgermeister unsere Gespräche nicht mitbekommt.

»Dorf!«, sagt Nicole leise und kichert. Endlich verstehe ich, muss grinsen und setze mich wieder.

»Wieso trifft der Bürgermeister sich mit einem von den Kempfs?« Ronja beugt sich vor und legt die Hand seitlich an den Mund. Gar nicht auffällig.

»Kempfs?«, frage ich leise.

»Ja. Das ist Niklas Kempf aus Wolkenbusch, geldgeiler Spross des Wolkenbuscher Landadels. Das sind die, die ihre Felder an die Nestor-Gruppe verkaufen wollten, damit dort die Fabrik gebaut wird.«

Am Nebentisch vernehme ich einzelne Satzfetzen: Fabrik, Gertrud, Harmonie.

Mit einem neugierigen Blitzen in den Augen beugt auch Nicole sich vor. »Ist das der mit dem Düngewagen?«

»Ja, genau. Witzig, oder? Manchmal trifft es die Richtigen.«

Das sind mir eindeutig zu viele Schlagworte, mit denen ich nichts anfangen kann. Mein Kopf brummt, und mein Glas ist leer. Ich schenke Wein und Wasser nach.

Nicole stupst mich an. »Kurzversion, damit du nicht dumm stirbst. Der Typ ist mit seinem Cabrio – Sommer, Dach geöffnet – auf einen Düngewagen gefahren, hat dabei ein Ventil beschädigt, und die Jauche hat sich über den Wagen ergossen.«

Ronja hält sich den Bauch vor Lachen, ich schiele nach nebenan. Vorhin erschien Niklas Kempf attraktiv, jetzt meine ich, einen überheblichen Zug in seinem Gesicht zu entdecken. Finster und mit zusammengekniffenen Lippen blickt er Karl König an, der auf ihn einredet. Leider kann ich nicht verstehen, was sie sagen, die Körpersprache jedoch erzählt viel. Der Bürgermeister hat beide Ellenbogen auf dem Tisch liegen, in den Händen hält er ein Bierglas. Sein Gegenüber hört ihm zurückgelehnt und mit verschränkten Armen zu.

»Nicht lustig?«, will Nicole wissen.

»Was? Doch, sehr sogar. Habe nur versucht, mir ein Bild zu machen.«

»Erfolgreich damit gewesen?«

Ich neige den Kopf zur Seite. »Denke schon. Dieser Niklas ist ein Arsch, richtig?«

»Korrekt.« Ronja nickt, hält sie die Hand vor den Mund und gähnt. »Reichhaltiges Essen am Abend macht müde.«

»Und der Wein regt an. Wo sind denn die Toiletten?«, will ich wissen.

Ronja deutet ins Innere des Restaurants. »Gleich rechts, die zweite Tür links ... Ach, warte. Ich komm mit. Nicole, du hältst die Stellung und berichtest nachher, ob sich was Interessantes am Nebentisch ergeben hat.«

»Sir, jawohl, Sir.« Nicole salutiert im Sitzen und grinst.

Keine fünf Minuten später betreten wir wieder den Gastraum. Ich erstarre auf der Stelle.

An der Theke steht dieser Gandier und nimmt soeben einen Pizzakarton in Empfang. Gut sieht er aus, so ganz ohne Anzug. Sein Hemd ist bis zu den Ellenbogen hochgekrempelt, die Jeans bis zu den Knöcheln. Einen Fuß auf die Querstange eines Barhockers gestellt, zieht er einen Schein aus dem Geldbeutel und legt ihn auf die Theke.

Ronja steuert direkt auf ihn zu.

»Ich geh schon mal zu Nicole«, sage ich und will Richtung Biergarten abbiegen, doch Ronja zieht mich einfach mit.

»Hallo, David«, strahlt sie und deutet auf die Pizzaschachtel. »Allein heute Abend? Du könntest dich zu uns gesellen. Wir sitzen im Biergarten.«

Urplötzlich beginnt meine Nase zu kribbeln. Nicht jetzt, verdammt! Meine Hand schnellt hoch, ich kann nichts dagegen tun. Kurz die Nasenspitze reiben, das genügt. Hastig senke ich den Arm, konzentriere mich auf eine Vase, die auf der Theke steht. Apfel, Apfel, Apfel.

»Ob Sie hier einen Apfel bekommen, wage ich zu bezweifeln.«

Ertappt zucke ich zusammen. Habe ich das eben etwa laut gesagt? Hitze schießt mir ins Gesicht, als ich bemerke, wie David mich erstaunt und ... belustigt ansieht.

Loch, tu dich auf, ich will in dich reinfallen!

»Ernsthaft?«

Ronja nickt und legt mir grinsend eine Hand auf den Arm. »Vielleicht ein bisschen zu viel Wein?«

»Möglich. Ich gehe dann mal raus.« Steif drehe ich ab.

»Warte doch noch einen Moment«, höre ich Ronjas Stimme.

Im Leben nicht! Soll sie doch mit Mr. Weitsprung flirten, was habe ich dabei zu suchen? Das fünfte Rad am Wagen spielen? Meine Füße sehen das wohl anders und verweigern den nächsten Schritt nach vorne. Kein Zweifel, Teile von mir führen ein Eigenleben. Mit Schwung drehe ich mich zu Ronja um, will ihr sagen, dass ... ja was eigentlich? Abrupt werde ich abgebremst. Und irgendwas fällt herunter.

»Danke auch, das war mein Abendessen!«, höre ich David sagen.

»Ihr was ...?« Meine Nasenspitze zeigt auf Davids Brust, bis zum dritten Knopf von oben steht sein Hemd offen. Keine Brusthaare. Glatt wie ein Babypopo. Was denke ich denn da? Alles gut, alles normal, das ist der Evolution geschuldet. Frauen scannen die Beschaffenheit der Männer, um das Überleben der Nachkommenschaft zu sichern. Instinkt. Nichts weiter.

Die Hitze in meinen Wangen nimmt zu. Ich habe genug gesehen aus definitiv zu knapper Entfernung. Können auch Füße rot werden? Ich weiche zurück und senke meinen Kopf. Oh, nein! Jetzt weiß ich, was er meint.

Gleichzeitig mit ihm bücke ich mich und registriere nebenbei, wie Ronja erschreckt die Augen weitet. Im nächsten Moment reißt mich etwas von den Beinen. Ich kann das Gleichgewicht nicht halten und setze mich neben die Pizzaschachtel.

Was zur Hölle …? Meine Augen folgen einem schwarzen, etwa kniehohen Hund, der durch das Lokal rennt, als wären ihm die apokalyptischen Reiter auf den Fersen. Misttöle!

»Entschuldigen Sie, kommt nicht wieder vor«, ruft mir eine ältere Dame mit unerträglich heller Stimme zu. »Hierher, Miss Marple, böser Hund, böser, böser, böser Hund!«

Ich starre dem Tier verblüfft hinterher. Was wollte ich noch gleich? Ah, Pizza aufheben. Doch da liegt keine Pizza mehr auf den Terrakottafliesen neben mir, stattdessen schwebt eine Hand vor meinen Augen. Schöne Hand, feingliedrige Finger, gar nicht die Hand eines Bauarbeiters.

»Wollen Sie nicht mal langsam aufstehen?«

»Wieso?«, sage ich sarkastisch, ignoriere die Hand und ziehe mich an einem Barhocker hoch. »Aus dieser Perspektive kann ich mich wunderbar in niedrigere Lebensformen hineinversetzen. Feldstudie, sozusagen.« Gott, was bin ich froh, keine High Heels zu tragen, damit wäre ich nicht so leicht in die Höhe gekommen.

»Hast du dir wehgetan?« Ronja hält die Pizzaschachtel in der Hand und sieht mich besorgt an.

Ich schüttele den Kopf, reibe kurz meine Nase – ich muss das Problem dringend lösen, einen Arzt aufsuchen, abschneiden, irgendwas – und ziehe mein Kleid gerade.

David blickt mich finster an. »Ihr Sarkasmus ist fehl am Platz, Frau Kaiser, ich wollte nur helfen.«

»Nicht nötig, danke.« Ich funkele ihn an und drehe auf dem Absatz rum.

»Fee …«, ruft Ronja mir hinterher. »Ich komme gleich nach, ja?«

Ich hebe die Hand. Mir doch egal.

»Wo bleibt ihr denn? Ich rede schon mit mir selbst, so lange wart ihr weg. War eine Schlange auf dem Klo?«

»So ähnlich.« Ich zucke mit den Schultern und setze mich.

»Wo ist Ronja?«

»Steht mit David an der Theke, kommt gleich.«

»Ist etwas passiert? Du machst ein Gesicht wie …«

»Hingefallen. Ein Hund hat mich umgerannt.«

»Oh, wehgetan?«

»Nicht wirklich.« Mit zusammengekniffenen Lippen schenke ich mir Wein ein. Pur. Ohne Wasser. Mein Blick huscht zum Nebentisch. Der Bürgermeister hebt sein Glas und nickt mir zu. Er sitzt alleine.

»Wo ist denn der andere?«, frage ich Nicole leise.

Sie beugt sich vor. »Der war richtig sauer und ist wutentbrannt rausgestürmt. Hast du ihn nicht gesehen? Er müsste an euch vorbei sein.«

»Nein, ich war … äh, anderweitig beschäftigt. Auf dem Boden, mit Pizza und Hund.«

»Pizza?«

»Egal«, winke ich ab. »Warum war der Typ sauer?«

»Keine Ahnung. Er hat irgendwas von *Das wird sich noch zeigen* gesagt und ist wütend abgeschwirrt.«

Die Nacht ist klar, und der Mond wirft sein silbriges Licht über die Fassaden des Dörfchens.

»Lieb von dir, dass du ein Stück mit mir in die falsche Richtung gehst«, bedanke ich mich bei Ronja, als wir über das Kopfsteinpflaster auf die andere Straßenseite gehen.

»Es ist ja nicht weit, und ich wohne nur ein paar Häuser vom Scardellis weg.«

»Also fast schon außerhalb Himmelreichs«, frotzele ich.

Ronja lacht. »Ja, so ungefähr.«

Vor der Tür krame ich in der Tasche nach dem Schlüssel, finde ihn und stecke ihn ins Schloss. Irgendwie komisch, in eine Gaststätte zu gehen, um nach Hause zu kommen.

»Du, sag mal, stehst du auf David?« Ich gebe es nur ungern zu, aber die Frage wollte mir tatsächlich den größten Teil des Abends nicht aus dem Kopf gehen.

»Klar!« Ronja steckt die Hände in die Hosentaschen und grinst mich frech an. »Wer steht nicht auf ihn? Hast du mal an ihm geschnuppert?«

»Äh … weiß nicht.« Ich stutze. Vor etwas mehr als einer Stunde war ich ihm verdammt nah, genau genommen hätte ich seinen Duft wahrnehmen müssen. Habe ich aber nicht. Wahrscheinlich hat die Pizza alles andere überlagert, oder meine Nase war zu sehr beschäftigt mit Kribbeln.

»Ist vielleicht besser so, er ist ja vergeben. An Mrs. Hach-die-Sonne-verdirbt-den-Täng.« Sie verstellt die Stimme, legt ihren Handrücken an die Stirn und seufzt gespielt auf.

Amüsiert verdrehe ich die Augen und schiebe die Tür einen Spalt auf. Ein langer Tag. Ich gähne.

»Ach, Fee, wer war eigentlich der Typ mit dem Motorrad, der dich nach Hause gebracht hat?«

»Das war Marlon«, sage ich und simultan zu jedem Buchstaben flattert ein kleiner Schmetterling in meiner Magengrube. Huch?

»Marlon. Okay. Und weiter?«

»Oh, danach habe ich ihn gar nicht gefragt.« Im Nachhinein wundert mich das. Allerdings ist es auch nicht wichtig. Oder?

Ronja winkt ab. »Nein, ich meine: Kennt ihr euch länger, ist das einer aus Frankfurt? Ach nein ...« Sie schlägt sich an die Stirn. »Sorry, bin nicht mehr so aufnahmefähig, du sagtest ja, dass du seinen Nachnamen nicht kennst. Was die Frage aufwirft, wo du diesen leckeren Typ aufgegabelt hast.«

Sie lehnt sich an die Hauswand und spielt mit einer rotblonden Locke. Ich schätze, der Schlaf muss noch warten.

»Hinterm Park auf dem Feld. Er hatte sich verfahren, wollte nach Wolkenbusch.«

»Aha.« Sie blickt mich von unten herauf an.

»Ja, ernsthaft. Und er hat mir von seinen zwei Flaschen Mineralwasser eine abgegeben, und so sind wir ins Plaudern gekommen.«

»Du erzählst mir gerade, der Typ, der aussieht wie einer, der sich von Joints und Gin ernährt, hatte Wasser dabei?«

Ich nicke und zucke mit den Schultern.

»Und er hat dich nur bis vors McLeods gebracht? Ist nicht noch auf ... einen Kaffee mit hoch?«

»Ronja!«

»Ich mein ja nur. Eine Sünde wäre er schon wert.«

»Kann sein«, sage ich knapp und gähne. »Aber jetzt muss ich ins Bett, sonst schlafe ich auf der Treppe ein.«

Wir wünschen uns eine gute Nacht, und ich schleiche leise durch den Gastraum, die Treppen hoch und ohne Umwege ins Badezimmer, abschminken. Ich befürchte, wenn ich das Bett sehe, falle ich spontan in Tiefschlaf.

Marlon ... Ein schöner Name. Ich gebe etwas Lotion auf einen Wattebausch und streiche mir damit über mein Gesicht.

Morgen werde ich ihn wiedersehen.

6.

Mein Handywecker klingelt? Nein, er brüllt. Ich entsinne mich nicht, ihn in der Nacht noch gestellt zu haben. Müde angle ich das Handy vom Nachttisch.

»Kleinkarierter Pfau!«

»Ach ja? Soll ich mal an deine Zimmertür pinkeln?«

Das kommt definitiv nicht von dem Gerät in meiner Hand. Vor dem McLeods geht es laut her, das offene Fenster – diesmal setze ich mich vorsichtig auf – lässt jeden Ton herein. Ich gähne und fahre mit den Händen über Gesicht und Haare.

»Zimmertür? Also wirklich, Karl! Du vergleichst diese Dreckskübel mit einer Behausung? Das ist ja lächerlich«, höre ich es krächzen.

»Für Blumen! Jawohl. Und nimm den Stock runter, du Wurzelzwerg!«

Neugierig geworden knie ich mich aufs Bett und blicke aus dem Fenster. Strahlend blauer Himmel. Es scheint ein heißer Tag zu werden.

Unter meinem Fenster stehen Karl König und ein alter, gebeugter Mann, der nicht aufhört, zu meckern und dabei mit seinem Stock in der Luft herumzufuchteln. Neben ihm sitzt ein Hund, dessen Fell der Kopfbehaarung seines Besitzers gleicht und aussieht, als hätte man einige Fäden silbrig mattes Lametta darüber gehängt.

Man gebe mir ein Kissen für die Ellenbogen.

Jetzt tritt Alex aus der Tür.

»Was ist denn hier los? Könnt ihr euch auch woanders streiten?«

Karl König fährt auf dem Absatz herum.

»Der Herr von Hilsenhain ist also auch schon wach? Wird ja mal Zeit. Gottestreue Bürger waren bereits in der Messe und sitzen längst am Mittagstisch.« Er legt eine Pause ein. Wahrscheinlich erwartet er, dass seine Worte sich setzen und das schlechte Gewissen auslösen, das er erwartet.

»Ich kenne sogar welche, die sitzen in der Kirche in der ersten Reihe und übertönen mit ihrer Schnarcherei selbst den Pfarrer«, höre ich Alex sagen und presse mir die Hand vor den Mund. Das ist besser als jede Comedy Show.

»Aber ich bin wenigstens anwesend! Im Übrigen ist das nur ein einziges Mal passiert. Aber du! Du hast jeden Sonntag geschlossen. Das muss man sich mal vorstellen! Eine Gaststätte, die sonntags zuhat! Und das in unserem Städtchen ...«, konterte der Bürgermeister.

»Dorf. Außerdem ist es ein Pub. Sag mal, habe ich an deine Blumenkübel gestrullert oder der Hund? Jetzt krieg dich mal wieder ein, Karl.« Alex fährt sich mit der Hand durch sein schwarz-graues Haar.

»Rüdenpipi stinkt nicht!«, krächzt der Alte dazwischen und sein Hund bellt, als würde er ihm zustimmen.

Sogleich höre ich den Bürgermeister wettern: »Hör mal, Albert Axthelm, diesen Spruch kann ich nicht mehr hören. Jedes Pippi stinkt, insbesondere die Brühe von deinem altersschwachen Köter!«

Von links nähert sich ein Typ, der aus der guten alten Hippiezeit entsprungen zu sein scheint. Sein Alter kann ich schlecht einschätzen, ich sehe ihn ja nur von oben, jedoch glaube ich, er ist nicht viel jünger als Alex. Er trägt sein dunkles Haar lang und hat ein buntes Stirnband um den Kopf gebunden. Seine Hände stecken in den Taschen einer zerfledderten Jeans, die Finger gucken unten raus, über der Jeans trägt er ein Regenbogenhemd, und um seine Schulter hängt eine große, prall gefüllte Stofftasche, die auch schon bessere Zeiten gesehen hat.

»Hey, alles locker, Leute.« Er zieht eine Hand aus der Hosentasche und macht das Peace-Zeichen.

»Sodom und Gomorrha in dem Kaff!«, kräht der alte Axthelm, und ich muss mir Mühe geben, nicht laut loszulachen, als er mit dem Stock vor der Nase des Neuankömmlings herumfuchtelt. »Du kiffst wieder, Jupp! Ich rieche es!« Dann dreht er sich für sein Alter recht flink zum Bürgermeister um. »DAS stinkt! Nicht das Rüdenpipi!«

»Ach, halt den Rand, alter Griesgram!« Karl König winkt ab.

»Hey«, meldet sich der Hippie. »Verschärfte Situation. Bin verlassen worden. Und wenn ein Mann verlassen wird, ist das echt hart, ey.«

»Pipifax! Gegenüber meiner ehemaligen Villa wird eine Fabrik gebaut!«, keift der Alte. »Verschandelt die ganze Gegend. Stinkende Fabriken und bunte Parkbänke! Pah!«

»Albert, die Produktionsstätte liegt auf dem Hügel auf der anderen Seite. Das ist wirklich weit genug von deinem … dem Haus entfernt. Außerdem sind ein paar Bäume dazwischen«, sagt Alex, tritt zu Jupp und klopft ihm auf die Schulter. »Du packst das, Jupp. Irgendwann lernst du die Frau kennen, die zu dir gehört. Kopf hoch. Was ist eigentlich in der Tasche? Willst du auswandern?«

So viele Männer, und nicht einer singt mir ein Ständchen. Gespannt höre ich weiter zu.

»Bisschen wenig zum Außer-Landes-Gehen, Alter. Aber hey, ich mach das alte Kino wieder klar. Wenn die Fabrik fertig ist, ziehen vielleicht ein paar Leute her. Und irgendwann geht fast jeder mal ins Kino. Und überhaupt, brauch eh nen Zeitvertreib. So ohne Rita …« Er winkt ab. »Egal, ich mach dann mal ins Kino ab. So long, Leute. Und, Peace, ey. Immer locker im Schritt.«

»Aber keinen Krach machen!«, ruft ihm Karl König hinterher und fuchtelt mit dem Zeigefinger in der Luft. »Heute ist Sonntag! Der Tag des Herrn! Am siebenten Tage sollst du ruhn!«

»Dann brüll hier nicht so rum, du Despot!«, wettert Axthelm und zieht an der Leine. »Komm, Herr Schmidt, wir gehen!«

Mein Hirn schreit nach Kaffee, aber ich kann mich nicht losreißen. Dabei hoffe ich inständig, dass keiner hochblickt. Herrlich!

Schließlich stehen nur noch Karl König und Alex unter meinem Fenster.

»Na, altes Haus, hast du dich wieder beruhigt? Dein Gesicht ist jetzt etwas weniger rot als noch vor einer Minute«, höre ich Alex amüsiert sagen.

Der Bürgermeister fährt sich über die Halbglatze.

»Die Fabrik spaltet unser bezauberndes Städtchen, Alex. Sehen die denn nicht, dass sie in der Tat ein Segen ist? Himmelreichs Halspastillen! Welch ein Gewinn! Wir werden Schlagzeilen machen und …«

»Ja, ja, das werden wir, Karl, ganz sicher. Lass den Leuten Zeit, sie gewöhnen sich schon daran. Du siehst doch, selbst Jupp bringt das verfallene Kino auf Vordermann. Ich kann mir gut vorstellen, dass hier so mancher aus dem dörflichen Winterschlaf aufwacht.«

»Mag sein …«

»Kaffee?«

»Da sage ich nicht Nein.«

Beide Männer verschwinden im McLeods. Ob ich einfach so hinuntergehen und mir einen Kaffee holen kann? Warum nicht?, es stand ja in der Stellenausschreibung: Kost und Logis frei. Außerdem habe ich Hunger auf Honigtoast.

Nach einem ausgedehnten und sehr späten Frühstück mit Alex – Karl König hat sich nach einem Kaffee verabschiedet – bin ich im Bilde, dass Alex' Tochter zwar noch in

Himmelreich lebt, aktuell jedoch mit ihrem Freund Josh und dessen Tochter Lotta in Ägypten die kompletten Sommerferien verbringt. Auch weiß ich jetzt, dass Karl König eine Allergie gegen Gerbera hat und Gertrud lange glaubte, der tägliche Blumenstrauß käme von ihm. Tatsächlich war Pfarrer Wohlfahrt der Blumenspender, und letztendlich haben sich die beiden ineinander verliebt. Was für eine putzige Geschichte.

Die nächste Information allerdings verunsichert mich.

»Morgen ist ja dein erster Arbeitstag, also Arbeitsabend, wir öffnen ja erst um achtzehn Uhr. Und … wie soll ich's dir sagen? Jennifer sollte dich eigentlich einarbeiten … Da wird wohl nichts draus. Gestern hat sie verkündet, dass sie nicht mehr erscheinen wird. Sie tritt ab Montag einen neuen Job in Freiburg an. Schlimm?«

Verdattert blicke ich ihn an. »Nein. Ja. Nein. Doch. Irgendwie schon. Wer arbeitet mich nun ein?«

»Ich.« Er lächelt. »Es ist nicht so schwer. Die Speisekarte hat vier Gerichte, wobei drei immer gleich sind, und das vierte sagt dir Ronja einen Tag vorher. Die Getränke hast du schnell drauf. Ich zeige dir, wo alles steht, wie du die Kaffeemaschine und die Zapfanlage bedienst. Du schaffst das. Hey, eine Jennifer hat's geschafft, da wirst du das schon dreimal hinbekommen.«

Ich atme tief durch und verziehe mein Gesicht zu einer Art Lächeln. »Klar«, sage ich vordergründig gelassen.

»Da habe ich keine Zweifel.«

Alex macht sich fröhlich pfeifend an die Arbeit – Pflanzenpflege im Biergarten und Verfugen einiger loser Mauerstücke –, und ich gehe nachdenklich in mein Zimmer hoch, Koffer auspacken.

Sorgsam räume ich den Inhalt in den Schrank – bunt links, einfarbig rechts, die Schuhe finden unten Platz – High Heels nach hinten, Flaches nach vorne. Dann schiebe ich den Koffer unters Bett. So, und nun?

Ich blicke auf die Uhr. Himmel! Schon kurz nach zwei am Mittag. Was mache ich denn jetzt bis heute Abend um zehn? Die Gegend erkunden? Es gibt sicher noch mehr als Wald, Felder und den See, an dem ich mit Marlon verabredet bin. Ah, ich könnte versuchen, mich mit der Umgebung vertraut zu machen und zum See zu laufen. Man weiß ja nie, ob ich spontan den Heimweg antreten muss, und dann kenne ich mich schon aus.

Sorgsam lege ich Fotoapparat und Sonnenbrille bereit und blicke nachdenklich an mir herunter. In dem beigefarbenen Baumwollkleid komme ich mir vor wie ein Becher Magerquark. Ich brauche etwas Buntes, Leichtes. Eine Shorts wäre bei dem Wetter genau das Richtige. Aber ich habe keine Shorts. Hm, noch nicht.

Kurz entschlossen ziehe ich die rote Hose mit den Blumen heraus. Die aufgestickten Blüten beginnen auf einer Seite ein Stück unterhalb der Hosentasche und erstrecken sich über die gesamte Länge.

Kurzerhand greife ich zu dem Becher auf dem Schreibtisch, in dem Stifte und eine Schere stecken, ziehe die Schere heraus und schneide die Hosenbeine ab. Einmal anprobieren – wunderbar, nicht zu kurz, nicht zu lang. Die Shorts reichen bis eine Handbreit unter meinem

Po. Shirt dazu, Sneakers an, Sonnenbrille auf, Kamera umgehängt, fertig.

Ich steckte Bikini und Handtuch in die Stofftasche mit dem Aufdruck »Monas Modescheune« und werfe Geldbeutel und Handy obenauf. Gut gelaunt hüpfe ich wenige Minuten später die Treppen hinunter.

Mit einem Korb in den Händen erscheint Alex in der Tür.

»Gehst du fotografieren? Hübsche Idee. Nimm dir aus dem Kühlschrank in der Küche eine Wasserflasche mit, musst du nicht kaufen. Genieße den Tag, viel Spaß.«

Damit geht er an mir vorbei zur Tür hinaus. Wasser, klar, hätte ich fast vergessen, und es ist unwahrscheinlich, dass mir noch einmal ein Motorradfahrer mit Wasser in der Tasche begegnet.

Draußen ist es heiß. Ich marschiere aus Himmelreich hinaus Richtung Gottstreu und biege kurz nach dem Ortsschild rechts ab. Ein Schotterweg bringt mich zum Waldstück, das laut Ronja bis weit hinter Gottstreu führen soll. Rein in den Wald oder am Feld entlang? Ich entscheide mich für den schattigeren Waldweg, der parallel zum Feld verläuft. Ich freue mich auf einen erfrischenden Hüpfer in den See. Marlon meinte, er hätte sogar einen Steg und eine Badeinsel in der Mitte.

Es ist herrlich, durch den Wald zu spazieren, wenn durch die Baumkronen vereinzelte Sonnenstrahlen blitzen. Mein Schritt wird langsamer, tief atme ich die Waldluft ein, lausche den Vögeln, hier und da raschelt es im Unterholz. Dann stehe ich vor einer Gabelung. Der linke

Abzweig will mich tiefer in den Wald hineinführen, der rechte auf ein Feld. Irgendwo hier im Wald soll es einen Bach und eine Lichtung geben. Durch eine Lücke im Dickicht sehe ich eine riesige Wiese außerhalb des Waldes. Ich umfasse meine Kamera. Der Bach muss warten. Erst Wiese, dann See. Ja, so fühlt sich das passend an.

Ich trete in die Nachmittagssonne hinaus, bleibe stehen und schiebe die Sonnenbrille vom Kopf vor die Augen. Etwas weiter entfernt sehe ich Kühe auf einer Weide grasen, in der Ferne ragt die Kirchturmspitze von Himmelreich in den Himmel. Das war es auch schon. Um mich herum Natur, so weit das Auge reicht, und vor mir eine der wunderbarsten Wiesen, die ich jemals gesehen habe. Bunt und weit. Gräser, Kräuter, Blumen, das Schwirren von Insekten, Summen von Bienen auf Nektarsuche. Mit beiden Händen die Kamera haltend, gehe ich durch ein breites, offen stehendes Holzgatter, das aussieht, als wäre es schon jahrelang nicht mehr bewegt worden. Auf dem Rückweg muss ich mir einen Strauß pflücken, nehme ich mir vor. Daraus könnte ich viele kleine Sträuße für die Tische im McLeods binden.

Langsam gehe ich weiter, will nur noch umgeben sein von dieser bunten Vielfalt, die mich so überwältigt, dass ich gar nicht weiß, was ich zuerst fotografieren soll. Meine Augen versuchen, alles auf einmal zu erfassen. An einem verwitterten Holzbalken schlängelt sich eine Prunkwinde in Zartviolett, ein Stück daneben wachsen weiß blühende Schleifenblumen, gelbe Färberkamille und Ringelblumen. Sogar Mädchenaugen und Kokardenblumen entdecke ich.

Ach, rot blühender Mohn, leuchtend blaue Kornblumen, dazwischen immer wieder hübsche Disteln.

Verzückt gehe ich in die Hocke und knipse um mein Leben.

Ohne Vorwarnung erhalte ich einen Schubs. Unfreiwillig setze ich mich ins Gras, mein Kopf fährt herum. Ach du Scheiße!

Der riesige Kopf eines Rindes kommt näher, aus dem Maul schiebt sich eine lange Zunge heraus.

»Weg! Fort mit dir! Kusch!«, schreie ich die Kuh an, robbe auf allen vieren in einen vermuteten Sicherheitsabstand und komme wieder in die Höhe. Einen Moment bleibe ich wie paralysiert stehen. Eine Kuh! Eine ganze Herde! Und alle kommen sie auf mich zu. Jetzt ist die Kuh von eben bei mir und leckt einmal quer über meine Kamera.

Ist die irre!? Kopflos stürze ich davon.

»Brauchen Sie Hilfe?«, höre ich entfernt rufen. Im Rennen drehe ich den Kopf, sehe einen Jogger am offenen Gatter stehen und merke: Ich schlage die falsche Richtung ein. Im Übrigen ist Rennen übertrieben, Trailhopping träfe es eher.

Ich hüpfe über Bodenerhebungen, umrunde Distel- und größere Grasbüschel. Es muss hier doch irgendwo noch einen anderen Ausgang geben! Zwischen Gatter und mir nur Kühe. Und die heften sich an meine Fersen. Oder an meine rote Hose. Reagieren Rindviecher tatsächlich auf Rot? Aber … herrje … völlig egal, warum sie mir folgen. Sie folgen mir!

Ein Blick über die Schulter. Der Läufer hat sich wohl entschlossen, den Matador zu spielen, und setzt sich in Bewegung. Aber er ist noch weit entfernt. Bis dahin bin ich totgetrampelt oder eingeschleimt. Plötzlich verliere ich den Boden unter den Füßen, lande auf dem Po und rutsche wie ein Stück Butter auf der heißen Kartoffel auf einen Wassergraben zu. Instinktiv reiße ich den Arm mit der Kamera hoch.

Platsch! Na toll ...

Mitten durch die Wiese zieht sich ein flacher Wassergraben. Und ich sitze mittendrin. Im Gegensatz zu der trockenen Wiese ist der Graben an dieser Stelle unangenehm schlammig. Ich komme zu dem Schluss, dass ich hier wohl die Tränke der Kühe gefunden habe. Die Brühe reicht mir bis knapp über den Bauch. Meiner Kamera geht es gut. Mir auch. Zum Glück. Bis auf die Tatsache, dass ich pitschnass bin, scheinen alle Gliedmaßen funktionstüchtig. Meine Stofftasche dagegen ist bis zur Hälfte durchtränkt. Na prima!

»Danke auch, ihr blöden Rindviecher!«, schimpfe ich, und eine Kuh antwortet mir mit einem langen Blöken. Ist das die von eben? Ich habe keine Ahnung, für mich sehen sie alle gleich aus.

Okay, nachdenken, Fee. Die Kühe stehen auf der einen Seite, also muss ich zur anderen Seite hoch. Das ist nur ein knapper Meter und nicht steil. Umständlich komme ich in die Höhe, peinlich darauf bedacht, meine Schritte mit Bedacht zu wählen, am Ende fällt noch die teure Kamera ins Wasser, und DAS wäre wirklich ärgerlich. Meine Füße versinken bis zum Knöchel im Schlick. Uh! Ist. Das. Widerlich! Wie ein Storch durchquere ich den vielleicht drei Meter breiten Graben, als ich hinter mir beunruhigende Geräusche höre.

Sie kommen!

Tatsächlich! Diese Mistviecher folgen mir wieder. Wahrscheinlich haben sie nur gewartet und sich ins Hörnchen gelacht, um dann geschlossen gegen mich vorzurücken. Jetzt bin ich mir sicher: Das muss die Herde von der Landstraße sein. Und sie rächt sich.

»Haut ab!«, brülle ich panisch und ziehe einen Fuß aus dem Schlick. Dann den anderen. Heißer Atem in meinem Nacken. Eine Zunge, rau und warm. Igitt! Kopflos versuche ich, von der Kuh wegzukommen, hebe einen Arm, berühre ihr Horn und … Oh Gott, was, wenn die mich auf die Hörner nimmt?

»Edeltraud! Ab mit dir!«

Mit einem spitzen Aufschrei plumpse ich der Länge nach ins Wasser. Bis auf einen Arm, den kann ich hochhalten. Alles für die Kamera!

Fluchend komme ich zum Sitzen, klatsche mit der flachen Hand auf die Wasseroberfläche und lasse einen Schrei fahren. Alles nass, der Bikini, das Handtuch … Mein Geldbeutel. Ich! Bis auf die Haut. Und wenn mein Hintern, der sich gerade in den Schlick einmummelt, genauso schwarz aussieht wie meine Füße, kann ich die Klamotten wahrscheinlich gleich in den Müll werfen. Ich hasse Kühe! Ab sofort hasse ich sie.

Dann erkenne ich, wer der Jogger ist.

Mit besänftigenden Worten packt er die Kuh am Ohr und führt sie zurück auf die Wiese. Die anderen folgen ihm. Ich besinne mich auf mein Vorhaben und stehe umständlich auf. Nur weg hier! Dieser Gandier ist der Letzte, dem ich in diesem Augenblick begegnen will! Gott, ist das peinlich …

Auf allen vieren krabbele ich das kurze Stück den Hang hinauf.

Der Weg zum Gatter ist frei. Entschlossen atme ich durch und marschiere los.

»Jetzt warten Sie doch!«, ruft es hinter mir.

Ich ignoriere ihn und meine kribbelnde Nase und beschleunige meine Gangart. An Rennen ist nicht zu denken, die Tasche ist schwer, und meine Schuhe schlotzen. Bei jedem Schritt scheinen sie sich in den Boden zu saugen.

Viel zu schnell ist David Gandier bei mir und hält mühelos mein Tempo. Idiot!

»Was wollen Sie eigentlich von mir?«, frage ich schwer atmend, ohne ihn anzublicken. Meine Hand zuckt zur Nase. Nur unter Aufbietung aller Willenskraft hindere ich mich am Kratzen.

»Ich? Von Ihnen?« Er hält mich am Arm fest, bringt mich zum Stehen und dreht mich zu sich um. »Ich wollte mein Trainingsprogramm absolvieren, als ich Zeuge wurde, wie eine durchgeknallte Person aus der Großstadt total panisch vor ein paar Kühen davonläuft und in einen kleinen Graben fällt. Und Sie fragen mich, was ich will? Das da …« Er zeigt auf die friedlich grasenden Rinder. »Das da sind die Kühe von Bauer Möllers. Wahrscheinlich hat sein Sohn mal wieder vergessen, das Gatter zu schließen, das kommt ab und zu vor. Aber es hat meines Wissens noch nie eines von den Mädels die Weide verlassen. Sie sind nur neugierig. Bekomme ich vielleicht ein Danke? Danke, dass Sie mich aus einer Situation gerettet haben, die ungefähr genauso bedrohlich war wie der Milchtritt einer schnurrenden Katze?«

Seine braunen Augen funkeln mich wütend an, und ich sehe, wie er die Kiefer zusammenpresst.

»Wenn Sie so großen Wert darauf legen ... Danke. Im Übrigen können Sie mich loslassen. Und wenn hier jemand durchgeknallt ist, dann wohl Sie. Was fällt Ihnen eigentlich ein, mich so anzubrüllen?!«

Herrje, dieses Kribbeln! Es treibt mir fast Tränen in die Augen. Ich muss es vertreiben. Sofort! Ich reibe kurz über die Nasenspitze und schiebe fast zeitgleich meine Sonnenbrille hoch. Getarnte Aktion, ich bin stolz auf mich.

Abrupt lässt er mich los und tritt einen Schritt zurück. Offenbar hat er sich abgeregt, denn sein Blick gleitet äußerst amüsiert an mir herunter und wieder hoch.

Wäre ich ein Teekessel, würde ich jetzt pfeifen. Mit einem Ruck schiebe ich die Sonnenbrille wieder auf die Nase.

»Ja, machen Sie sich nur lustig über mich!« Ich speie ihm die Worte vor seine beneidenswert trockenen Füße und marschiere wutentbrannt Richtung Feldweg.

»Idioten! Lassen einfach das Gatter offen! Fahrlässig ist das! Edeltraud ... So heißen Omas, die sonntags in der Küche stehen und Dampfnudeln backen. Edeltraud ...«

Hinter mir lacht es. Ich drehe mich um. Der Mann ist nicht mehr ganz dicht, definitiv. Er steht mitten auf der Wiese, die Hände auf die Knie gestützt und lacht sich kringelig. Auf dem Absatz mache ich kehrt. Oh, meine Rückseite ist höchstwahrscheinlich schlickschwarz, aber ist das ein Grund, sich schlappzulachen?

Kurz darauf weiß ich, was ihn so erheitert. Ich habe Gesellschaft. Edeltraud hat klammheimlich aufgeholt und marschiert mit mir im Gleichschritt auf das Gatter zu. Einfach so. Ohne mich zu schubsen, ohne ihre gefährlich lange Zunge auszufahren. Zumindest vermute ich, dass sich um besagte Edeltraud handelt. Und wenn nicht, auch egal. Die Rindviecher sehen sowieso alle gleich aus.

Gandier hat aufgehört zu lachen. Schulterblick. Auch er bewegt sich Richtung Gatter.

Endlich habe ich es erreicht und trete auf den Schotterweg. Die Kuh bleibt stehen und sieht mich an. Ich blicke an ihr vorbei, zu Gandier. Der bückt sich und bindet sich die Schuhe. Gut.

»Edeltraud«, sage ich vorwurfsvoll, »das war nicht nett!«

Edeltraud sieht mich aus großen Augen an, schüttelt den Kopf, wendet sich ab und trottet zur Herde zurück. Diese schönen Kuhaugen haben echt lange Wimpern, da würde so manche Frau was drum geben.

»Warten Sie auf mich! Ich möchte Sie etwas fragen«, ruft Gandier und trabt auf mich zu.

Ich bin so perplex, dass ich mich nicht von der Stelle rühren kann. Und schneller als erwartet ist er bei mir.

Die Nase kribbelt.

»Warum sind Sie mir gegenüber so ablehnend, Frau Kaiser?«

Apfel, Apfel, Apf…

»Hallo? Ich habe Ihnen eine Frage gestellt.«

Apfel … Dieses Kribbeln macht mich wahnsinnig. Scheiß drauf! Ich kratze ungeniert, schultere die nasse Tasche und setze mich in Bewegung. Zurück nach Himmelreich. Ach nein. Ich bleibe stehen, überlege kurz und wechsle die Richtung. Am besten, ich springe in voller Montur in den See und lasse die Sachen in der Sonne trocknen. Dann muss ich nicht durch Himmelreich schlickern. Oder? Ich stoppe. Doch. Ich gehe weiter.

»Wissen Sie endlich, wohin Sie wollen?«

»Es zwingt Sie niemand, an mir zu kleben wie Honig am Mundwinkel, Herr Gandier. Warum interessiert Sie so brennend, welchen Weg ich nehme?«

»Es ist unhöflich, Fragen nicht zu beantworten oder eine Frage mit einer Gegenfrage zu beantworten.«

»Herr Gandier … ich habe Schlamm am Arsch! Sagen Sie mir jetzt bitte nicht, was sich gehört und was nicht. Da ist übrigens ein Weg in den Wald hinein. Wie wäre es, wenn Sie einfach abbiegen?« Ich recke mein Kinn vor und lege noch einen Zahn zu.

»Ich wollte Ihnen nur das Du anbieten.«

»Hören Sie … offenbar hatten wir beide nicht nur einen schlechten Start, auch finden wir absolut keinen Draht zueinander. Es gibt also keinen Grund, sich mir so plump anzunähern. Warum also sollte ich das annehmen? «

Er lächelt versöhnlich und legt den Kopf schief. »Weil ich eigentlich ein netter Kerl bin?«

Ich gebe auf. »Okay ... ich bin Felicia, und du bist David. Hallo, David. So. Erledigt.« Ich deute in den Wald hinein. »Da ist der Weg. War angenehm, dich getroffen zu haben. Schönen Tag noch.« Damit drehe ich mich um und gehe zügig weiter.

Der Schlamm auf meiner Rückseite beginnt zu trocknen. Zeit für ein ausgiebiges Bad. Hoffentlich finde ich eine einsame Stelle. Und ob ich *du Idiot* oder *Sie Idiot* denke, macht keinen Unterschied.

Nach einer Weile lausche ich – keine Schritte hinter mir – und werfe einen prüfenden Blick über die Schulter. Nur Schotterweg, kein Mann. Gut so!

Unbeirrt folge ich dem Weg, der mich hoffentlich zum See bringt. Der gleichmäßige Schritt und die Ruhe um mich herum entspannen mich. Süß hat er ausgesehen und definitiv sexy in dem verschwitzen Sportshirt. Seine Schultern ... so gerade. Und die Waden erst ... Ich gebe zu, muskulöse Männerwaden haben für mich etwas Erotisches. Sie kommen gleich nach weich geschwungenen Lippen, drahtigem Körper und sehnigen Armen. Und Knackpo. Und dieser David hat alles zusammen. Teufel noch eins.

Meine Gedanken brauchen Ordnung, also gehe ich die Blumen durch, die ich auf dem Rückweg pflücken und zu einem Strauß binden werde. Ein Haargummi, um sie zusammenzuschnüren, ist in der Tasche, glaube ich.

Mohn, Kornblume, Färberkamille, eine dekorative Distel dazwischen … Warum behandle ich David eigentlich so mies?

Gut, wir hatten einen schlechten Start, aber das ist kein Grund, warum ich mich benehme, wie ich mich nicht benehmen möchte. Es ist, als könnte ich nicht aus meiner Haut. Etwas an ihm lässt mich auf Abstand gehen. Aber was? Möglicherweise der Umstand, dass der feine Anzug und sein arrogantes Auftreten zu Beginn mich an Ethan erinnert haben? Den Eindruck revidiere ich inzwischen. Ethan ist blond und würde nie auf die Idee kommen, alleine durch den Wald zu joggen. Golfen, ja. Segeln oder Badminton kämen ebenfalls infrage. Letzteres jedoch nur im Doppel und immer bemüht, bloß nicht zu viel zu schwitzen. Nachdenklich setze ich einen Fuß vor den anderen und kaue auf der Innenseite meiner Wange herum. Jetzt hab ich es! Ich bin frischgebackener Single und mag mich noch nicht auf Neues einlassen. Klar. Oder? Und was ist mit Marlon? Schwimmen nachts im See? Hm … Das ist es also auch nicht. Aber was ist es dann?

7.

Unbarmherzig brennt die Sonne vom Himmel, und mein Handtuch ist nass. Somit ist es unbrauchbar, also zurück nach Hause!

Kurzerhand biege ich rechts auf einen schmalen Feldweg ein, denn denselben Weg zurückgehen, den ich gekommen bin, hieße unter Umständen David über den Weg laufen. Und das will ich unbedingt vermeiden. Ich orientiere mich am Kirchturm. Der Weg scheint parallel zu Himmelreich zu verlaufen und wird mich hoffentlich mit einem nur kleinen Umweg zum McLeods bringen.

Der Schlamm auf meiner Shorts beginnt zu trocknen. Mit jedem Schritt fällt ein Bröckchen ab. Mit etwas Glück bin ich bei Ankunft sozusagen schlammfrei. Dreckig zwar, aber wenigstens nicht mehr nass.

Nach der Hälfte der Strecke schmerzt meine Schulter so sehr, dass ich eine Pause einlegen muss. Ächzend stelle ich die Tasche ab, ziehe das Handtuch heraus und drücke das Wasser aus dem vollgesogenen Frottee. Dass mir das nicht schon früher eingefallen ist! Anschließend breite ich es auf der Wiese aus und lege die nasse Brieftasche und die Kamera daneben. Ich habe Zeit. Kein Stress, keine Hektik, kein Vergleich mit der rastlosen Betriebsamkeit in Frankfurt. Straffer Terminplan – sowohl geschäftlich als auch in der Freizeit. Eine Party jagte die nächste, ein Cocktailempfang den anderen, und wenn mal nichts geplant war, plante man eben etwas. Sehen und gesehen werden – das ist das Wichtigste gewesen.

Tief atme ich durch, und nicht nur, weil der schwere Beutel nicht mehr an meiner Schulter hängt.

Etwas mehr als eine Stunde später – und mit einem dicken Bündel verschiedener Feldblumen in der Hand – passiere ich ein Stück vor der Himmelreicher Landstraße eine hübsche kleine Villa mit Erker. Bäume schirmen das Haus von der Straße ab. Ob das die Villa von dem alten Kauz ist? Wie heißt er noch gleich? Axthelm ... seltsamer Name, doch irgendwie passend. Auf der anderen Straßenseite erkenne ich auf einer Anhöhe die Baustelle. Hier soll wohl die Fabrik gebaut werden. Mehrere Zaunelemente aus Eisen frieden ein großes Areal ein. Zwei Bagger, ein Bauwagen. Ich verlasse den Feldweg, biege ab und schlendere langsam weiter die Straße entlang. Es ist ein gutes Gefühl, Zeit zu haben. Dass mir das vorher nie aufgefallen ist!

Wenig später betrete ich das Kopfsteinpflaster Himmelreichs. Keine zwei Tage ist es her, dass ich in strömenden Regen angekommen bin. Mir kommt es länger vor.

Direkt nach dem Ortsschild passiere ich eine Autowerkstatt und einen leer stehenden Laden. Im Schaufenster hängt ein Schild – »Zu verkaufen« und eine Telefonnummer. Es sieht aus, als hinge es schon länger dort.

An der Sandsteinmauer vor dem Laden steht eine entzückende, mit silberner Patina überzogene kleine Holzbank. Daneben rankt eine rot blühende Kletterrose an der Hauswand empor. Schon fast vorbei, drehe ich um und lege Blumenstrauß und Tasche auf die Bank. Mit den Händen schirme ich die Augen ab und presse meine Stirn gegen das Schaufenster. Ein Holztisch mitten im Raum, Terrakottafliesen, Natursteinmauern. Was da wohl mal drin war? Schade, dass er leer steht. Ich schnappe mir Strauß und Tasche und passiere in Gedanken vertieft Gertruds Lädchen, die Eisdiele, den Gemüseladen und Monas Klamottenladen. Dann habe ich das McLeods erreicht.

Im Inneren herrscht gähnende Leere. Ruhetag. Auch Alex scheint ausgeflogen. Ich sehe in der Küche und im Biergarten nach. Keine Menschenseele.

Nach einer ausgiebigen Dusche verteile ich eine große Portion Körperlotion auf mir und massiere die nach Limone und Malve duftende Lotion mit kreisenden Bewegungen ein. Wie sich wohl Marlons Hände auf meinem Körper anfühlen? Der Gedanke jagt mir ein kurzes Kribbeln in den Magen. Schnell schlüpfe ich in das luftige Baumwollkleid, dabei habe ich nicht mal das Gefühl, etwas auf der Haut zu tragen, es ist so leicht wie ein Windhauch.

Apropos Wind. Ich öffne das Fenster, um etwas Luft in den Raum zu lassen. Mit mäßigem Erfolg. Kein Windstoß erleichtert die drückende Schwüle, die sich schon auf dem Feld wie ein Mantel um mich gelegt hat. Hm, der perfekte Tag, um spätabends ein kühles Bad zu nehmen. Ich lege den Geldbeutel zum Trocknen auf die Fensterbank, den Inhalt breite ich auf dem Schreibtisch aus, greife mir die Kamera und gehe nach unten.

Im Kühlschrank finde ich Kartoffelsalat und Würstchen. Darauf liegt ein Zettel mit meinem Namen. Wie süß ist das denn? Hungrig esse ich noch in der Küche. Dann stelle ich das Geschirr in die Spülmaschine und gehe hinaus in den Biergarten.

Wenig später sitze ich entspannt zurückgelehnt an einem schattigen Plätzchen, die nackten Füße auf einen Stuhl gelegt, und scrolle die Fotografien des Tages durch. Meine Gedanken schweifen immer wieder ab. Bin ich eigentlich irre, mit einem fremden Mann nachts an den See fahren zu wollen? Schöner Laden, da könnte man ein schnuckeliges Blumengeschäft eröffnen, meiner Oma hätte es sicher gefallen. Wie sich Marlons Bauchmuskeln anfühlen mögen? Das habe ich ja schon testen dürfen, allerdings mit T-Shirt dazwischen. Ob sein Hintern so fest ist, wie er aussieht? Oh, das Bild mit den Grashalmen vor blauem Himmel kann ich löschen. Leider zu unscharf. Ich scrolle weiter, lösche, scrolle und lösche. Irgendwann lasse ich die Kamera in meinen Schoß sinken und schließe die Augen.

Etwas berührt mich an der Schulter.

»Fee?«

»Was?!« Ich schrecke hoch. Wo bin ich? Ich muss eingeschlafen sein. Mein Bein schläft immer noch.

»Alex ... Oh, ich ...« Die Kamera liegt immer noch in meinem Schoß. Es ist fast dunkel. Sanftes Licht quillt aus den Mauernischen. Verwundert reibe ich die Augen. »Wie spät ist es?«

»Kurz vor zehn. Auch ein Glas Wein?« Erst jetzt bemerke ich die Flasche Wein und zwei Gläser auf dem Tisch.

»Tut mir leid, ich glaube, das geht nicht, weil ... Ein andermal, ja?«

Ich springe auf. Oh Gott, ich muss mich beeilen, Tasche packen, Haare kämmen, Handtuch, Bikini. Hatte ich den auch zum Trocknen ausgelegt? Ich erinnere mich nicht.

»Hast du noch was vor?«, fragt Alex erstaunt, setzt sich und schenkt sich ein Glas Rotwein ein.

Wie bestellt und nicht abgeholt stehe ich vor ihm und nestele an der Kamera herum. »Ja, ich treffe mich noch mit jemandem.«

»Mit Ronja?«

»Äh ... nein.«

Er sieht mich amüsiert an. »Schon einen Mann kennengelernt?«

Warum komme ich mir jetzt vor wie eine Tochter, die ihrem Vater Rechenschaft ablegen muss?

»So was in der Art, ja.«

»Nicht Mann, nicht Frau ... Aha.«

Ich rolle mit den Augen. »Einen Mann. Und nein, er ist nicht von hier.«

»Ich frage doch gar nicht.«

Verlegen ringe ich mir ein Lächeln ab. »Ich muss dann mal los, bin spät dran ...«

»Wünsche viel Spaß.« Er lehnt sich zurück, steckt sich ein Zigarillo an und zwinkert mir zu.

Jetzt aber schnell.

Zehn Minuten später trete ich aus dem McLeods. Hastig habe ich ein frisches Handtuch und den feuchten Bikini in die Tasche gestopft. Egal, er wird sowieso nass werden ... wenn ich ihn überhaupt anziehe.

Marlon wartet bereits. Himmel, der Typ sieht verboten gut aus in dem dunklen, engen Shirt und schwarzen Lederhosen! Seine Füße stecken in bulligen Bikerstiefeln.

»Hi, Süße. Können wir?« Er reicht mir einen Helm.

»Hi, Marlon, aber sicher doch.« Ich, ziehe den Helm auf und grinse hinter dem blickschützenden Visier bis zu den Ohren. Und wie wir können.

Der Fahrtwind lässt mein Kleid flattern. Es ist herrlich! Am liebsten würde ich wie Leonardo di Caprio die Hände in die Luft strecken und »Ich bin der König der Welt rufen«, aber dann müsste ich meine Finger von Marlons stahlhartem Bauch nehmen und den Spruch in »die Kaiserin der Welt« abändern.

Realitätscheck!

Erstens: für den Sommer ursprünglich geplant – Segeltörn mit Ethan und ein paar anderen widerlichen Snobs. Umgesetzt – Motorradtour zum See mit heißem Bad Boy.

Zweitens: Mindestens ein halbes Jahr warten bis zur nächsten Beziehung. Soweit der Plan.

Realität: Erotisches Nacht- oder Nacktbaden in einem Dorfsee hat nix mit Beziehung zu tun. Passt.

Du liebe Güte, was ist nur in mich gefahren?

Fazit: egal. Läuft. Und ab sofort pfeife ich auf Moralvorstellungen und Pläne! So!

Nachdem ich vor einer Woche auf einer Orakel-Webseite den Hinweis des Universums gezogen hatte, dieses Jahr um Gottes willen bloß nichts Neues anzufangen, werde ich das tun, was ich sowieso schon getan habe: diesen Schwachsinn ignorieren. Eventuell sollte ich meine Haare abschneiden lassen. Einfach nur, um diesem blödsinnigen Orakel die Nase zu zeigen. Da fällt mir ein: Meine Nase hat heute Abend noch gar nicht gekribbelt.

Marlon fährt meiner Meinung nach viel zu schnell in eine Kurve. Ein Grund, meine Arme noch fester um ihn zu schlingen. Er duftet herb und reizvoll männlich. Jahrelang habe ich geglaubt, Ethan wäre der Mann meines Lebens, weil ... Ja, warum überhaupt? Status, Sicherheit ... all das. Und weil ich ihn wirklich geliebt habe – warum auch immer.

Man weiß ja nie, warum man jemanden liebt, man tut es oder nicht. Im Prinzip bestimmt die Suche nach Liebe das Dasein, oder? Und das Warten. Wir warten auf den Seelenpartner, den Deckel zum Topf, auf den Bus, auf besseres Wetter, den richtigen Moment. Ich warte nicht mehr, ich packe das Leben jetzt beim Schopf. Und wenn Marlon nicht der Richtige ist, dann ist es eben ein anderer. Wann immer der auch meinen Weg kreuzen mag. So lange genieße, lebe und liebe ich. Der erste Schritt ist bereits getan – ich bin weg aus Frankfurt. Der nächste Schritt sitzt vor mir und fühlt sich unter meinen Händen verdammt heiß an.

Von mir aus können wir das Schwimmen gerne auslassen.

Endlich sind wir da! Marlon schultert die Tanktasche, nimmt mich an der Hand und wirft mir einen Blick zu, der mir schon jetzt das Kleid auszieht.

»Komm«, sagt er mit einem vibrierenden Bass in der Stimme. »Bleib dicht bei mir, es ist dunkel.«

»Ach, hätte ich ohne diesen Hinweis sicher nicht bemerkt«, versuche ich meine aufkeimende Unsicherheit zu überspielen. Was mache ich hier eigentlich? Die Fahrt ist vorbei – jetzt wird es wohl ernst. Will ich das wirklich? Vorsichtig einen Fuß vor den anderen setzend, folge ich ihm auf dem schmalen Weg, der von Bäumen und Büschen gesäumt ist, bis wir den See erreichen.

Beeindruckt bleibe ich stehen und beobachte, wie Marlon ein großes Tuch ausbreitet und … Teelichter anzündet. Wie süß! Der Bad Boy ist ja romantisch. Meine Bedenken verfliegen, als hätte ich in Mehl gepustet.

Stille umgibt uns. Auf der gegenüberliegenden Seite des Sees beleuchten Lampen ein Gebäude, hinter dessen Fenstern es dunkel ist. Schemenhaft erkenne ich einen Steg, der nicht weit davon entfernt ins Wasser führt. Das muss das Café sein.

Ich schlüpfe aus den Schuhen und trete ans Ufer. Kleine Wellen schwappen leise gegen meine Füße. Es ist wunderbar hier.

»Fee?«

Ich drehe mich um. Marlon steht im Halbdunkel und winkt mich zu sich.

»Was möchte die Dame? Wein, Wasser, ein paar Trauben dazu?«

Mein Blick folgt seiner Hand. Zwischen den Teelichtern findet sich ein Arrangement aus einer Rotweinflasche, zwei gefüllten Bechern, roten Trauben und Käse. Hatte er das alles in der Tasche?

»In dieser Reihenfolge«, sage ich und setze mich. »Beginnen wir mit Rotwein?«

»Wie die Dame wünscht.« Er öffnet die Flasche, und stellt sie ab. »Oder wollen wir erst mit einem kühlen Bad loslegen?«

Ohne jegliche Scheu zieht er seine Lederhose aus und das Shirt über den Kopf. Okay … Die Bauchmuskeln sehen genauso aus, wie sie sich anfühlen. Meine Hand zittert Richtung Nase, die in diesem Moment leicht zu kribbeln beginnt. Ich tarne das Reiben, indem ich die Beine anziehe, mich leicht abwende und mit der anderen zum Rotweinbecher greife. Himmel, der Typ trägt keine Badehose, soweit ich das erkennen kann, eher einen knappen, schwarzen Slip, der nicht verhüllt, was darunter verborgen liegt. Hastig führe ich das Weinglas zu den Lippen.

Was macht er denn jetzt? Er zieht den Slip auch noch aus? Mehr als nervös schenke ich mir Wein ein, nippe am Becher, verschlucke mich und muss husten. Trinken und Luftholen gleichzeitig ist unbedingt zu vermeiden.

»Alles in Ordnung?« Mit einem Schritt ist er bei mir, nimmt mir den Becher aus der Hand und klopft vorsichtig auf meinen Rücken. Verdammt – er ist so nahe bei mir, dass ich die Hitze seines stahlharten Körpers durch mein dünnes Kleid spüren kann. Was mich daran erinnert, dass einer von uns entweder zu viel oder zu wenig anhat.

Der Hustenanfall lässt nach.

»Danke, Marlon. Mücke verschluckt …«, nuschele ich ins Glas und mustere ihn verstohlen.

»Willst du etwa damit ins Wasser?«, fragt er mich verschmitzt und zupft sachte an meinem Kleid.

»Gute Frage … Ich glaube nicht, denn ich hatte heute schon ein Bad in Klamotten.« Ich kichere nervös, stelle den Becher ab und schlinge die Arme um meine Beine. Und starre auf die sich leicht wiegende Wasseroberfläche.

Nicht auf seine Mitte gucken, nicht auf seine Mitte gucken!

Keinen Schimmer, warum ich plötzlich so prüde bin, schließlich hatte ich ihn in Gedanken ja schon vernascht.

»Dann zieh es doch aus«, sagt er, steht auf und geht die wenigen Schritte zum Ufer.

Mein Herz galoppiert so schnell, dass mir das als Bewegung völlig ausreicht. Nebenbei stelle ich fest: Der Anblick von Marlons Rückseite schickt mir eine Wärme in den Schoß, die garantiert nichts mit der Umgebungstemperatur zu tun hat. Himmel, der Typ scheint nur aus Muskeln zu bestehen! Alles in mir drängt, diese Vermutung bestätigt zu sehen. Trotzdem beschränke ich mich vorerst aufs Gucken und verfolge gebannt jede seiner panthergleichen Bewegungen. Jetzt steht er bis zu den Oberschenkeln im See und dreht sich etwas zur Seite. Heiliges Kanonenrohr! Wenn da nicht ein Baumstamm schräg aus dem Wasser ragt, muss es etwas sein, das zu diesem Mann gehört.

Okay, ganz ruhig, Fee. Mal im Ernst, wann hat man schon mal Gelegenheit, mit Eros höchstpersönlich und gediegen in lauwarmem Seewasser zu vögeln? Dabei fällt mir ein: Ethan mochte es nicht, wenn die Dinge beim Namen genannt wurden.

Vögeln, vögeln, vögeln. So!

Marlon streckt eine Hand aus. »Komm, es ist angenehm.«

Oh ja, das glaube ich gern.

Verwundert stelle ich fest, meine Nase kribbelt nicht mehr, dafür prickelt es ein paar Stockwerke tiefer. Langsam stehe ich auf, schiebe – noch langsamer – die Träger des Kleides über meine Schultern. Das Kleid fällt zu Boden. Eine Weile bleibe ich einfach so stehen, genieße seine Blicke auf mir, spüre überdeutlich, dass er mich begehrt. Ich fühle mich wie ein Kunstwerk. Das ist Balsam für meine Seele, und ich koste es mit jeder Zelle aus.

Im Mondlicht erkenne ich, wie sich Marlons Brustkorb rasch hebt und senkt, seine Hände spielen mit dem Wasser, seine Augen ruhen auf mir. Mit lasziver Lässigkeit entledige ich mich des BHs und streife den Slip ab, dann gehe ich auf Marlon zu. Erst umspült das Wasser meine Fesseln, dann die Waden, die Oberschenkel. Es ist herrlich kühl. Marlon nimmt meine Hände, zieht mich langsam in den See hinein. Unsere Blicke heften sich ineinander.

Bis zur Brust tauche ich ins Wasser ein. Plötzlich zieht Marlon mich mit einem Ruck an sich und presst hart seine Lippen auf meine. Überrumpelt gewähre ich seiner fordernden Zunge Einlass, atme schneller, und meine Hände fliegen über Marlons Rücken, den Hintern, die Schultern. Fest ist er, dieser Mann, und kräftig. Oh Gott, er drückt seine Männlichkeit gegen mich, und ich fürchte, nun ist es um meine mental aufflackernde Gegenwehr endgültig geschehen.

Mit einem rauen Stöhnen packt er meinen Hintern und hebt mich hoch. Wie von alleine schlingen sich meine Beine um seine Körpermitte, ich müsste nur mein Becken etwas anheben und … Gott, ich glaube zu bersten, wenn er mich nicht sofort nimmt. Aus meinem Mund quillt ein kehliger Laut, und ich bewege mein Becken in dem Rhythmus, den seine Finger vorgeben. Normalerweise schließe ich meine Augen. Diesmal nicht. Ich will sehen, wie er mich gierig betrachtet, sehen, wie seine Muskeln spielen. Markante Wangenknochen, stahlharte, im Mondschein silbrig gefärbte Muskeln, Wassertropfen auf seiner Haut.

»Herr SCHMIDT! HIERHER!«

Das darf doch wohl nicht ...

Schlagartig beginnt meine Nase wie verrückt zu jucken. Ich löse mich von Marlon. Die Stimme ist zu nah! Viel zu nah. Oh Gott, wie peinlich!

So schnell ich kann, wate ich, mich immer wieder umblickend, ans Ufer, schnappe mir das Kleid, werfe es über und setze mich auf die Decke. Im nächsten Moment bricht ein fast kniehoher Hund aus dem Gebüsch, kläfft mich zweimal kurz an und verschwindet im Dunkel hinter mir.

»Da bist du ja, Herr Schmidt!«, höre ich es etwas weiter weg und hoffe, es hat uns niemand gesehen.

Meine Lust liegt irgendwo am Grund des Sees und ist schon mal schlafen gegangen. Kurz schüttelt es mich durch, wahrscheinlich die Aufregung. So ein Körper steckt eine Bremse von hundert auf null ja nicht so einfach weg, der vibriert noch nach. Hastig leere ich den Becher Rotwein. Jetzt geht es mir etwas besser.

»Wer war DAS denn?« Marlon lässt sich neben mir auf das Tuch fallen. Ein flüchtiger Blick bestätigt mir, dass der Vorfall auch seine Lust gedämpft hat.

»Ich glaube, das war so ein alter Kauz mit Hund aus Himmelreich, der einen letzten Spaziergang macht.«

»Und das ausgerechnet hier ...«

»Ja ...« Ich seufze und lächle Marlon zu. Der liegt, wie Gott ihn schuf, auf der Seite neben mir, den Kopf auf eine Hand gestützt. Wassertropfen glitzern auf seiner harten Brust. Ein schöner Mann. Ich stecke ihm eine Traube in den Mund und schiebe ein Stück Käse hinterher.

»Ist dir nicht kalt?«

»Kalt?« Er zieht die Brauen hoch. »Neben mir sitzt eine der wunderbarsten Frauen aller Zeiten, da ist mir definitiv nicht kalt, eher das Gegenteil.«

Wie zur Bestätigung reckt sich etwas in seiner Mitte steil auf. Marlon lacht und deutet nach unten. »Siehst du?«

Ja, ich sehe. Schnell greife ich zum Käse und kaue darauf herum.

»Ist es nicht viel besser, nicht gleich beim ersten Date Sex zu haben?«, beginne ich vorsichtig und frage mich erneut, was in mich gefahren ist.

»Wenn du meinst ...«

Lächelnd reiche ich ihm eine Traube. Er nimmt sie mit den Lippen auf, packt mein Handgelenk, küsst jeden einzelnen meiner Finger und sieht mich dabei an, dass mir ganz anders wird.

In der Ferne höre ich Hundegebell. Und jetzt auch noch Stimmen! Nicht unweit von uns scheint sich ein weiteres Pärchen zum romantischen Mondscheinvögeln getroffen zu haben. Ich seufze. Für meinen Geschmack ist an diesem See zu viel los, als dass ich mich in hemmungslosen Liebesspielen verlieren könnte.

»Ich will dich ...«, raunt er mir zu und streicht mit den Fingerspitzen über mein Dekolleté.

Ja, ich will dich auch, also vielleicht, aber aktuell grad nicht, sorry.

»Hörst du das Pärchen nebenan nicht, oder stört es dich nur nicht?«

Er zuckt mit den Schultern. »Was soll mich daran stören?«

»Marlon ...« Ich reiche ihm den Becher mit Wein, den er noch nicht angerührt hat. »Lass uns austrinken und nur ein bisschen reden, okay? Irgendwie ist mir die Lust vergangen.« Ich beschreibe mit der Hand einen großen Bogen. »Hier ist es offenbar belebter, als ich dachte, und eigentlich kennen wir uns noch gar nicht ... Ach, tut mir leid ...« Ich grinse und lege den Kopf schief.

»Mir auch. Nur reden also ...«, wiederholt er meine Worte konsterniert, und ich nehme am Rande wahr, wie seine Männlichkeit schlaff auf den Oberschenkel sinkt, als hätte man die Luft rausgelassen.

Mir ist echt nicht zu helfen, da will man einmal so richtig schön verrucht und hemmungslos sein ...

Später setzt Marlon mich vor dem McLeods ab. Ich steige ab und gebe ihm den Helm.

»Danke es war ... ein wunderschöner Abend. Wir sollten das wiederholen.« Mit dem Reden hat er es die letzte halbe Stunde am See dann doch nicht so gehabt.

»Das sollten wir, Babe! Ich ruf dich an oder schicke dir eine Nachricht. Bin morgen geschäftlich unterwegs.« Er zieht mich zu sich und küsst mich. Dieser Kuss fühlt sich wild und leidenschaftlich an. Na ja, das darf er ja schließlich auch, oder? Kurz springt der Gedanke in meinen Kopf, was Marlon heute noch mit sich anfängt. Ob er sich einen Porno reinzieht, wie es Ethan manchmal getan hat, ohne zu ahnen, dass ich davon wusste? Oder ob er sich nach einer kalten Dusche restlos betrinkt und sich schlafen legt?

Das Tuckern seiner Maschine schallt von den Häuserwänden, als er losfährt. Ich sehe ihm nachdenklich hinterher, und mir wird klar, dass ich immer noch nicht mehr von ihm weiß als seinen Vornamen und dass er Frauen als Schnitten bezeichnet. Was macht er überhaupt, wenn er sagt, er ist geschäftlich unterwegs? Arbeitet er in einer Motorradwerkstatt, oder ist er tagsüber ein ganz anderer? Ein Geschäftsmann mit Anzug und Krawatte vielleicht? Ich nehme mir vor, ihn bei nächster Gelegenheit zu fragen.

Seufzend schließe ich die Tür auf und schlucke einen bitteren Nachgeschmack hinunter. Ich rufe dich an … Das klingt so … banal.

8.

»Na, das klappt doch ganz gut. Und keine Sorge, montags sind nie viele Gäste da. Das schaffst du schon. Auch einen Kaffee?« Alex lächelt mir aufmunternd zu und drückt auf den Knopf der Kaffeemaschine. Dröhnend fließt der schwarze Muntermacher in die Tasse.

Froh, keinen einzigen Tropfen verschüttet zu haben – und das auf High Heels –, schiebe ich das schwere Tablett mit fünf gefüllten, hochstieligen Weingläsern auf den Tresen. Mit beiden Händen fahre ich mir über die Haare.

»Nein, danke, zwei Tassen reichen. Und klar schaffe ich – oh, nein …«

Okay, das war meine Sonnenbrille. Kann man vergessen, dass man eine Sonnenbrille auf dem Kopf hat? Ja, ich kann das. Leise fluchend gehe ich in die Knie und pflücke die Brille vom Boden. Ein Glas ist herausgefallen. Und gesprungen. Klar, oder?

»Kaputt?«, fragt Alex.

Ich nicke seufzend. »Lass mich raten. Gibt es bei Gertrud.«

»Du lernst schnell. Aber eines würde ich gerne wissen.« Er deutet schmunzelnd auf meine hochhackigen Schuhe. »Warum trägst du die da?«

Seufzend werfe ich die Brille in den Abfalleimer. »Ich dachte, wenn es heute Morgen mit High Heels funktioniert, klappt es heute Abend in flachen Tretern umso besser.«

Das ist gelogen. Tatsache ist, Alex hat mich mit der Einweisung ins Kellnern kalt erwischt, denn ich hatte schlicht und einfach nicht mehr daran gedacht. Nach dem Aufstehen war mir nach vertrauter Kleidung.

Jetzt, eine Stunde später wird auch mir klar, dass mein Outfit für diese Tätigkeit irgendwie unpraktisch ist, meine Fußballen brennen wie die Hölle. Außerdem sieht die schwarze Kellnerschürze auf einem pinkfarbenen Kleid mit weißen Punkten bescheuert aus.

Keine zehn Minuten später betrete ich, begleitet von dem Bimmeln der Türglocke, Gertruds Lädchen.

Und erstarre unter der Tür.

»Als mein zukünftiger Ehemann solltest du zu mir halten, Johann!« An der Theke des Krämerladens streiten sich Gertrud und der Pfarrer, den ich nun zum ersten Mal in normaler Straßenkleidung sehe. »Muss ich unbedingt erst von der alten Liese erfahren, dass du hinter meinem Rücken gegen die Fabrik wetterst? Schlimm genug, dass du auf der Gemeindesitzung ungeniert gegen den Bau gestimmt hast, nachdem ich weg war. Das hat mich verletzt, Johann, sehr verletzt sogar.«

»Aber ... aber, das hat doch mit uns nichts zu tun, mein Herz.« Pfarrer Wohlfahrt ergreift Gertruds Hand, doch sie zieht sie wütend weg.

Oh, es ist wohl besser, ich gehe. Ich wende mich halb zur Tür.

»Und das mit der Hochzeit ... Ah, Felicia! Guten Morgen.«

Mist! Langsam drehe ich mich um und versuche, ein Lächeln zustande zu bringen.

»Hallo, Gertrud. Guten Morgen, Herr Pfarrer. Ich denke, ich komme einfach später noch mal vorbei.«

Schon die Klinke in der Hand, will ich aus dem Laden, werde jedoch von Gertrud gestoppt, die mich wohl als willkommene Reißleine betrachtet, die sie jetzt auch sofort zieht.

»Auf dich habe ich gewartet!« Eilig stürmt sie auf mich zu, packt meine Hand und zieht mich zum Tresen. »Hier!« Sie drückt mir ein schmales Heft in die Hand; es ist nicht größer als eine Postkarte, und auf dem Umschlag steht *Himmelreichrezepte – einfach himmlisch*. »Das ist gestern Abend erst geliefert worden. Frisch gedruckt und ungelesen. Für dich. Als Willkommensgeschenk.«

Pfarrer Wohlfahrt, dessen Gesichtsfarbe eine ungesunde Röte angenommen hat, nickt mir lediglich kurz zu und verlässt den Laden.

»Pah!«, höre ich Gertrud ausstoßen und blättere verlegen in den wenigen Seiten, die mir diverse Rezepte zeigen.

»Ist das nicht großartig?« Sie strahlt mich an. »Mein erstes Rezeptheft. Nur die Anleitung für die Pastillen durfte ich leider nicht abdrucken.« Verschwörerisch blickend beugt sie sich über den Tresen. »Die ist ab sofort geheim …!«

»Ah, so wie das Rezept für Cola.«

»Ganz genau!« Gertrud richtet sich auf und reckt das Kinn vor.

Ich hebe das Heft hoch und lächle.

»Vielen Dank, bestimmt werde ich einiges daraus nachkochen, sobald ich eine eigene Wohnung habe.« Ich stecke das Heftchen in meine Tasche.

»Ach, stimmt, du bist ja in Schoschos Kinderzimmer untergebracht. Willst du denn hierbleiben? Weißt du das schon? Ist heute nicht dein erster Arbeitstag? Das wird schon, mach dir mal keine Sorgen, und wir Himmelreicher nehmen Neulinge ja immer gerne auf. Zum Glück, sag ich da nur. Denn wenn erst einmal die Fabrik steht, werden ja auch viele Arbeitskräfte benötigt, die dann alle nach Himmelreich ziehen. Oh Gott, wir haben ja gar nicht genug Wohnraum!« Sie schlägt die Hand vor den Mund.

»Für wen?« Nicole betritt durch den Hinterraum den Laden. »Ah, hallo, Fee. Guten Morgen. Suchst du schon eine Wohnung, oder habe ich da eben was falsch verstanden?«

»Ja«, sprudelt Gertrud heraus, bevor ich antworten kann. »Ist das nicht toll? Aber sie muss sich beeilen, denn wenn die Menschen erst ins Städtchen strömen …«

»Dorf! Tantchen, du klingst beinahe wie Karl König!

Achtung, das könnte ansteckend sein«, wirft Nicole amüsiert ein.

»Hallo, Nicole«, begrüße ich Gertruds Nichte. »Wie schön, dich zu sehen, wirklich, wirklich schön. Und nein, bislang habe ich noch nicht an eine Wohnung gedacht.« Ich lasse meinen Blick auf der Suche nach einem Ständer mit Sonnenbrillen durch den Laden schweifen. Ah, da, gleich neben den Zeitschriften.

Gertrud hebt den Finger. »Das solltest du aber, Liebelein, weil …«

»Weil Himmelreich bald überbevölkert sein wird«, ergänzt Nicole schmunzelnd. »Wissen wir. Nebenbei, hast du dich mit Johann gestritten? Mir war, als hätte ich dich schimpfen gehört.«

Gertruds Miene verdunkelt sich.

»Ich sehe mich mal etwas im Laden um«, sage ich beiläufig und steuere den Brillenständer an.

»Wie kann ich einen Mann heiraten, der nicht voll zu mir steht, Nicole?«, höre ich Gertrud jammern.

Soll ich die mit den dunkleren Gläsern nehmen oder eher die mit den verspiegelten?

»Eine Ehe verlangt aber auch gegenseitige Akzeptanz. Du solltest seinen Standpunkt akzeptieren.«

Gertrud schluchzt auf. »Aber hinter meinem Rücken hat er …«

»Gar nichts getan. Du kennst seine Meinung über die Fabrik von Anfang an, oder? Johann liebt dich, das weißt du.«

»Ja …« Gertrud schnäuzt sich. »Aber …«

Hm, diese hier sieht auch ganz hübsch aus. Ich setze sie auf und checke in dem kleinen Spiegel, ob sie mir steht. Oh Gott, nein! Mit den riesigen Gläsern sehe ich aus wie eine Schmeißfliege.

»Siehst du?«, schmeichelt Nicole. »Und du liebst ihn auch. Ist das nicht alles, was zählt? Deine Pastillen werden hergestellt, ob in Himmelreich oder sonst wo.«

»Mag sein. Trotzdem, ich fühle mich von ihm verraten und verkauft und ...« Die Türglocke bimmelt, und der Briefträger tritt ein. Er legt mit einem fröhlichen Morgengruß Gertruds Post auf die Theke und verschwindet wieder. »... ach, ich fülle jetzt endlich mal die Süßigkeitengläser auf.«

Ich greife zu einer Sonnenbrille mit etwas helleren Gläsern und einem roséfarbenen Gestell, setze sie auf, blicke in den Spiegel. Passt.

»Die steht dir gut.« Nicole ist zu mir getreten. Hinter uns werkelt Gertrud geschäftig mit den Bonbongläsern. Zwischendurch seufzt sie verhalten.

»Ernsthafte Krise?«, will ich dann nun doch wissen und deute mit dem Kopf Richtung Gertrud.

Nicole hebt die Schultern. »Ich hoffe nicht.« Ihr Blick fällt auf die Brille in meiner Hand. »Nimmst du die?«

»Schätze schon.«

»Sag mal, hast du nicht Lust, mit mir und Ronja an den See zu fahren?« Sie geht vor mir zur Kasse, und ich folge ihr.

Als Gertrud bemerkt, dass wir auf sie zusteuern, wischt sie sich mit dem Handrücken über die Wange, schnapp sich ein Bonbonglas und verschwindet eilig und wortlos in der Küche.

»Puh!«, sagt Nicole und öffnet die Kasse. Ich gebe ihr einen Schein und nehme das Restgeld entgegen. »Und, fährst du mit?«

»Warum nicht? Ich sollte nur gegen vier zurück sein. Um sechs beginnt mein erster Arbeitstag. Wer fährt denn?«

»Wer fährt?« Sie blickt mich erstaunt an und schlägt sich kurz darauf an die Stirn. »Ach so, du hast kein Fahrrad, oder?«

»Äh, nein. Habe ich nicht.« Ich schiebe mir die Sonnenbrille auf den Kopf.

»Gertrud?«, brüllt Nicole nach hinten. »Hast du noch dein altes Rad?«

»Ja«, ruft sie aus der Küche. »Warum?«

Kurz darauf stöckelt Gertrud lächelnd in den Laden. Offenbar hat sie sich wieder gefangen.

»Du benötigst ein Fahrrad? Du kannst meines haben, ich nutze es schon ewig nicht mehr. Diese Radfahrerei ist nicht meins, ich laufe lieber. Wenn du magst, hole ich es dir.«

»Gerne. Was willst du denn dafür haben?« Ich ziehe den Geldbeutel aus der Tasche und öffne ihn.

Gertrud stellt mit Nachdruck das Glas auf der Theke ab und wirft mir einen Blick zu, der mich die Brieftasche sofort wieder schließen lässt.

»Nichts natürlich. Ich bin froh, wenn das Rad eine so nette neue Besitzerin findet. Es ist rot.« Dann verschwindet sie eilig nach hinten.

»Holt sie jetzt das Fahrrad?«, frage ich verwundert.

Nicole zuckt mit den Schultern. »Was sonst? Hat sie doch gesagt, oder? Komm, gehen wir schon mal raus.«

Ich folge ihr nach draußen, und die Hitze trifft mich wie ein Keulenschlag.

Der nächste Schlag folgt unmittelbar danach. Ein Auto hält, ein Mann steigt aus. Nur kann ich nicht erkennen, wer es ist. Ich blinzele und schirme die Augen mit der Hand gegen die Sonne ab.

»Du könntest deine neue Brille aufsetzen.« Nicole sieht mich amüsiert an.

Ich grinse ertappt – so eine Sonnenbrille auf dem Kopf kann man ja schnell mal vergessen – und schiebe sie auf die Nase.

»Guten Morgen die Damen, hervorragendes Wetter heute, nicht wahr?«

David. Warum zum Teufel meint mein Blut, jetzt unbedingt in mein Gesicht schießen zu müssen? Ich will irgendetwas Schlagfertiges erwidern, doch meine Nase macht mir mal wieder einen Strich durch die Rechnung.

»Hallo, David«, höre ich Nicole flöten und reibe mir leicht abgewandt die Nase, die sich gar nicht mehr beruhigen will. »Ja, das perfekte Wetter zum Schwimmen.«

»Du gehst Schwimmen? Beneidenswert. Ich muss gleich auf die Baustelle und ...«

Als ich mich den beiden wieder zuwende, stelle ich fest, dass sein Blick auf mir ruht, und das irgendwie einen Touch zu lange. Der Rest des Geplauders geht im Turbokribbeln meiner Nase unter. Herrje, so schlimm war es noch nie. Mir schießen die Tränen in die Augen. Zum Glück habe ich eine Sonnenbrille auf, die mich vor neugierigen Blicken schützt. Ich täusche einen Niesanfall vor und drehe David den Rücken zu. Plötzlich tippt mir jemand auf die Schulter.

»Fee?« Nicole. Mit einem breiten Grinsen drehe ich mich zu ihr um.

»Ja«, sage ich hastig. »Wunderbares Wetter.«

Nicole zieht verwundert die Brauen hoch, und ich bemerke, wie David mich auf eine seltsame Weise mustert.

Habe ich etwas Falsches gesagt? Angestrengt überlege ich, ob ich einen relevanten Teil des Gespräches verpasst habe, und versuche gleichzeitig herauszufinden, ob die senkrechte Falte zwischen David Augenbrauen heißen soll, dass er mich für total bekloppt oder für umwerfend gut aussehend hält. Ich entscheide mich für Letzteres.

»Ich wollte eigentlich nur wissen, ob du das Date mit Edeltraud verdaut hast?«, sagt er und sieht mich jetzt eindeutig amüsiert an.

Na toll! Danke, Nase!

»Edeltraud ...«, erwidere ich lang gezogen.

»Die Kuh.«

Nicole lacht auf. »Hier gibt es Kühe, die Edeltraud heißen?«

»Nur eine.« David sieht mich immer noch an. Ich versuche seinem Blick auszuweichen und grabe verzweifelt in einem wenig genutzten Teil meines Hirns nach einer Antwort. Schließlich finde ich sie.

»Ja.«

Okay, wenig geistreich, aber immerhin ein vollständiges Wort. Das soll mir erst mal einer nachmachen, dem das Blut unter Begleitung unerträglichen Nasenkribbelns bis in die Ohren rauscht.

Warum tut es das, verdammt?

Gertrud rettet mich.

»Hier ist das Schätzchen!«, ruft sie, schiebt das rote Fahrrad durch das Tor neben ihrem Lädchen und lehnt es an die Hauswand. »Gefällt es dir?« Sie sieht mich an, als hätte ich in diesem Moment eine von ihren Pastillen im Mund, kurz davor, sie in den Himmel zu loben.

»Wow!« Ein rotes Hollandrad mit Körbchen am Lenker. Überrascht stelle ich fest, dass es in einem Topzustand zu sein scheint. Ich hatte eine Rostlaube mit Plattfüßen und Spinnweben zwischen den Speichen erwartet. »Ein hübsches Fahrrad, Gertrud! Und so gepflegt ...«

»Ja, nicht wahr?« Sie lächelt stolz und streichelt über den roten Sitz. »Man muss die Dinge in Schuss halten, man weiß ja nie, ob man sie noch mal braucht. Und jetzt ist es deines. Du musst nur noch die Sitzhöhe einstellen, du bist etwas größer als ich. Siehst du, hier ist der Hebel. Einfach aufmachen, Sitz hoch, zumachen, fertig.«

»Danke, Gertrud, das ist wirklich ein tolles Fahrrad.« Ich lege die Handtasche in den Korb.

»Gertrud, hast du einen schnellen Kaffee für mich, bevor ich auf die Baustelle muss? Die Jungs kochen nämlich eine Brühe, die mich noch drei Tage später senkrecht im Bett stehen lässt«, höre ich David sagen.

Verstohlen betrachte ich ihn von der Seite. Mir gefällt der sanfte Schwung seiner Lippen und ... Verwirrt reiße ich meinen Blick von ihm los.

»Aber natürlich, David, der Kaffee ist sogar noch fr...«

Ein grelles Bimmeln unterbricht Gertrud, und David zieht sein Handy aus der Hemdtasche. Er runzelt die Stirn. Gespannt blicken wir ihn an.

Im nächsten Moment weiche ich erschreckt zurück. Wie aus dem Nichts schießt der Bürgermeister heran, bleibt an einem der Blumenkübel hängen, die an der Straße stehen, stolpert und greift nach Davids Arm, um sich abzufangen. Dem fällt dabei das Handy aus der Hand.

»Eine Katastrophe!«, ruft Karl König mit hochrotem Gesicht und streckt beide Hände beschwörend in die Luft.

»Allerdings.« David wirft Karl König einen verärgerten Blick zu und hebt sein Handy auf. Nach einem kurzen prüfenden Blick auf das Display tippt er eine Nummer ein. Offenbar hat es keinen Schaden davongetragen.

Gertrud verdreht die Augen. »Jetzt beruhige dich doch mal, Karl, du tust ja gerade so, als hätte sich irgendwo ein Loch aufgetan und alle wären hineingefallen.«

Inzwischen ist David mit ernster Miene beiseitegegangen und telefoniert. Nicole und ich sehen uns verwirrt an. Irgendetwas scheint passiert zu sein.

»Und DAS in unserem Städtchen, womit haben wir das nur verdient!«, jault der Bürgermeister weiter.

»Dorf«, bemerkt Nicole trocken und erntet von Karl einen vernichtenden Blick.

»Für derlei unqualifizierte Randbemerkungen ist aktuell definitiv nicht der richtige Zeitpunkt, junge Dame. Himmelreich steht vor dem Aus!« Er fingert an seinem Hemdkragen herum, als würde der ihm die Luft abschnüren. »Oder vor noch Schlimmerem!«

Ich frage mich, was er damit meinen könnte, als David, der jetzt das Gespräch beendet hat, das Wort ergreift.

»Red keinen Quark, Karl. Es wurden auf der Baustelle lediglich ein paar einzelne Knochen gefunden und …«

»Knochen! Genau! Und was für Knochen? Menschliche etwa …?« Er stützt sich schwer atmend an der Hauswand ab, zieht ein Tuch aus der Hosentasche und wischt sich damit über die knallrote Stirn.

Du liebe Güte, der Bürgermeister neigt offenbar zu maßlos übertriebenem Verhalten. Wahrscheinlich wurden bloß Teile irgendeines verendeten Tieres gefunden. Kuh oder so. Gut, es verzögert vielleicht die Arbeiten um ein paar Tage, aber deswegen so zu tun, als stünde Himmelreich vor dem Super-GAU?

In diesem Moment klingelt Davids Handy erneut. Er nimmt das Gespräch entgegen, dreht uns den Rücken zu und entfernt sich einige Schritte. Ich kann nicht verstehen, was er sagt, aber sein Tonfall lässt mich darauf schließen, dass es sich um einen Anruf seiner Freundin handeln könnte, Davids Stimme klingt sanft, aber auch etwas genervt. Klar, er hat momentan anderes im Kopf als lockeres Geplauder. Ethan mochte es auch nie, wenn ich ihn im Büro angerufen habe.

Auf der gegenüberliegenden Straßenseite sehe ich Pfarrer Wohlfahrt stehen und muss unwillkürlich grinsen. Er hat sich in sein grelles Joggingoutfit geworfen, das gelbe Shirt spannt deutlich über dem vorgewölbten Bauch. Vermutlich hat er sein Sportprogramm aufgeschoben, denn jetzt überquert er die Straße und steuert mit energischen Schritten direkt auf uns zu.

Gertrud Gesicht verschließt sich. Ich sehe, wie sie trotzig das Kinn nach vorne reckt und Karl König eine Hand auf den Arm legt.

»Ganz ruhig, Karl, es wird sich bestimmt bald klären, welche …«

»Was ist denn hier los?!« Pfarrer Wohlfahrt baut sich vor Karl und Gertrud auf und stemmt die Fäuste in die Hüften. Die Röte, die sich langsam von seinem Hals über die Wangen ausbreitet, steht der des Bürgermeisters in nichts nach.

Mit knappen Worten schildert Karl König, was er auf der Baustelle mitbekommen hat.

Der Pfarrer lacht spöttisch auf.

»Das ist mal wieder typisch! Der Herr Bürgermeister hat nichts Besseres zu tun, als den lieben langen Tag auf der Baustelle herumzulungern und sich als Bauleiter aufzuspielen. Karl, ich fürchte, das übersteigt eindeutig deine Kompetenzen, wenn man in deinem Fall dieses Wort überhaupt verwenden kann.« Seine Augen huschen zwischen Gertrud und dem Bürgermeister hin und her, gerade so, als wolle er eine Bestätigung in den Augen seiner Zukünftigen sehen.

Gertrud würdigt ihn keines Blickes, ja, sie nimmt nicht einmal die Hand von Karls Arm. Zumindest beim Bürgermeister hat Pfarrer Wohlfahrt Erfolg.

»Ach ja? Ich komme meiner Schuldigkeit als Stadtoberhaupt nach, die Fortschritte des Bauvorhabens zu begutachten, und wackele nicht wie eine Leuchtboje über Felder und stecke das Geld der Kollekte in unsinnige Kniekissen, obwohl die alten noch gut waren!«

»Karl, du weichst vom Thema ab. Das muss ich mir von dir nicht aufs Brot schmieren lassen! Der alte Hubertus hat schon recht gehabt mit dem, was er gesagt hat.« Der Pfarrer tritt einen Schritt vor, es fehlen nur noch wenige Zentimeter, bis sich die beiden Bäuche der Männer berühren.

»Der alte Hubertus …«, johlt Karl, »den nimmt doch keiner für voll. Der hat sich und seine Bienenkörbe, was weiß der schon?«

»Zum Beispiel, dass man auf Äckern, die seit Hunderten von Jahren brachliegen, nichts bauen sollte.«

»Und warum nicht, hä? So ein Blödsinn! Außerdem ist das kein Acker, sondern ein Hügel!« Karl schubst den Pfarrer mit seiner Wampe ein Stück weg.

»Hügelchen! Wenn überhaupt!«

»Auseinander, ihr Streithähne!«, schiebt sich Gertrud dazwischen und funkelt den Pfarrer wütend an. Wie zwei Jungs, die man kurz vor einer Prügelei trennt, weichen sie zurück.

»Gertrud«, höre ich David sagen, »ich schätze, der Kaffee muss warten, ich muss zur Baustelle.« Damit springt er in seinen Wagen und braust davon.

»Da schließe ich mich an«, sagt Karl König.

»Ja, geh nur und hab alles im Griff«, spöttelt der Pfarrer mit einem hastigen Seitenblick auf Gertrud. Die seufzt genervt auf und verschwindet im Laden, ohne ihrem Liebsten einen Blick zu schenken, der mir und Nicole kurz zunickt und dann beginnt, bemüht locker die Straße hinunterzutraben.

Ehe wir es uns versehen, stehen wir alleine vor Gertruds Lädchen. Nicole kichert und schüttelt den Kopf.

»Du findest das lustig?«, erkundige ich mich. Für meine Begriffe spielen sich hier Dramen ab, angeführt von einem durchgeknallten Bürgermeister und einem liebeskranken Pfarrer.

»Absolut«, kommt die Antwort. »Das ist nun mal Himmelreich. Und irgendwie vermisse ich das ewige Hickhack zwischen Bürgermeister und Pfarrer, am liebsten würde ich wieder nach Himmelreich ziehen. Aber es ist schön zu wissen, wie verlässlich die Dinge hier doch sind. Sag mal, Fee, hast du eigentlich bemerkt, wie unser schöner David dich angesehen hat?«

Natürlich habe ich das, meine Nase hat es auch bemerkt. Ich will nur nicht drüber reden.

»Nun, da ich jetzt einen fahrbaren Untersatz habe – sogar mit Korb –, stünde dem Seebesuch nichts mehr im Wege.«

Nicole streicht sich eine blonde Strähne aus der Stirn und lächelt mich an, als wüsste sie mehr als ich.

»Wunderbar. In einer halben Stunde holen wir dich vorm McLeods ab. Reicht dir die Zeit?«

»Wir?«

»Ronja geht auch mit. Hatte ich das nicht erwähnt?«

»Nein, aber das macht nichts. Ich freue mich.«

»Wunderbar. Dann bis nachher.« Nicole verschwindet im Laden.

Ich stelle fest, dass der Sattel des Fahrrads genau die richtige Höhe hat, steige auf – und komme mir dämlich vor, so mit schickem Kleid und High Heels auf einem Hollandrad. Seufzend trete ich in die Pedale und holpere über das Kopfsteinpflaster Richtung McLeods.

Dieser David hat unverschämt schöne, braune Augen.

9.

»Lasst uns den Waldweg nehmen«, ruft Ronja, die vorausfährt, und biegt schwungvoll vom Feldweg ab.

»Wir sollten unbedingt zu der Badeinsel schwimmen! Ich … WA…!« Ich bin plötzlich im freien Flug und finde mich einen Augenblick später auf dem Waldboden wieder. Mein Knie hat den Sturz voll abbekommen. »Aua!«

Das Fahrrad liegt auf dem Boden, im Gegensatz zu mir auf den ersten Blick unverletzt. Nur meine Badetasche ist aus dem Korb gerutscht. Stöhnend setze ich mich auf und begutachte mein Knie. Aufgeschürft. Blut drückt sich durch Haut und Bröckchen vom Waldboden, die daran hängen. Zumindest scheint nichts gebrochen zu sein.

Ronja und Nicole drehen um und stellen ihre Räder ab.

»Na super – hoffentlich kannst du damit heute Abend humpelfrei kellnern.« Geistesgegenwärtig greift Ronja ihre Wasserflasche, kniet sich vor mich und spült die Wunde mit Wasser aus.

»Sieht schlimmer aus, als es ist«, sagt sie.

»Denke ich auch, wird schon gehen.«

Nicole hebt mein Fahrrad auf und lehnt es an einen Baum.

»Das Rad ist auch in Ordnung«, sagt sie und klaubt noch meine Tasche aus der Botanik. Dann kniet sie sich ebenfalls zu mir.

»Sollen wir lieber umkehren?«

»Ach Quatsch!« Umständlich komme ich in die Höhe und klopfe mir das Kleid sauber. »Das ist nur ein Kratzer. Hat jemand ein Pflaster dabei?«

Einheitliches Kopfschütteln. Ich seufze. Egal. Das würde beim Schwimmen ja sowieso abfallen. Irgendwie scheint der See für mich mit schlechtem Karma behaftet zu sein.

»Was meint ihr, was das für Knochen sind, die sie auf der Baustelle gefunden haben?«, fragt Nicole plötzlich, nimmt dann einen Schluck aus der Wasserflasche und reicht sie an Ronja weiter.

»Vielleicht hat einer von Himmelreichs Vorfahren sein Lieblingspferd beerdigt«, werfe ich ein.

Einige Schritte vor mir raschelt es im Dickicht, und ich sehe etwas Blaues aufblitzen. Nur kurz, dann ist es verschwunden.

»Habt ihr das auch gesehen?«, frage ich und kneife die Lider zusammen. Da, schon wieder.

»Hallo?«, rufe ich.

Ronja gibt Nicole die Flasche zurück und folgt meinem Blick. »Vielleicht ein Wildschwein?«

»Oder ein Kind mit einer blauen Mütze.« Nicole zuckt mit den Schultern. »Wenn ihr mich fragt, ich will jetzt so schnell wie möglich in den See, bevor ich noch erschwitze.«

Gegen 23 Uhr bin ich völlig erledigt – von der Hitze, vom Schwimmen, von der ungewohnten Tätigkeit als Kellnerin – und stelle das letzte, frisch gespülte Glas ins Regal. Müde wische ich mir die Hände an der Schürze ab. Möglichst diskret gähne ich in meine Hand. Offenbar nicht unauffällig genug, denn Alex, der an der Theke einen letzten Kaffee trinkt – es ist mir ein Rätsel, wie man nach so einem späten Kaffee noch schlafen kann –, sieht auf.

»Langer Tag heute, hm?«

Ich nicke und nehme mir die Schürze ab. Nur fünf Stunden habe ich gekellnert und fühle mich, als wäre ich einmal den Mount Everest hoch und wieder hinab gestiegen. Meine Füße brennen, und das, obwohl ich flache Schuhe trage.

»Und? Wie habe ich mich angestellt?«, will ich wissen. Insgeheim bin ich stolz auf mich. Nicht einmal habe ich mich beim Kassieren verrechnet, nicht einmal ist mir ein Glas vom Tablett gefallen.

»Dich behalte ich. Genügt das als Antwort?« Alex grinst und nippt an seinem Kaffee.

Erleichtert atme ich auf und werfe ihm einen dankbaren Blick zu. Ich habe das Gefühl, zwei Tage durchschlafen zu müssen, während mir irgendjemand die Füße massiert.

Aus der Küche vernehme ich das Scheppern von Tellern und Töpfen.

Ronja. Sie ist sicher auch froh, dass sie gleich nach Hause gehen kann, denn heute wurde viel gegessen. Flammkuchen scheint beliebt zu sein. Ich sehe aus dem Augenwinkel, wie Ronja unverhohlen gähnt und sich mit dem Handrücken über die Stirn streicht. Trotzdem räumt sie alles äußerst penibel auf. Eine Küche muss am nächsten Tag aussehen wie geleckt, hatte sie vorhin am See gesagt, nichts sei schlimmer, als morgens erst noch Ordnung schaffen zu müssen. Allmählich kann ich nachvollziehen, was sie meinte, und wische noch mal mit einem Tuch über die Ablage.

Plötzlich geht die Tür auf, begleitet von einem glockenhellen Frauenlachen. Och nö …

Alex runzelt die Stirn. Wahrscheinlich hat er kurz vor Feierabend auch keine Gäste mehr erwartet. Adieu, seliger Schlaf. Ich seufze und binde mir die Schürze wieder um. Zu der bleiernen Müdigkeit gesellt sich spontanes Schläfenziehen, als ich sehe, wer sich an die Theke setzt.

»Hallo, Fee.« David lächelt mich an. »Hast du ein schnelles Bier für mich?«

»Sicher«, sage ich und zapfe mein sicher hundertstes Bier für heute. Nur diesmal zittert meine Hand, die zur Nase hochschnellt. Ich merke es rechtzeitig und kann so ein peinliches Nasereiben verhindern. Stattdessen treibt mir das Jucken die Tränen in die Augen. Auch nicht viel besser. Jetzt sieht es ja fast so aus, als würde ich heulen vor Freude, David wiederzusehen.

Davids Freundin strahlt mich mit falschem Lächeln an. Wie heißt die noch gleich? Hydra? Glaube nicht, aber passen würde es.

»Haben Sie ein Proseccochen für mich?«

Ich nicke. Endlich ist das Glas gefüllt, und ich stelle es vor David, der sich bereits mit Alex in einem angeregten Gespräch befindet. Es geht um den Fund auf der Baustelle. Es fallen die Worte »Wirbel« und »Teile eines Skeletts«.

»Prosecco leider nicht, aber ich kann Ihnen Sekt anbieten«, sage ich, drehe Davids Freundin den Rücken zu und äffe sie leise nach. »Proseccochen ...« Was eine Tussi.

Ich hole einen Piccolo aus dem Kühlschrank und stelle ihr die kleine Flasche zusammen mit einem Glas hin. »Bitte schön.«

»Na ja ...« Sie schüttelt ihr Haar und wirft mir anschließend einen spöttischen Blick aus sehr blauen Augen zu. »Das kann man ja auch von so einer Dorfkneipe nicht erwarten.«

Darauf fällt mir um diese Uhrzeit nichts mehr ein. Genervt versuche ich so etwas wie ein Lächeln. Es misslingt mir auf der ganzen Linie. Weil ich nicht weiß, was ich sonst tun soll, greife ich nach einem sauberen Glas und beginne es zu polieren. Dabei drehe ich der Hydra den Rücken zu. Hm, ich glaube, ich guck mal, ob ich Ronja in der Küche helfen kann.

»Kommt Ihr Mann noch nach?«, fragt sie mich plötzlich.

»Mein was? Wie kommen Sie auf ...? Ach so, nee, ich bin nicht verheiratet.«

»Oh ... Na ja, ein Glück für alle Männer, wer soll es auch mit Ihnen aushalten?«

Wo ist Arsen, wenn man es mal brauchen könnte? Ich reiße mich zusammen, ziehe ihr nicht das Glas in meiner Hand über den Schädel, stelle es stattdessen ab und greife nach dem nächsten. Nebenbei vernehme ich weitere Gesprächsfetzen von David. Einzelne Worte schälen sich heraus: abwarten, morgen, Polizei.

Interessant. Liegt da möglicherweise doch eine Leiche in der Erde? Ich wende mich David zu und will nachfragen, doch die Hydra hebelt mich aus.

»Das ist Ihr erster Arbeitstag, nicht wahr?«, flötet es über das Sektglas hinweg.

»Ja«, antworte ich knapp, stelle das Glas zurück ins Regal und beginne, die Armaturen zu polieren. Oh, da ist noch ein Wasserfleck.

Soweit ich mich erinnere, ist die Hydra ein mythologisches, schlangenähnliches Wesen mit vielen Köpfen. Schlägt man einen ab, wachsen zwei neue nach. Man kann sie nur klein halten, wenn man sie in Ruhe lässt. Gute Idee. Ich ignoriere die Frau einfach.

»Hach ja, es muss demotivierend sein, wenn man nichts Richtiges gelernt hat.« Sie blickt erst auf ihre künstlichen Fingernägel und bedenkt mich dann mit einem Blick, in dem wohl tiefes Mitleid liegen soll.

Ich könnte das Geschirrtuch an einem Ende ins Spülwasser tauchen und ihr einfach quer über die Visage ziehen. Der Gedanke fühlt sich gut an. Blöde Kuh! Einen Moment überlege ich tatsächlich, von meiner Ausbildung zu erzählen, lasse es aber. So einer Ziege bin ich doch keine Rechenschaft schuldig.

»Immer noch besser, als mit einem Sponsored-by-Daddy-Schild auf der Stirn herumzulaufen.« Warum kann ich meine Klappe nicht halten? Ignorieren geht anders, Fee.

Die Hydra verschluckt sich am Sekt und hustet.

Gut so, kipp am besten tot vom Stuhl. Solche Weiber wie dich braucht die Welt nicht.

»Mira? Alles in Ordnung?« David unterbricht sein Gespräch mit Alex und wendet sich besorgt zu seiner Freundin, die immer noch kleine Hüsterchen ausstößt – passend zum Piccolöchen – und dabei so tut, als stünde sie kurz vor dem Erstickungstod. Alex springt auf, schenkt Wasser in ein Glas und reicht es ihr.

Ich verdrehe genervt die Augen, denn diese kleinen Huster hören sich alles andere als echt an. Sie scheint es zu genießen, die volle Zuwendung zu haben. Schlange! Sag ich doch. Nebenbei weiß ich jetzt auch wieder, wie sie heißt. Na bitte, da lag ich doch gar nicht so falsch.

»Ach ...«, jammert sie mit piepsigem Stimmchen, »da habe ich mich so auf einen Abend mit dir gefreut, David, und dann ... Findest du nicht, dass du viel zu lange auf der Baustelle bist? Womit habe ich das nur verdient ...?«

Und so weiter, und so weiter. Ich beobachte David, wie er mit einem Papiertuch über ihre Wangen wischt. Dabei glotzt sie ihn an wie ein schmollendes Kind und bemerkt offenbar nicht, dass er die Lippen zusammenkneift.

»Das war heute eine Ausnahme«, höre ich ihn beherrscht sagen. Mira schluchzt.

»Und dass du ständig zu dieser ... Hilfskraft ... guckst, ist das auch eine Ausnahme?« Diesen Satz sagt sie leiser, aber immer noch gut hörbar.

»Jetzt hör endlich auf mit deiner unbegründeten Eifersucht!« David wirkt sichtlich ungehalten, drückt ihr das Taschentuch in die Hand und greift zu seinem Bier.

Alexander wirft mir einen unmissverständlichen Blick zu.

»Was?«, zische ich ihm leise zu. »Sie hat mich beleidigt, und ich habe geantwortet.«

»Das meine ich nicht.«

»Nicht?«

»Nein. Die Frau ist grauenvoll.« Er nuschelt es so leise, dass selbst ich ihn kaum verstehe, obwohl wir so dicht beieinanderstehen, dass sich fast unsere Oberarme berühren.

»Finde ich auch«, raune ich verschwörerisch zurück.

»Kann ich noch ein Piccolöchen haben?« Die Hydra schnippt mit dem Finger in meine Richtung.

Meine Abneigung zu dieser Frau ist innerhalb weniger Minuten ins beinahe Unerträgliche gewachsen, und ich muss mich zusammenreißen, freundliche Miene zum bösen Spiel zu machen.

»Aber selbstverständlich«, quetsche ich hervor und öffne den Kühlschrank unter der Theke.

»Fee? Kommst du mal?« Ronja steht in der Küchentür und winkt mich zu sich.

Ich werfe Alex einen fragenden Blick zu. Er nickt. Erleichtert verlasse ich den Platz hinter der Theke und flüchte zu Ronja in die Küche.

Hastig schließe ich die Tür hinter mir.

»Danke! Du hast mich gerettet, bevor ich noch schlimme Dinge tue.«

»Du meinst Mira?«

Statt einer Antwort blicke ich gegen die Küchendecke.

»Die passt zu David wie Kaviar zur groben Bratwurst.«

»Einen Mann mit einer groben Bratwurst zu vergleichen, ist nicht sehr schmeichelhaft«, sage ich schmunzelnd

Ronja lehnt sich gegen das Küchenbuffet und verschränkt die Arme. »Hm, und diese Tussi mit Kaviar passt auch nicht. Das Zeug ist viel zu edel. Und diese Frau ist einfach nur nervig.«

»Wo die Liebe hinfällt …«

Auf der Arbeitsplatte steht ein noch warmer, herrlich duftender Flammkuchen. Erst jetzt bemerke ich, welchen Hunger ich habe.

»Darf ich mir ein Stück davon nehmen?«

»Natürlich. Habe ich für dich gemacht.«

Hungrig mache ich mich über den Flammkuchen her. Er ist perfekt. Ein dünner, knuspriger Boden, der Belag aus Schmand und Crème fraîche mit nicht zu vielen Zwiebeln und Speckstückchen.

»Gott, Ronja, der ist delikat!«, schwärme ich zwischen zwei Bissen. Mit etwas Warmem im Bauch schrumpfen die Hydras dieser Welt ganz schnell zu kleinen, meckernden Zwerginnen.

»Gibt's Neuigkeiten von der Baustelle?«, will Ronja wissen.

»Nicht viel, nur, dass wohl morgen die Polizei kommt, weil das vielleicht irgendwelche Menschenknochen sind.«

»Wollen wir morgen früh mal hinfahren? So um neun?« Ronjas Augen leuchten. Ich muss zugeben, dass auch ich nun neugierig geworden bin, und stimme zu.

Der Teller ist leer, mein Magen voll, und ich sehne mich nur noch ins Bett. Gleichzeitig widerstrebt es mir, die Küche zu verlassen, weil … ja, weil da draußen immer noch die Hydra quengelt und ich fürchte, meine Klappe nicht halten zu können. Außerdem habe ich das Gefühl, David jetzt gerade nicht sehen zu wollen, oder vielmehr den milden Spott in seinen Mundwinkeln.

Mein Handy, das hinten in der Hosentasche steckt, gibt einige Töne von sich.

»Wer schickt dir denn montags um fast Mitternacht Nachrichten?«, will Ronja wissen.

Ich zucke mit den Schultern, gähne und ziehe das Handy hervor.

»Oh!«

10.

Am nächsten Morgen fühle ich mich, als hätte ich die Nacht durchwacht. Kann man Muskelkater in den Füßen haben?

Ich greife neben mich, ertaste das Handy und blicke auf das Display. Wie spät ist es?

Oh Gott! Halb neun!

Schlagartig hellwach springe ich aus dem Bett, reiße die Tür auf und pralle beinahe gegen Alex, der gerade aus dem Bad kommt. Er trägt nur ein Shirt und einen Slip. Gott, hat der Mann dürre Beine.

»Guten Morgen. Fertig mit Schlafen?«, sagt er amüsiert, als ich beschämt versuche, meinen Blick abzuwenden und gleichzeitig mein Schlafshirt über die Oberschenkel zu ziehen.

»Ja, fertig, also fast. Tut mir leid, bin etwas in Eile, treffe mich gleich mit Ronja.«

Ich verziehe mein Gesicht zu einem Lächeln und hechte ins Bad. Bewusst vermeide ich den obligatorischen Blick in den Spiegel, binde mir die Haare zu einem

Knoten, schlüpfe aus den Klamotten und stelle mich unter die Dusche. Das warme Wasser rieselt über meinen Nacken. Ich schließe die Augen. Meine Mutter hatte gestern spät eine kurze Nachricht geschickt, ein knapper Text: *Ruf mal an.* Ungewöhnlich für sie, die sich normalerweise in endlosen Monologen ergeht. Ob etwas passiert ist? Na, ich werde es noch früh genug erfahren. Ich erhöhe die Temperatur des Wassers, genieße einen Moment, wie es mich heiß und weich umhüllt. Heiß ... Marlon. Hm. Er will sich heute mit mir treffen.

Morgen 12 Uhr Picknick? Wald, kleine Lichtung. Treffen an der ersten Biegung am Waldweg Richtung See?

Das hatte in der Nachricht gestanden. Und ich habe zugesagt. Hm.

Ich drehe das Wasser ab, steige aus der Dusche und rubbele mich mit einem knochenharten Handtuch trocken. Freue ich mich auf Marlon? Ja, schon. Er riecht gut, und er hat etwas, das mich anzieht. Ja, ich freue mich. Aber jetzt muss ich mich beeilen. Eilig bürste ich die Haare durch und binde sie zu einem Zopf. Dann wickle ich mich in das Handtuch, strecke meinen Kopf vorsichtig aus der Tür – nicht, dass ich erneut Alex in die Arme laufe – und husche in mein Zimmer. Noch fünfzehn Minuten Zeit. Hastig schlüpfe ich in Shorts, Ballerinas und Shirt und entschuldige mich bei meinen Kleidern, die mir ein wenig leidtun. Feine Stoffe, weich und fließend. Und sehr eng anliegend. Keine Kleider für ein Dorf. Leider, denn ich liebe sie.

Oh, ich wollte meine Mutter zurückrufen. Ich schnappe mir das Handy und wähle. Nach mehreren Freizeichen meldet sich die Sprachbox. War ja klar, wie konnte ich glauben, meine Mutter wäre um diese Uhrzeit schon wach? Wahrscheinlich liegt sie mit ihrer Schlafmaske kerzengerade auf dem Rücken, immer bemüht, nicht auf die Seite zu rollen, weil das Falten gibt. Ich verzichte auf eine Sprachnachricht und stecke das Handy zusammen mit Geldbeutel in eine Stofftasche. Dann mache ich mich auf den Weg.

Ronja wartet bereits vor dem Pub, und schenkt mir ein Lächeln, das dem Strahlen der Sonne glatt die Show raubt. Sofort bekomme ich gute Laune.

»Guten Morgen, Fee. Ist das nicht ein herrlicher Tag? Ich war tatsächlich schon so früh wach, dass ich meinen Kaffee heute auf dem Balkon bei Sonnenaufgang getrunken habe. Solltest du auch mal machen, einfach herrlich. Wenn alles noch schläft und die Vögel zu singen beginnen.«

»In der Regel schlafe ich da noch«, antworte ich und kann mir beim besten Willen nicht vorstellen, jemals so früh aufzustehen. Ich schwinge mich auf mein Fahrrad, das ich kurzerhand neben einem der Blumenkübel an der Straße abgestellt hatte.

»Können wir?«

Keine zehn Minuten später erreichen wir die Baustelle vor den Toren Himmelreichs. Ein Polizeiwagen steht an der Straße, und an der Einfahrt tummeln sich Menschen, die neugierig gaffen. Du liebe Güte! Und das alles für ein paar Wirbelknochen unbekannter Herkunft.

Mittendrin sehe ich Nicole und Gertrud stehen. Als sie uns entdecken, winkt Nicole uns zu sich. Wir steigen von den Rädern, schieben sie an den sensationshungrigen Himmelreichern vorbei und stellen sie am Straßenrand ab.

Ich hatte ja erwartet, dass ein paar Schaulustige sich an der Baustelle versammeln, aber so viele? Das sind ja mindestens zwanzig Leute, die schnatternd und gaffend die Einfahrt versperren oder neugierig an den Eisenzäunen ihre Hälse recken, um einen Blick auf – ja, auf was eigentlich? Auf eine Handvoll Knochen? – zu erhaschen. Manche halten ihr Handy hoch, fotografieren und filmen. Der Gedanke, eines dieser zellulären Lebewesen zu sein, beschämt mich etwas.

In diesem Moment fährt direkt an uns ein Jeep vorbei. Laut hupend verschafft er sich Aufmerksamkeit und schiebt sich durch die Menschenmenge auf das Gelände. David. Unwillkürlich halte ich die Luft an. Wieso? Er ist der Leiter der Baustelle, er muss hier sein. Warum nimmt dir das den Atem? Vielleicht, weil sich kurz unsere Blicke gekreuzt haben. Vielleicht, weil er sofort wieder weggeschaut hat, mit zusammengekniffenen Lippen. Nicht einmal ein freundliches Kopfnicken …

Fee, schimpfe ich mit mir, du bist eine Idiotin. Es gibt wirklich Wichtigeres für David, und die aktuelle Situation ist sicher nicht leicht für ihn. Ich kann mir vorstellen, dass jeder verlorene Tag auf der Baustelle eine Menge Geld kostet. Trotz aller logischer Erklärungen – dieser kleine

Stich in meinem Herzen, als ich in Davids Augen sah, irritiert mich. Tief hole ich Luft. Ich sollte, um keine schlechte Laune zu bekommen, kurz innehalten und an etwas Angenehmes denken: eine Blumenwiese, Kapuzinerkresse, Borretschblüten, Veilchen, Schmetterling, Rosen, Vergissmeinnicht, Schnitzel, Marlon …

»Guten Morgen«, begrüßt uns Nicole. »Ganz schön was los hier, hm?«

»Das kannst du laut sagen.« Ich blase die Backen auf.

Ronja will wissen, wo Pfarrer Wohlfahrt ist.

»Das fragst du mich?!« Gertrud verschränkt die Arme vor der Brust, und Nicole verdreht die Augen.

Für mich sieht es aktuell ganz danach aus, als würde die Hochzeit nicht stattfinden. Schade, Gertrud und Johann Wohlfahrt geben so ein putziges Pärchen ab.

Nicole unterbricht das kurzfristige Schweigen.

»Was die wohl gefunden haben? Vielleicht eine Kinderleiche!« Sie reißt die Augen auf.

Bei dem Gedanken schüttelt es mich. Sogleich kommt mir meine Anwesenheit hier noch viel schäbiger vor.

Eine ältere Frau mit schlohweißem Haar und karierter Schürze über einem Blusenkleid dreht sich zu uns herum.

»Vor Jahren hat man sich erzählt, dass eine Frau vier Ortschaften weiter verschwand und nie wieder aufgetaucht ist. Ich sag ja schon die ganze Zeit, dass die bestimmt irgendwo vergraben ist.«

»Was du dir wieder zusammenspinnst«, mischt sich eine andere mit ebenfalls ergrautem Haar ein. »Wenn es nach dir ginge, befindet sich hier ja auch ein Massengrab aus der Hitlerzeit.«

»Kann doch sein, oder?«, kläfft Weißhaar zurück.

Eine Dritte hat eine andere Idee. »Ob es diese Rita von Jupp ist? Die war ja auch auf einmal weg!« Sie legt eine kurze Pause ein, blickt von einer zur anderen. »Spurlos verschwunden ...«

Weißhaar schlägt eine Hand vor den Mund und reißt die Augen auf.

»Grete, das könnte durchaus ...«

Du liebe Güte!

Aus dem Augenwinkel erkenne ich den Polizisten, der stramm auf uns zuhält. Er sieht sichtlich genervt aus. Ich hüstele und zupfe Ronja und Nicole am Ärmel.

»Wir sollten etwas zurücktreten, glaube ich.«

Ronja, Nicole und Gertrud reagieren nicht und starren wie gebannt zur Baustelle, weil in diesem Moment irgendjemand in eine Grube klettert und kurze Zeit später mit einem flachen Korb nach oben kommt.

»Treten Sie etwas zurück. Machen Sie Platz, bitte.« Der Polizist – er dürfte ungefähr mein Alter haben – ist bei uns angelangt.

»Guten Morgen«, begrüße ich ihn freundlich und gehe einige Schritte zurück – fast bis an unsere Räder. »Selbstverständlich, ich mache Platz. Verzeihung. Sagen Sie, Sie sind doch sicher informiert, was so Mysteriöses gefunden wurde?«

Er wirft mir einen langen Blick aus schönen, dunklen Augen zu.

Inzwischen sind Ronja und Nicole hinterhergekommen und sehen ihn wissbegierig an.

»Oh ja bitte«, schaltet sich Nicole dazu, »wir sind wahnsinnig neugierig.«

»Ich bin nicht befugt, Informationen weiterzugeben«, sagt er entschieden.

»Wenn Sie es ganz leise tun, bekommt es sicher niemand mit«, sagt Ronja verschwörerisch.

Ich nicke. »Wir stehen ja jetzt etwas abseits.«

»Tut mir leid ... Bitte treten Sie noch etwas zurück.«

»Der Bruder meiner Freundin ist ein Freund von einem, der auf der Baustelle arbeitet. Der sagt, es sind Knochen gefunden worden! Echte Knochen!« Die alte Frau mit dem weißen Haar mischt sich ein.

»Oh Gott!« Ich schlage die Hand vor den Mund.

»Ja, DAS habe ich auch gesagt!«, wendet sich die alte Dame mir zu. In ihren Augen steht pure Sensationslust. »Er sagt, es sieht aus wie Rückenwirbel, aber ...«

»Leon! Komm mal«, ertönt es in diesem Moment laut aus Richtung Einfahrt, und der junge Polizist tippt mit zwei Fingern seitlich an seine Schläfe. »Die Damen ...« Damit dreht er ab.

»Wirbel? Kein vollständiges Skelett?«, will ich wissen.

Mit großen Augen und sich wiederholt umblickend, fährt die Frau leise fort: »Zwei Wirbel. Es muss zunächst geklärt werden, ob es sich um einen ungelösten Kriminalfall handelt, sagt er.« Sie beugt sich weiter zu uns und senkt die Stimme. »Er hat gesagt, er glaubt ja nicht an einen kürzlich zurückliegenden Mordfall, die Teile sehen aus, als würden sie schon Jahrhunderte im Erdreich liegen, und sie seien seiner Meinung nach viel zu groß für einen Menschen. Aber diese verstaubten Beamten müssen natürlich den Vorschriften folgen.«

»Männlich oder weiblich?«, fragt Nicole.

»Die Vorschriften?«

Ich kichere. »Ich glaube, sie meint diese Knochen.«

In der Ferne höre ich die Kirchturmuhr elfmal schlagen und lenke mein Fahrrad in den Wald hinein. Noch eine Stunde bleibt mir bis zum Treffen mit Marlon, die Zeit will ich nutzen, um ein paar schöne Fotos zu machen. Ronja hatte von einem Bach erzählt, und ich hoffe, ihn zu finden. Ob mir das allerdings in einer Stunde gelingen wird? Nimm den ersten Abzweig rechts, das ist ein sehr schmaler Weg, fast nicht zu erkennen, hat sie gesagt. Dann den dritten links und kurz danach gleich wieder rechts.

Vorsichtshalber steige ich ab – eine schmerzhafte Erfahrung mit den Himmelreicher Baumwurzeln genügt mir – und schiebe das Rad. Nach wenigen Metern bereits entdecke ich einen Pfad, nicht breiter als höchstens einen Meter. Da passt entweder mein Fahrrad rein oder ich. Seufzend lehne ich das Rad gegen einen Baum, ziehe die Kamera aus der Stofftasche, die im Korb liegt, und hänge sie mir um den Hals. Dann schnappe ich mir meine Tasche und laufe los. Der schmale Weg zieht sich, und ich beschleunige meine Schritte, denn ich muss ja die Zeit für den Rückweg noch einplanen. Da, hier ist der nächste Abzweig links, kurz darauf der zweite, und wenige Schritte später biege ich nach links ab. Gleich darauf geht es rechts weiter, wie Ronja sagte.

Kurz darauf stehe ich auf einer wundervollen Lichtung und staune. Im Gegensatz zu den staubigen Feldwegen und trockenen Äckern rund um Himmelreich erscheint mir diese Lichtung wie ein Ort der Erholung, ein kleines Paradies. Langsam gehe ich über die leicht feuchte Waldwiese, an deren anderem Ende ein schmaler Bach durchs Gras plätschert. Das Ufer ist gesäumt von unzähligen weißen, sternförmigen Blumen, großen Steinen, teils mit Moos bewachsen, und die Luft flirrt vom Summen kleiner Insekten.

Ein wundervolles Spinnennetz ist zwischen Farn und einem alten Ast gewebt. Kleine, glitzernde Wassertropfen hängen in den dünnsilbrigen Fäden. Vorsichtig trete ich auf einen Stein, dessen Moos mir genügend Halt gibt, und bücke mich. Die kleinen Dinge sind es, die die schönsten Motive geben.

Plötzlich kläfft es hinter mir. Ich zucke erschreckt zusammen und plumpse nach hinten ins Gras. Diese Misttöle schon wieder! Axthelms hässlicher Hund steht ungefähr zwei Armlängen entfernt vor mir, bellt und fletscht die Zähne.

»Herr Schmidt«, höre ich es rufen, weit entfernt.

Meine Nase antwortet mit einem leisen Kribbeln. Ich presse die Lippen aufeinander und traue mich nicht aufzustehen. Irgendwo habe ich mal gelesen, man soll keine hektischen Bewegungen machen, wenn man von aggressiven Hunden bedroht wird. Zählt Nasenreiben als hektische Bewegung? Ich lasse es nicht drauf ankommen.

»Ab mit dir! Dein Herrchen ruft«, sage ich bestimmt und bin überzeugt, dass eine gewisse Autorität aus meiner Stimmlage herauszuhören ist – selbst für einen Hund. Fehlanzeige. Denn jetzt knurrt das Biest, macht einige Schritte in meine Richtung und denkt nicht im Traum daran, der Aufforderung seines Herrn zu folgen. Dabei scheint sich Axthelms Rufen immer weiter zu entfernen. Mist!

Ich könnte dem Vieh ein Stöckchen werden. Hunde mögen so etwas. Doch so angestrengt ich auch suche, mehr als strohhalmdünne Zweige lassen sich nicht finden – bis auf den Ast mit dem Spinnennetz, und das mag ich nicht zerstören.

Herr Schmidt kommt näher, fletscht die Zähne. Ich bewaffne mich mit einem faustgroßen Stein. Ungern, aber was bleibt mir übrig?

Plötzlich verharrt Herr Schmidt und dreht sich um. Oh, Gott sei Dank! Ich seufze leise auf – und halte die Luft an.

Aus dem Dickicht stürmen in wildem Galopp zwei weitere Hunde auf uns zu. Einer ist geradezu riesig und braun, der andere, weiße, ist eher Marke Bodenfeger – klein und wuschelig. Zum Glück ignorieren sie mich und stoppen bei Herrn Schmidt. Dessen Aufmerksamkeit wird glücklicherweise von mir abgelenkt, und ich reibe mir erleichtert Nase, nun, insofern man erleichtert sein kann, wenn man kurz davorsteht, von drei Hunden zerfleischt zu werden. Zumindest hört das Jucken auf.

In der Zwischenzeit lässt sich Herr Schmidt stocksteif verharrend am Hinterteil schnuppern.

»Schredder! Moppi! Hier!«

Ein Waldwesen tritt auf die Lichtung – zumindest kommt sie mir so vor, die junge, etwas mollige Frau mit den blauen Haaren und dem bunten Shirt. Nein, sie tritt nicht, sie tänzelt, schwingt dabei einen Plastikkanister und wird von einem leisen Glöckchenklang begleitet. Reaktionsschnell tippe ich, dass es diese blauen Haare gewesen sein mussten, die wir gesehen hatten.

Die beiden Neuankömmlinge hören aufs Wort, lassen den verdatterten Herrn Schmidt stehen und drehen ab. Verblüfft senke ich die Hand mit dem Stein darin, bleibe jedoch sitzen. Wer weiß schon, wie Axthelms Wachhund reagiert, sollte ich jetzt plötzlich aufstehen?

Ich beobachte, wie ihre Hunde – links, rechts – neben Blauschopf herlaufen, als sie Kurs auf Herrn Schmidt nimmt. Der positioniert sich – offenbar bereit anzugreifen, stellt die Nackenhaare auf und knurrt. Blauschopf scheint sich davon überhaupt nicht beeindrucken zu lassen, stellt den Kanister ab und kramt in ihrer Hosentasche – vielleicht nach einem Hundekuchen? –, dann stellt sie sich vor Herrn Schmidt und sagt nur: »Sitz!«

Drei Hundehintern ploppen gleichzeitig ins Waldgras. Blauschopf füttert jedem der Hunde ein Häppchen, dann wedelt sie mit den Händen. »Na los, Kinder! Geht spielen!«

Die Hunde stehen auf und schnüffeln in unterschiedliche Richtungen davon, Blauschopf putzt sich die Hände an der Hose ab und kommt zu mir rüber.

»Ist das dein Hund?«, fragt sie und zeigt zu Herrn Schmidt.

»Nein!«, wehre ich entsetzt ab. »Das war ein, äh, Überfall. Herr Schmidt gehört zu einem älteren Herrn aus Himmelreich.«

»Und er geht offenbar gerne alleine spazieren und belästigt andere Leute.«

»Scheint so.«

»Ich bin übrigens Lila. Und sag bitte nicht: Nein, blau.«

Sie strahlt mich an, und ich kann gar nicht anders, als zurückzulächeln. Umständlich komme ich in die Höhe.

»Ich heiße Fee. Hallo, Lila. Ist das ein Künstlername?«

Mein Blick huscht unsicher zu ihren Hunden, doch die interessieren sich überhaupt nicht für mich, sondern rupfen Gras. Komisch. Sind sie mit Edeltraud verwandt?

»So was in der Art, ja. Du kannst dich übrigens entspannen, Schredder und Moppi sind absolut friedlich.«

Wie zur Bestätigung tätschelt sie dem einen Hund, der sich jetzt zu uns gesellt, liebevoll den Kopf. »Das hier ist Schredder.«

»Will ich wissen, warum der so heißt?«

Lila lacht glockenhell. »Er hat mal ein ganzes Regal voller Aktenordner zerlegt. Da war er aber neu bei mir, und … lange Geschichte. Er ist aus dem Tierschutz. Und bevor du fragst, nein, Moppi ist kein Mops. Das ist die Koseform von Mopp. Wie in Wischmopp.«

»Weil er so ein langes, weißes Fell hat«, vermute ich.

»Sie«, korrigiert Lila mich, »aber ja.«

»Nennst du alle deine Hunde nach Haushaltsgeräten?«

»Na klar. Als Nächstes schaffe ich mir einen Labrador an, den nenne ich dann Staubsauger.«

»Staubsauger?«

»Na, weil Labradore total verfressen sind und alles aufnehmen, was auf dem Boden liegt.«

Wir lachen beide, ich allerdings ein bisschen später. Wer weiß, was dieses sympathisch-verrückte Huhn ernst meint?

»Wohnst du in Himmelreich?«, will ich schließlich wissen und blicke auf die Uhr. Eigentlich müsste ich mich sofort auf den Rückweg machen, will ich pünktlich am Treffpunkt sein, doch diese junge Frau fasziniert mich irgendwie. So eine wie sie habe ich noch nicht kennenlernen dürfen. Okay, ich gebe mir fünf Minuten.

»Nein«, sagt sie, setzt sich im Schneidersitz ins Gras und spielt mit der schmalen Kette an ihrem Fußgelenk. Daran hängt ein Glöckchen. »Ich wohne im Wald.«

»Im Wald?«

Moppi kommt durchs hohe Gras getrabt und wirft sich in Lilas Schoß. Automatisch beginnt sie, das Strubbelvieh da zu kraulen, wo ich die Ohren vermute.

»Ja, ich habe eine alte Holzhütte entdeckt und richte sie mir gerade her.«

»Du bist ... eine Obdachlose?« Fasziniert mustere ich sie. Sie wirkt ... bunt und fröhlich. Erneut blicke ich auf die Uhr, bin hin und her gerissen. Gern würde ich noch bleiben und mit Lila plaudern.

Überrascht blickt sie mich an. »Nein, ich habe ein Dach über dem Kopf. Ein Blätterdach, schau doch. Ich lebe im Einklang mit der Natur.«

»Ah ja …« Ich frage mich ernsthaft, wie das gehen soll. »Sag mal, bist du öfter hier am Bach? Ich … ich bin gleich verabredet. Bitte nicht falsch verstehen, ich würde gerne noch bleiben, aber …« Irgendwie fühle ich mich wie ein Snob, der Ausflüchte sucht, um schnell aus der Gesellschaft eines Herumtreibers zu kommen.

Lila winkt ab und blickt mich offen und freundlich an. »Dann nix wie weg. Und klar, ich komme öfter her, um Wasser zu holen.« Sie hebt den Plastikkanister hoch. »Meistens mittags, um aufzufüllen. Kennst du dich mit Kräutern und Wurzeln aus? Also, essbare, meine ich.«

»Kräuter? Ja, schon. Mehr mit Blumen, aber auch darunter gibt es essbare. Warum?«

»Tatsächlich? Es gibt essbare Blumen? Das ist ja ein Ding! Echt knorke, dass ich dich getroffen habe, Fee. Das ist aber auch kein richtiger Name.«

»Felicia, kurz Fee. Aber … jetzt muss ich wirklich los. Ich schau mal um die Mittagszeit hier vorbei. Die nächsten Tage, oder so.«

»Mach das, Fee«, sagt Lila und lässt sich mit ausgebreiteten Armen nach hinten fallen. »Ich brauch mal Abwechslung auf dem Speiseplan.«

Als ich am Treffpunkt ankomme, bin ich zehn Minuten über der Zeit. Hastig ziehe ich mein Handy hervor. Was, wenn Marlon schon da war und wieder gegangen ist?

Keine Nachricht. Nun, dann kommt er sicher gleich. Ich lasse mich auf eine verwitterte Bank fallen und warte. Meine Gedanken schweifen zu Lila. Essbare Blüten. Da gibt es jede Menge. Kapuzinerkresse zum Beispiel oder Sauerampferblätter, Brennnesseln und Gänseblümchen.

Wo bleibt Marlon nur? Ich wähle seine Nummer, doch es hebt niemand ab. Es wird ihm doch nichts passiert sein? Im Geiste sehe ich ihn mit seinem Motorrad an einem Baum kleben. Blödsinn! Es ist wahrscheinlich nur eine harmlose Verzögerung. Okay, ich warte noch fünfzehn Minuten.

Unruhig wippe ich mit dem Fuß und blicke alle paar Sekunden auf das Display. Langsam werde ich sauer. Mein Blick bleibt an ein paar Gänseblümchen hängen, die auf einem schmalen Grasstreifen am Rande des Weges wachsen. Brennnesseln hat es hier auch mehr als genug. Und Löwenzahn.

12:30. Immer noch keine Nachricht von Marlon.

Ob Lila noch am Bach ist? Ich könnte ihr … Ach nein. Morgen, vielleicht. Oder doch?

Ich tippe eine Nachricht an Marlon. *Bin am Bach im Wald.* Ob er den Weg dorthin kennt? Dann könnte er nachkommen. Oder auch nicht.

Seufzend zupfe ich einige junge Blätter von den Brennnesseln und rupfe ein paar Gänseblümchen sowie Löwenzahnblätter aus. Dann ziehe ich das Haargummi aus meinem Zopf und binde alles zusammen. Lila könnte sich Tee machen. Und Salat. Aber so ganz ohne Öl und Gewürze? Das schmeckt doch nicht. Mit einem Mal habe ich das Bedürfnis, ihr mehr als nur ein paar Pflanzen zu bringen. Ein bisschen Öl, ein paar Eier, ein Brot vielleicht, Salz, Pfeffer, Essig. Ja, gute Idee. Oder? Ich kenne Lila zu wenig, um zu wissen, ob sie diese »Spenden« überhaupt braucht oder will. Egal, sollte Lila sie nicht wollen, nehme ich es eben wieder mit.

Zufrieden schwinge ich mich auf das Fahrrad und biege in den Waldweg ein, den ich kurz zuvor gekommen war. Wie vorhin lehne ich vor dem Abzweig das Rad an einem Baum, und schneller als noch vor einer Stunde habe ich den Bach erreicht.

Leider ist Lila schon nicht mehr da. Schade. Und was mache ich jetzt mit dem Grünzeug? Kurzerhand lege ich es zwischen zwei knöchelhohe Steine am Rand des Baches, sodass sie mit den Stielen etwas im Wasser liegen, und trete den Rückweg an. Wenn Lila heute noch mal an den Bach kommen sollte, sieht sie es vielleicht.

Gott, ist das heiß! Ich bereue es, mich nicht am Bach erfrischt zu haben. Um mich herum nur trockene Felder, die in der Sonne brüten. Kein Wind, nicht mal ein Hauch.

Selbst der erhoffte Fahrtwind bleibt aus. Um den zu bekommen, müsste ich wahrscheinlich viermal so schnell in die Pedale treten, und mir läuft jetzt schon der Schweiß über die Stirn. Einzelne Haarsträhnen kleben unangenehm an meinen Wangen. Fahrig klemme ich sie hinter die Ohren.

Nun, dann laufe ich eben, schließlich habe es ja nicht eilig. Nicht mehr. Dass Marlon noch auftaucht, habe ich mittlerweile abgehakt. Idiot! Ich könnte ein Eis essen gehen. Honigeis vielleicht.

Plötzlich klingelt mein Handy.

»Na, das wird auch ja langsam mal Zeit. Ich bin bereits auf dem Rückweg, und auf ein Picknick habe ich definitiv keine Lust mehr!« Ich schnorre meine Enttäuschung ins Telefon. Der Typ kann von mir aus bleiben, wo der Pfeffer wächst.

11.

»Du sprichst in Rätseln, mein Kind.«

»Mama?«

»Schön, dass du meine Stimme erkennst. Unabhängig davon, dass es mich interessiert, mit wem du zu einem Picknick verabredet warst, möchte ich mich zuerst nach deinem Befinden erkundigen. Wie geht es dir, Felicia?«

Das kommt unerwartet. So unerwartet, dass ich zunächst einmal nach Worten suche. Meine Mutter erkundigt sich nach meinem Wohlbefinden? Wo ist der Haken?

»Felicia, Schatz, bist du noch da?«

»Ja ... Ja, natürlich.« Oha, sie sagt Schatz. Und sie klingt freundlich. Und es ist ein Klang in ihrer Stimme, den ich nur zu gut kenne. Schlechte Nachrichten würzt meine Mutter zu Beginn stets mit Belanglosem – und dieser besonderen Stimmlage. Da ist was faul.

»Liebling, hast du eigentlich die schönen Handtücher mitgenommen in dieses Himmelreich, die ich dir letztes Jahr zu Weihnachten geschenkt hatte? Sie waren sehr teuer, wie du weißt.«

Handtücher ... Ich suche nach einer Antwort. Ich kann ihr ja nicht sagen, dass ich bereits kurz nach Weihnachten den ganzen Packen – bestehend aus zehn grässlichen, mausgrauen Microfasertüchern – an die Nachbarin verschenkt habe, die diese seitdem als Putzlappen zweckentfremdet.

»Ja, sicher ...«

Am anderen Ende der Leitung seufzt es lange auf. Sehr lange.

»Das ist schön.«

»Okay, Mama, warum rufst du wirk...« Mein Satz wird jäh unterbrochen.

»Berta? Wischen Sie noch mal über den Glastisch, da sehe ich deutlich eine Schliere!«

Berta? Mutters Putzfrau in Frankfurt?

»Mama? Seid ihr in Deutschland?« Mit einer Hand presse ich das Handy ans Ohr, mit der anderen schiebe ich mein Fahrrad langsam weiter.

»Ja, sind wir, weil ... Herrgott! Berta, stellen Sie sich nicht an, als würden Sie erstmalig mit einer Rauchglasplatte konfrontiert, und machen Sie das anständig!« Sie seufzt wieder, diesmal kürzer. Was ist da nur los? Ein seltsames Gefühl überkommt mich.

»Felicia«, beginnt sie und stockt kurz, bevor sie weiterspricht, »dein Vater ist krank. Sehr krank.«

Wie angewurzelt bleibe ich stehen. Trotz der Hitze kriecht mir ein eiskalter Schauer über den Rücken.

»Wie krank?!«

»Er ist im Krankenhaus. Gestern haben sie ihm die Galle herausoperiert und ...« Sie schluchzt auf. »Ich warte auf einen Anruf vom diensthabenden Arzt und ... Ach, Felicia, die letzten Tage waren furchtbar und ...«

»Die Galle? Ist das schlimm? Was haben die da operiert? Was hat das für Folgen?«

Die Worte kriechen mir über die Lippen wie zähschleimige Masse. Meine Knie zittern, nein, alles an mir zittert. Ich muss mich setzen, doch da ist nichts, worauf ich mich setzen könnte. Kurzerhand stelle ich das Rad auf den Ständer, hocke mich an den Feldrand und umschlinge mit einem Arm meine Knie. Ich habe keinen Schimmer, ob eine Galle für den menschlichen Körper wichtig ist, und noch weniger, was der Grund sein könnte, sie zu entfernen. Im Moment habe ich einfach nur Angst um meinen Vater.

»So furchtbar«, fährt meine Mutter fort, als hätte sie meine Frage nicht gehört. »Er war verwirrt und hat komische Dinge gesagt, Felicia. Ich dachte, er wäre betrunken, doch dann hat er über große Schmerzen geklagt. Du kennst deinen Vater, mit einem Messer im Rücken geht er noch lange nicht zum Arzt. Ich habe dann den Krankenwagen gerufen. Zum Glück waren wir da schon zu Hause. Gott, stell dir vor, das wäre in einem fremden Land geschehen! Man weiß ja nie, wie die gesundheitlichen Einrichtungen dort sind, nicht wahr? Wir sind sofort ins Krankenhaus gefahren, und der Chefarzt der Inneren, Dr. Schönhuber, unser alter Freund – zum Glück, sage ich da nur –, hat ihn sofort in den OP gebracht. Das war heute Nacht, Felicia. Stell dir vor, dein Vater hatte einen Abszess an der Galle, so groß wie ein Tennisball!«

Oh Gott, ich muss sofort nach Frankfurt! Was, wenn er stirbt und ich bin nicht da?

»Felicia ... Gerhard, also Dr. Schönhuber, sagt: Eine Stunde später, und dein Vater wäre tot gewesen!«, fährt meine Mutter nach einer kurzen Pause fort.

»Mama«, flüstere ich, »wird Papa es schaffen?«

»Was? Oh, Schatz, warte, es klopft gerade an! Das ist sicher Gerhard! Ich melde mich gleich zurück.«

Aufgelegt.

Ungläubig starre ich auf das kleine schwarze Ding in meiner Hand.

Ich muss ohne Umwege nach Frankfurt. Auf der Stelle!

Trotzdem bleibe ich wie gelähmt sitzen – meine Glieder gehorchen mir nicht. Was Alex sagen wird, wenn ich Hals über Kopf abreise, ist mir in diesem Moment völlig egal. Viel zu sehr bin ich über mich selbst überrascht. Ich liebe meinen Vater, auch wenn er nie wirklich ein richtiger Vater für mich war. So einer, der mit seiner Tochter Ausflüge macht, Eis essen geht, sie huckepack nimmt. Ein Vater, der stundenlang Geschichten vorliest, bis das Kind einschläft. So einen Vater hatte ich mir immer gewünscht. Und irgendwann habe ich aufgehört mit dem Wünschen. Wer nichts erwartet, kann nicht enttäuscht werden.

Und jetzt? Jetzt sehne ich mich nach seinem Lachen und will nur noch, dass es ihm gut geht. Und dass er am Leben bleibt.

Wie betäubt komme ich in die Höhe, greife mir das Fahrrad und fahre los. Ich muss mich beeilen. Wenn ich nur das Nötigste in den Koffer werfe, kann ich am Abend bereits in Frankfurt sein.

Der Weg endet an der Straße, die durch Himmelreich führt. Meine Haare kleben an meinem Gesicht. Es ist mir egal, wie ich aussehe. Atemlos halte ich an, streife mir fahrig die Haare zurück und ziehe das Handy aus der Tasche im Korb. Nicht, dass ich versehentlich auf die Taste für den Ton gekommen bin. Nein, kein Anruf. Was kann das bedeuten? Muss meine Mutter sich erst sammeln, um mir die schlechte Nachricht zu überbringen? Oder ist sie zu Papa ins Krankenhaus gefahren? Sie kann mich doch nicht so lange warten lassen?! Ich starre auf das Handy, als könnte ich es dazu bewegen, sofort zu klingeln. Dann stecke ich es wieder zurück in die Tasche und fahre weiter.

Allerdings nur um die nächste Ecke – dann bremse ich und suche hastig den Schutz eines Ligusterbusches.

In einiger Entfernung steht ein Jeep am Straßenrand. David lehnt an der Motorhaube und unterhält sich mit Marlon, der lässig auf seinem Motorrad sitzt. Die Gesichter der beiden sind verdüstert.

Was zur Hölle …? Leider kann ich nicht hören, was sie reden. Andererseits will ich das auch nicht. Der einzige Mensch, der mir jetzt wichtig ist, liegt in Frankfurt im Krankenhaus. Ich will zu meinem Vater. Doch dafür muss ich an den beiden vorbei. Nur wie? Einfach geschwind vorbeiradeln und kurz nicken? Das möchte ich mir ersparen. Der Weg über die Felder um Himmelreich herum ist zu lang.

Es hilft ja alles nichts, ich muss an den beiden vorbei. Entschlossen schwinge ich mich auf das Fahrrad und fahre holpernd über das Kopfsteinpflaster.

In diesem Moment treffen sich Davids und meine Blicke. Verdammt! Schnell sehe ich weg, bekomme jedoch mit, wie David in seinen Jeep steigt und davonfährt.

»Fee!«

Mist!

»Hallo, Marlon …«, sage ich knapp und halte bei ihm an. Ich werde es kurz halten. »Ich habe es eilig, muss nach Frankfurt, weil …«

Laut knatternd fährt ein bunter VW-Bus an uns vorbei. Aus dem offenen Fenster dröhnt ein »Hey, Peace. Geiler Tag heute, was?« Dann schert der Bus einige Meter weiter ein und parkt.

»Du, Fee …«, beginnt Marlon, steigt von seiner Harley und breitet seine Arme aus. Automatisch weiche ich zurück. Er bemerkt, dass eine Umarmung aktuell unpassend ist, und steckt seine Hände in die Jeanstaschen. »Verzeih bitte, mir ist ein wichtiger Termin dazwischengekommen, und mein Handyakku ist leer. Ich muss auch gleich wieder los in meine Firma. Ich habe einen Laden für Mountainbikes in Feldafing, das ist ungefähr eine Stunde entfernt. Tja, und da ein wichtiger Sponsor kurzfristig einen Termin verlegt hat, bin ich etwas in Zeitnot, aber ich …«

Mir fällt auf, dass es ihn nicht zu interessieren scheint, warum ich abreisen werde.

»Schon gut, Marlon, das ist jetzt nicht wichtig und muss warten. Wir sehen uns.«

Damit lasse ich ihn stehen und fahre los. Hinter mir höre ich das Grollen von Marlons Maschine, das sich langsam entfernt. Vor dem Hintergrund, dass mein Vater im Sterben liegt, verblasst alles andere. Marlon, David, Himmelreich ...

Abrupt werde ich von einem Eimer abgebremst, schlingere und kann zum Glück verhindern, dass es mich auf das Kopfsteinpflaster legt.

»Oh, sorry«, sagt der Mann in Hippiekluft, den ich schon mal gesehen habe. Ach ja, am ersten Tag. Hat er nicht mit dem Bürgermeister unter meinem Fenster gestanden und laut erzählt? Heißt er nicht Jupp, oder so ähnlich?

»Keine Ursache«, antworte ich und will schon weiterfahren, doch Jupp ist noch nicht fertig.

»Bist du nicht die neue Kellnerin bei Alex? Hi, ich bin Jupp und bringe das alte Kino hier auf Vordermann. Siehst aus, als wärst du einmal nach Paris und wieder zurück gefahren, Mädchen. Was haste eigentlich mit dem Harleytyp zu schaffen?« Er wuchtet einen weiteren Eimer mit gelber Farbe aus dem Kofferraum seiner Rostlaube, die über und über mit Blümchen bemalt ist.

»Wieso? Marlon ist doch ein sehr netter Mann?«

Jupp stellt den Eimer ab, dreht sich zu mir um und zieht einen Joint aus der Hemdtasche. »Ach ja? Ich hab da anderes gehört. Und soweit ich weiß, heißt er Max.«

»Max?« Ich bin ehrlich verwirrt. Jetzt drängt es mich, mehr zu erfahren, und gleichzeitig will am liebsten schon mit Olaf auf dem Weg nach Frankfurt sein.

Jupp steckt sich den Joint zwischen die Lippen, zündet ihn an und bläst langsam den Rauch in die Luft.

»Vielleicht nennt der Spacko sich auch einfach immer so, wie es gerade zu der Nummer passt, die er abziehen will.«

Irritiert blicke ich ihn an. »Max? Nummer? Ich verstehe nicht.«

»Ich sag nix, Mädchen ... Bin keine Tratschtante, verstehste? Vielleicht fragste ihn einfach selber.«

»Danke, das werde ich.« Ich nicke ihm zu und fahre los.

Mein Vater ist dem Tod näher als dem Leben, und ich habe mich auf einen Typen eingelassen, der mir etwas vorflunkert. Keine Zeit für Grübeleien.

»Hallo, Alex«, sage ich fahrig. »Ich muss packen, meinem Vater geht es schlecht. Er liegt im Krankenhaus.«

Alex blickt von seinen Unterlagen auf und sieht mich überrascht an.

»Dann musst du zu ihm fahren. Es ist wichtig, dass eine Tochter bei ihrem Vater ist.«

Er sagt das auf eine so merkwürdig gefühlvolle Art und Weise, dass mir plötzlich die Tränen in die Augen schießen. War wohl alles ein bisschen viel die letzten Stunden.

Alex steht auf und nimmt mich mit väterlicher Geste in den Arm.

»Es wird sicher alles gut, Mädchen. Du fährst so schnell wie möglich nach Frankfurt. Familie ist wichtig,

Liebe ist wichtig. Sei einfach nur für deinen Vater da, das reicht schon.«

Himmel … seine Worte tun gut. Schluchzend lehne ich meine Stirn an seine Schulter und lasse den Tränen freien Lauf, während er mir beruhigend übers Haar streicht.

Nach einer Weile habe ich mich wieder gefangen, löse mich von ihm und trete einen Schritt zurück.

»Danke, Alex. Ich … ich fahre dann mal los.«

Ich nicke ihm nur kurz zu und verschwinde durch die Tür nach oben.

Wahllos werfe ich einige wenige Klamotten in den Koffer, ich brauche ja nicht viel. Zahnbürste, Schminkzeug, ein Kleid, ein paar Schuhe, Hose … reicht. Sollte ich mich umziehen? Nein, keine Zeit, unwichtig.

Zum wiederholten Mal blicke ich auf das Display meines Handys. Verdammt, Mama, jetzt ruf endlich an! Die Vorstellung, vier Stunden oder mehr im Auto zu verbringen, ohne eine Ahnung, wie es Papa geht, macht mich fast wahnsinnig. Hektisch ziehe ich eine rote Handtasche aus dem Schrank, werfe Geldbeutel und Handy hinein und schnappe mir den Koffer. Verdammt, ob ich noch tanken muss? Keine Ahnung.

»Alex? Wo ist denn hier die nächste Tankstelle?«, frage ich hastig, als ich den Gastraum durchquere.

»In Gottstreu. Oder ungefähr zwanzig Kilometer in die andere Richtung, aber wenn du Benzin brauchst, ich habe einen Kanister im Keller. Superbenzin.«

»Hm, ich bräuchte Diesel.«

Mein Handy klingelt!

Ich lasse meinen Koffer fallen und angle mit zitternden Fingern das Handy aus der Handtasche. Endlich!

Ein Blick auf das Display allerdings lässt mich fassungslos zurück. Entschlossen drücke ich den Anrufer weg und stecke das Handy zurück in die Tasche. Ethan! Dass er es wagt, mich überhaupt anzurufen.

»Danke für alles, Alex. Ich … ich fahr dann mal.«

Keine zwei Minuten später donnere ich mit Olaf über das Kopfsteinpflaster, werfe einen Blick auf die Tankanzeige – reicht bis zur nächsten Tankstelle. Aber warum wackelt die Nadel, hat sie das schon immer getan? Egal, wird schon passen.

Nach dem Ortsschild gebe ich Gas. Das heißt, ich drücke den Fuß auf das Gaspedal, und Olaf wird langsamer. Hey … Was …?!

Auf der Höhe der Baustelle komme ich schließlich vollends zum Stehen, und ein Blick auf die Anzeige am Armaturenbrett sagt mir jetzt, dass der Tank leer ist. Na toll, die Anzeige ist defekt.

»MIST!« Hektisch angle ich nach dem Handy. Vielleicht hat Alex noch einen leeren Kanister und kann damit an die Tankstelle fahren. Im nächsten Moment klopft es an meine Scheibe. Ein Bauarbeiter. Ich nicke und steige aus.

»Kann ich Ihnen helfen?«, fragt er.

Oh Gott, den schickt der Himmel. Vielleicht …

»Haben Sie einen Kanister, am besten gefüllt? Mein Tank ist leer, und ich muss dringend los. Sehr dringend.«

»Ja, haben wir. Ist aber Diesel drin. Brauchen Sie Diesel?«

»Ja!«

»Das ist dann schon mal gut.« Er nickt beruhigend. Und langsam. Meiner Meinung nach sollte er genau jetzt einen Sprint zum Kanister hinlegen, stattdessen steckt er die Hände in die Taschen, kaut auf einem Halm herum und nickt. Hat der ein Wackeldackel-Trauma?

»Können Sie ihn auch holen? Bitte?« Ich presse die Worte durch die Zähne, obwohl ich ihn am liebsten angebrüllt hätte. Nur mit allergrößter Anstrengung kann ich mich zusammenreißen.

»Ja, klar. Bin gleich wieder da.«

Endlich! Er dreht ab und geht durch das Gittertor der Baustelle die kleine Anhöhe hinauf. Er geht! Er könnte rennen! Unruhig trete ich von einem Fuß auf den anderen. Und meine Mutter hat sich immer noch nicht gemeldet.

»Hey, Steffen! Wo issn der blaue Kanister?«, höre ich ihn brüllen.

»Im Laster, aber der ist leer!«, kommt die Antwort.

»Der Laster?«

»Der Kanister, du Hirni!«

So langsam habe ich das Gefühl, das Schicksal will mich nicht aus Himmelreich rauslassen. Meine Stirn senkt sich auf das heiße Autodach. Aua!

In diesem Moment fährt ein Jeep aus der Baustellenausfahrt und hält vor mir an.

David! Er steigt aus und winkt mich zu sich.

»Steig ein, ich fahr dich zur Tankstelle.«

»Oh … danke …«

Tatsächlich überlege ich kurz, ob er nicht alleine fahren kann und ich hier so lange warte. Doch warten heißt auch, ich bewege mich nicht, und wenn ich mich augenblicklich nicht in irgendeine Richtung bewegen kann, platze ich noch.

»Dann auf, los geht's. Auf was wartest du?«

Kaum sitze ich neben ihm auf dem Beifahrersitz, gibt er Gas.

»Danke, David, du bist meine Rettung.«

Ich fühle mich völlig durch den Wind und weiß nicht, wohin mit meinen Händen. Schließlich lege ich sie in den Schoß und verschränke die Finger ineinander. David fährt viel zu schnell. Gut so!

»Keine Ursache. Was ist denn los? Du siehst aus, als wäre jemand gestorben.«

»Noch nicht«, presse ich hervor und starre durch die Windschutzscheibe nach draußen. Meine Augen brennen.

»Noch nicht? Das hört sich nicht gut an!«

»Mein Vater …« Ich schlucke bin nicht fähig, ganze Sätze zu formulieren »Er liegt im Krankenhaus …«

David wirft mir einen kurzen Blick zu, nickt und gibt noch mehr Gas.

»Magst du drüber reden?«, fragt er mich nach einer Weile.

Jetzt löse ich meine verkrampften Finger und wische mir mit beiden Händen übers Gesicht.

»Sie haben ihm die Galle rausoperiert«, sage ich knapp und werfe einen Blick aufs Handy. Warum ruft sie nicht an? »Meine Mutter meldet sich nicht. Ich fürchte ... Ich habe Angst, dass ...«

Meine Hand zittert so sehr, dass mir das Handy aus der Hand in meinen Schoß fällt. Ich stecke es in die Tasche, lehne den Kopf an die Stütze und starre vor mich hin.

Plötzlich spüre ich, wie David kurz meine Hand drückt.

»Ich hoffe, es wird alles gut ausgehen, Fee. Eine Gallenoperation ist in der Regel nichts Dramatisches. Ein Freund von mir rennt schon sein halbes Leben ohne Galle rum. Aber ich kann mir denken, dass dich das in der aktuellen Situation nicht wirklich beruhigt. Wir müssten gleich an der Tankstelle sein, vielleicht noch fünf Minuten.« Dann nimmt er wieder beide Hände ans Lenkrad, setzt den Blinker und überholt mit einem Affenzahn einen Traktor.

Seine Worte tun mir unerwarteterweise gut, und ich spüre ein Gefühl von Dankbarkeit in mir aufsteigen. Dafür, dass er seinen Führerschein für mich riskiert, weil er fast doppelt so schnell fährt, wie es erlaubt ist, und dafür, dass er nicht viele Worte macht. Das rechne ich ihm hoch an.

Tatsächlich hat das Zittern nachgelassen, und ich kann endlich wieder tief durchatmen.

Unglaublich, aber ich schaffe es, in weniger als vier Stunden in Frankfurt anzukommen, und das sogar mit einer Pinkelpause. Gegen Ende der Fahrt packte mich wieder die Unruhe, auch weil meine Mutter sich immer noch nicht gemeldet hat und meine Anrufe bislang unbeantwortet geblieben sind. Der Verkehr in und rund um die Großstadt fordert fast meinen letzten Nerv. Autos schieben sich Stoßstange an Stoßstange durch die Stadt, dazu die von Abgasen geschwängerte Luft, das Menschengewimmel, eine Ampel nach der anderen. Ich kenne das Treiben der Großstadt gut, es sollte mir also vertraut sein. Trotzdem erleide ich so etwas wie einen Kulturschock, und das, obwohl ich erst ein paar Tage in dem geruhsamen Himmelreich verbracht habe.

Endlich, ich bin da. Erleichtert biege ich die Straße zum Krankenhaus ab. Und ich finde sogar einen Parkplatz!

Völlig außer Atem trete ich an den Empfangsschalter des Krankenhauskomplexes.

»Guten Abend. Ich bin eine Angehörige von Roger Kaiser. Er ist in der Nacht operiert worden. Galle«, sage ich knapp durch die kleine Öffnung der Glasscheibe.

Die ältere Dame hinter der Glasscheibe spitzt die Lippen und blickt mich über die Ränder ihrer Brille an.

»Die Besuchszeit ist vorbei. Bis 18:30. Kommen Sie morgen wieder.«

»Gute Frau«, sage ich beherrscht, »mein Vater kämpft mit dem Leben. Ich bin gerade vier Stunden auf der Autobahn hierher gerast.« Ich hole Luft. »Und Sie schicken mich weg?!«

»Also Galle. Moment ...« Ungeduldig beobachte ich, wie sie in Herrgottsruhe in ihrem PC den Namen meines Vaters sucht – und findet. »Zimmer 218, zweiter Stock. Hier rechts und dann gleich links zum Fahrstuhl oder rechts zum Treppenhaus.«

»Danke!«

Ich hechte zur Treppe. Jetzt auf einen Fahrstuhl zu warten scheint mir unerträglich. Kurz nach der letzten Stufe klingelt mein Handy. Mit einer Hand ziehe ich das Telefon aus der Tasche, mit der anderen öffne ich die Tür, die mich in die – laut Hinweisschild – »Abteilung Innere« bringt. Dann stehe ich auf dem Gang, vor mir ist eine Tür mit der Nummer 211.

»Ja?«, melde ich mich, ohne auf das Display zu blicken. Muss ich nach links oder rechts? Ein Pfeil, über dem die Nummern 212–240 prangen, weist mir die Richtung.

»Fee, es tut mir so leid, dass ich mich nicht früher gemeldet habe. Ich bin am Bett deines Vaters eingeschlafen. Die Aufregung, der wenige Schlaf ...«

214, 216, 218.

»Ich bin da«, sage ich und lege auf. Dann betrete ich das Krankenzimmer.

Meine Mutter sitzt mit dem Handy in der Hand am Bett meines Vaters und sieht mich verblüfft an.

»Oh, Felicia ... du bist gekommen«, sagt sie leise.

Flüchtig registriere ich, dass sie fürchterlich aussieht. Ihr sonst so perfekt geschminktes Gesicht wirkt fahl, und unter ihren Augen haben sich dunkle Ränder gebildet. Mit drei langen Schritten bin ich bei meinem Vater. Er scheint zu schlafen oder ... Ich nehme seine Hand, fühle den Puls, gleichzeitig blicke ich meine Mutter an.

»Er schläft nur«, beantwortet sie meine unausgesprochene Frage und lächelt mich beruhigend an. Schlagartig lässt meine Anspannung nach. Dafür werden jetzt meine Beine weich.

»Felicia? Geht es dir gut?« Meine Mutter steht auf und drückt mich auf den Stuhl, auf dem sie eben noch gesessen hat. »Ich glaube, du musst mal was trinken, deine Lippen wirken trocken.« Sie greift sich eines der drei Gläser, die auf dem Nachttisch stehen, und schenkt ein.

Hallo? Das Leben meines Vaters steht auf der Kippe und ihr fällt der Zustand meiner Lippen auf?!

»Mama! Was sagen die Ärzte?«

Meine Mutter drückt mir ein Glas Wasser in die Hand und zieht sich einen weiteren Stuhl bei.

»Ja, also ...«

In diesem Moment geht die Tür auf, und eine dralle Frau kommt mit einem Tablett herein.

»Abendessen!« Das hört sich wie ein Befehl an.

»Können Sie Ihren Kasernenton vielleicht etwas drosseln?! Sehen Sie nicht, dass mein Mann schläft?«

Okay, wenn Mama das Personal anschnauzt, scheint alles im Lot zu sein.

»Geschlafen hat«, bemerkt der Trampel im Kittel lakonisch und pfeffert das Tablett auf den kleinen Tisch, der an der Längsseite des Zimmers steht.

»Da hat sie recht, denn jetzt bin ich wach.«

»Papa!« Ich springe auf und falle ihm um den Hals. Dabei achte ich darauf, nicht an den dünnen Schlauch zu kommen, dessen Ende in einer Kanüle an der Hand meines Vaters steckt. Mit der anderen Hand streicht er mir übers Haar.

»Langsam, Felicia, du zerdrückst mich ja.«

Mein Vater hört sich an wie immer, nicht entkräftet, nicht traurig, sogar … fröhlich? In mir tobt es, und ich schwanke zwischen Lachen und Heulen.

»Wie geht es dir, Papa?« Ich löse mich von ihm, bleibe aber auf der Bettkante sitzen und halte seine Hand in meiner. Er sieht gut aus, gar nicht aschfahl, blutleer oder nur ein Schatten seiner selbst, wie ich befürchtet habe.

»Es geht mir gut, Felicia. Die Ärzte hier sind brillant. Ich muss nur noch zwei, drei Tage zur Beobachtung bleiben. Na ja, und ein Antibiotikum nehmen.« Er lacht leise, wie das seine Art ist.

Die Erleichterung treibt mir die Tränen in die Augen.

»Wirklich? Oder sagst du das jetzt nur so, um mich zu beruhigen?«

»Habe ich jemals etwas Falsches gesagt, nur um dich zu beruhigen? Felicia, es geht mir wirklich den Umständen entsprechend gut. Ich habe nur ein kleines Loch am Bauch, wo der Arzt minimalinvasiv operiert hat, und in meiner Hand steckt eine Nadel, durch die das

Medikament in mich reintröpfelt. Ist ein bisschen umständlich, mit so einer Flasche am Rollständer aufs Klo zu gehen, gebe ich zu. Aber sonst geht es mir wirklich gut.«

»Oh Gott sei Dank!«, hauche ich zwischen zwei Schluchzern.

»Ja«, sagt er, »da hatte ich neben deiner Mutter noch mindestens eine Handvoll Schutzengel. Hat der Arzt auch gesagt. Und ... Felicia, du hättest nicht den weiten Weg auf dich nehmen müssen ...«

»Ich wollte aber kommen!«, begehre ich auf. Hinter mir höre ich, wie meine Mutter schnieft.

Er lächelt mich liebevoll an. »Das ehrt dich sehr, meine Kleine. Deine Mutter sagte, du hättest dort in Himmeldorf einen Job. Setze ihn nicht aufs Spiel, ja? Am besten, du fährst morgen früh gleich wieder zurück. Ich schlafe jetzt sowieso die nächsten zwei Tage durch, und dann bin ich wieder vollständig fit. Oder hast du dir schon Urlaub nehmen können?«

»Nein, aber ...«

»Keine Widerrede! Deine Anwesenheit würde mich zwar erfreuen, wenn ich wieder aus dem Krankenhaus darf, ist aber ehrlich nicht notwendig. Versprich mir, dass du morgen früh zurück in dieses Himmeldorf fährst, ja? Noch mal, mir geht es gut, ich werde überleben und in ein paar Tagen wieder den Golfschläger schwingen – hoffe ich doch. Felicia ... ich habe dich lieb.«

Mir fällt fast der Glauben aus dem Gesicht. Was hatte er da gerade gesagt? Diese Worte habe ich von meinem

Vater das letzte Mal gehört, da war ich fünf. Oder vier? Ich weiß es nicht mehr.

»Ich hab dich auch lieb, Papa«, sage ich leise. Ein erlösendes Gefühl überschwemmt mich, und ich fühle mich unglaublich glücklich.

»Was ist das für ein Job, den du da hast?«, will er wissen.

»Ich ... äh, ich bin Kellnerin.«

»Oh ... okay ...«

»Aber es gibt dort einen wunderschönen, leer stehenden Laden, der ist zu verkaufen. Vielleicht könnte ich dort ...«

»Einen Blumenladen eröffnen? Das wolltest du doch sagen, oder, Felicia? Dein Traum, seit du ein Kind bist. Tu das.«

Nun bin ich vollends irritiert. Ist das mein Vater, mit dem ich da spreche? Der Vater, der stets meine Träume belächelt und mir bei jeder Gelegenheit Vorträge über die Vorteile eines ordentlichen Berufes gehalten hatte?

»Papa, geht es dir wirklich gut?«

»Kind, wenn man mal dem Tod von der Schippe gesprungen ist, ändert sich offenbar so einiges. Erinnerst du dich noch, dass ich schon immer das Bedürfnis hatte, Bilder zu malen?«

»Ja, ich erinnere mich. Papa, du willst malen? Echt? Also, das finde ich ... toll«, sage ich verblüfft.

»Fee, wegen des Ladens ... Brauchst du Geld?«

Ich schüttele den Kopf. Er hat meinen Kosenamen gesagt, das erste Mal. Irgendwas hat diese Galle, die er seit Kurzem nicht mehr hat, mit ihm angestellt.

»Nein. Aber Papa, jetzt lenk bitte nicht von dir ab. Diese Galle … brauchst du die nicht?«

»Roger, dein Essen wird kalt.« Meine Mutter steht auf, geht zu dem kleinen Tisch und hebt den Deckel an, der auf dem Teller liegt.

»Was gibt es denn?«

»Suppe.«

Mein Vater seufzt. Er hasst Suppe. Dann wendet er sich wieder mir zu.

»Tja, die liebe Galle. Laut Arzt ist es ein entbehrliches Organ. Ein kleiner, hässlicher birnenförmiger Sack. So einer bin ich selbst, das brauch ich nicht noch in mir drin.« Er lacht. Und dieses Lachen und den sarkastischen Humor, den ich so lange Zeit bei ihm schon nicht mehr erlebt habe, überzeugt mich vollends, dass es ihm gut geht. Mehr noch, es scheint, als wäre er wiedergeboren worden.

Während er mit Todesverachtung seine Suppe löffelt, erzähle ich von Himmelreich, von schrecklichen Pastillen, von dem joggenden Pfarrer und von bunten Parkbänken. Dann steckt eine Krankenschwester den Kopf zur Tür herein und erinnert uns mit ernster Miene daran, dass die Besuchszeit heute längst vorbei ist und es auch morgen wieder eine gäbe.

Schweren Herzens verabschiede ich mich von meinem Vater und muss ihm noch einmal versichern, auf keinen Fall meinen neuen Job aufs Spiel zu setzen. Dann verlasse ich gemeinsam mit meiner Mutter das Krankenhaus. Heute werde ich zum ersten Mal nach langer Zeit wieder zu Hause schlafen. Ein sehr seltsames Gefühl.

Müde von den Ereignissen und der langen Fahrt an diesem Tag parke ich Olaf vor dem Haus meiner Eltern und steige aus. Meine Mutter ist vorausgefahren und früher als ich angekommen, ihr Auto steht bereits in der Einfahrt.

»Hallo, Felicia.«

Ich erstarre einen Moment und drehe mich dann ganz langsam um.

»Was machst du denn hier?! Und woher weißt du …?«
Da bleiben einem doch echt die Worte im Hals stecken.

Mit typischem Dackelblick, den Ethan so gut draufhat und der alles andere als echt ist, wie ich mittlerweile weiß, tritt er auf mich zu und nimmt meine Hand.

»Du hast deine Wohnung aufgegeben, das war vielleicht eine Überraschung, als ich vor der Tür stand und mir ein fremder Typ öffnete. So habe ich heute Morgen mit deiner Mutter telefoniert, weil ich wissen wollte, wo ich dich finden kann, und sie hat mir das mit deinem Vater erzählt. Aber als ich am Krankenhaus ankam, sah ich dich gerade wegfahren.«

»Und da bist du mir gefolgt …« Ich ziehe meine Hand zurück. »Mach dich nicht lächerlich, und lass diese plumpen Vertraulichkeiten und dein aufgesetztes Lächeln, Ethan. Das kenne ich nur zu gut.«

»Ich vermisse dich, Liebling.«

Oh, wie abgeschmackt!

»Und das *Liebling* kannst du dir ebenfalls sparen.«

»Es war ein Ausrutscher, Fee! Bitte glaub mir doch.«

Fassungslos sehe ich in Ethans Gesicht. Diesen Mann habe ich geglaubt zu lieben? Diesen aalglatten Schönling, der nur sein eigenes Wohlbefinden und die sofortige Befriedigung seiner Bedürfnisse im Kopf hat? Wie blind ich doch war!

»Hör mal, Ethan ... Ein Typ, der seine Freundin an ihrem Geburtstag in deren Bett betrügt, der rutscht nicht mal eben nur so aus. Du bist einfach nur ein Arsch mit narzisstischer Persönlichkeitsstörung. Wenn du dich selbst vögeln könntest, wärst du wahrscheinlich im siebten Himmel.«

Es tut gut zu sehen, wie ihm jede aufgesetzte Mimik aus dem Gesicht fällt und ihm stattdessen die Wutröte in die Wangen steigt. Ich gehe an ihm vorbei und hole den Koffer aus dem Wagen.

»Wie redest du denn mit mir? Das muss ich mir von dir nicht sagen lassen!«

»Zwingt dich doch auch niemand, oder?« Mit einem *Rumms* schlage ich den Kofferraum zu. »So, und jetzt entschuldige mich bitte, Ethan. Schönen Abend noch.«

Als ich an der Tür meines Elternhauses klopfe, höre ich Ethans Wagen mit quietschenden Reifen davonrasen.

Wenig später sitze ich mit meiner Mutter auf der Terrasse vor Rotwein und einem Teller, auf dem sie schnell einige Käsewürfel und süße Trauben angerichtet hat.

»Wenn du lieber eine anständige Mahlzeit möchtest, könnte ich uns etwas zubereiten, aber du weißt, die beste Köchin bin ich nicht«, entschuldigt sich meine Mutter.

»Schon in Ordnung, Mama. Ist auch ein bisschen spät, um noch was zu kochen.« Spontan fällt mir Ronja ein, die immer spät in der Küche steht und jetzt wahrscheinlich irgendeinen leckeren Flammkuchen aufgetischt hätte. »Der Käse ist total lecker. Bergkäse?«

»Mittelalter Gouda.«

Der Rotwein gibt mir den Rest. Nach zwei Gläsern bin ich so weit, um auf der Stelle einschlafen zu können.

»Möchtest du schlafen gehen, Süße? Geh nur. In deinem Kinderzimmer ist alles unverändert. Nur das Bett ist nicht bezogen. Frische Bettwäsche findest du aber in deinem Schrank.«

»Danke. Ja, ich bin sogar hundemüde, aber ins Bett will ich noch nicht, es ist gerade so ... angenhem.«

Tatsächlich genieße ich diesen Abend mit meiner Mutter und frage mich, wann wir das letzte Mal so zusammengesessen haben. Ich überlege einen Moment und komme zu dem Schluss: noch nie. Entweder haben wir gestritten, oder meine Eltern befanden sich irgendwo an einer Strandbar auf der anderen Seite der Erde.

Und schon wieder ein ungewohntes Gefühl.

Nachdenklich drehe ich das Weinglas in den Händen und blicke in den beleuchteten Garten hinaus. Mir wäre es recht, wenn sich diese neuartigen Eindrücke ein bisschen verteilen und sich nicht alle an einem Tag über mich ergießen würden.

Meine Mutter reißt mich aus meinen Gedanken.

»Ach, bevor ich vergesse: Ich hatte dir doch von der freien Stelle bei Jerome in Wiesbaden erzählt.«

»Richtig. Und ich hatte dir meine Meinung dazu gesagt.«

»Ich weiß. Aber es gibt da noch einen Job, der dir unter Umständen Spaß machen könnte.«

Neugierig stelle ich das Glas ab. »Seit wann ist es wichtig für dich, ob mir etwas Freude macht? Das sind ja ganz neue Töne. Also bitte nicht falsch verstehen, ich freue mich drüber, allerdings wundere ich mich heute nicht zum ersten Mal.«

Meine Mutter lehnt sich seufzend zurück und verschränkt die Hände im Schoß.

»Wie dein Vater schon sagte: Wenn man mal dem Tod von der Schippe gesprungen ist, ändert sich offenbar so einiges. Mir ist klar geworden, dass man nur ein Leben hat und dass Familie wichtig ist.« Sie lacht verlegen auf und winkt ab, als sie sieht, wie ich den Mund für eine Erwiderung öffne. »Ja, sag jetzt nichts, ein bisschen spät, aber besser spät als nie.« Plötzlich springt sie auf und vertauscht zwei Blumenkübel. »Wie oft muss ich diesem Tölpel von Haushaltshilfe noch sagen, dass sie die Pflanzen nicht anders arrangieren soll, Herrgott!«

Ich stelle fest: Manche Dinge ändern sich nie.

»Also ...« Sie setzt sich wieder und schenkt sich Wein nach. »Kind, wir wollen dich gerne in unserer Nähe haben, also habe ich mal in unserem Bekanntenkreis herumgefragt. In der Innenstadt hat Frau von Scharmdorf einen Laden zu verkaufen. Du kennst sie flüchtig, das ist die Frau von Dr. von Scharmdorf, dein Vater hatte mal beruflich mit ihm zu tun. Die haben Immobilien in ganz

Deutschland und ein paar Villen in Spanien. Du würdest sicher einen Freundschaftspreis bekommen. Wir würden auch etwas Geld zuschießen und ...«

»Was für ein Laden?« Ich stecke mir eine Traube in den Mund. Ich bin neugierig.

»Ein aparter kleiner Laden in Bahnhofsnähe – also perfekt für Laufkundschaft. Du könntest einen Blumenladen draus machen.«

Einige Stunden später liege ich mit hinter dem Kopf verschränkten Armen in meinem Bett und starre durch das geöffnete Fenster. Ich bin todmüde und gleichzeitig hellwach. Der Schlaf ist ungefähr so weit weg wie Himmelreich, und mein Kopf will einfach keine Ruhe geben, wälzt die Gedanken umeinander, bis nur noch ein einziger mentaler Brei durch meine Synapsen fließt. Ich schließe seufzend die Augen und höre dem leisen Sommerwind zu, der die Baumkronen streichelt. Wenn ich die Augen nur lange genug geschlossen halte, werde ich irgendwann einschlafen.

Doch das Karussell dreht sich weiter: Blumenlädchen in Frankfurt. Die Nähe meiner Eltern. Ich will es ohne die Hilfe meiner Eltern schaffen. Großstadthektik, weite Felder, der Duft nach Mohnblumen, schreckliche Halspastillen, geschäftige Menschen mit Handys am Ohr, joggender Pfarrer, bunte Parkbänke, Drogensüchtige in Unterführungen, Kletterrosen an Hauswänden ...

Mit einem Male sehne ich mich nach der Idylle Himmelreichs, ich sehne mich zu Ronja und Nicole ins Scardellis, will dort mit ihnen unter der blühenden Klematis sitzen. Ich sehne mich an den kleinen Badesee mit dem Steg und der Schwimminsel. Und ich wollte doch noch Lila kennenlernen und sehen, wie sie wohnt, und herausbekommen, wer Marlon wirklich ist. Hm, andererseits ist Letzteres eigentlich ohne Bedeutung. Ich könnte ja hin und wieder einfach nur zu Besuch nach Himmelreich fahren, beispielsweise zur Hochzeit von Gertrud und Pfarrer Wohlfahrt. Als ich an Gertrud denke, muss ich lächeln, sehe ihren vergessenen Lockenwickler im Haar wippen und verspüre plötzlich Lust auf das Süßzeug in ihren Bonbongläsern.

12.

Ich habe gute Laune. Richtig gute Laune. Ich möchte Bäume umarmen, Liedchen pfeifen und auf einem Bein hüpfen. Das geht im Auto allerdings schlecht.

Es ist gerade mal kurz vor zwölf Uhr, als ich das Ortsschild von Himmelreich passiere. In mir ist ein Gefühl, als käme ich heim. Der Wind lässt durch das offene Autofenster meine Haare flattern, und ich atme den Duft von Blumen und trockenen Feldern ein. Ja, auch das Aroma von Kuhdung mischt sich darunter. Es stört mich nicht. Auch eine dieser neuen Erkenntnisse: Ich tausche tatsächlich Rinderdung-Bouquet gegen Großstadtmief. Und das sogar gerne. Das hätte mir mal einer vor ein paar Tagen sagen sollen.

Der Gedanke an einen Blumenladen direkt am Bahnhof in Frankfurt allerdings hatte mich schwanken lassen. Aber nur kurz. Gefühlsmäßig kommt ein Blumenladen, der sich direkt an einer viel befahrenen Straße befindet, unweit von nach Urin stinkenden Unterführungen, gleich nach einem erfrischenden Bad in einer Kloake.

Beim Frühstück hat sich meine Mutter not amused über meine Entscheidung gezeigt, die bittere Pille jedoch geschluckt und stellvertretend die arme Haushälterin, die schon um sechs Uhr in der Küche stand und ein Frühstück zubereitete, zur Minna gemacht.

Schwungvoll parke ich ein, steige aus und schnappe mir meinen Koffer. Am McLeods läuft Axthelm mit Herrn Schmidt vorbei. Sein Hund hebt ein Bein und strullert an einen von Karl Königs heiligen Blumenkübeln.

»Rüdenpipi stinkt nicht!«, knattert Axthelm, nickt mir zu und zieht den Hund weiter.

Ich muss grinsen. Hallo, Himmelreich!

Obwohl das McLeods jetzt noch geschlossen hat, treffe ich in der Küche auf Ronja. Sie steht am Herd. Es brutzelt, und es riecht verlockend nach Rührei mit Speck.

»Gott, du bist ein Engel!«, begrüße ich Ronja, die mit dem Pfannenwender zurückgrüßt, ihre Tätigkeit unterbricht und mich gespannt ansieht.

»Schon wieder zurück? Das ging ja schnell. Alex sagte, dass du ein paar Tage weg wärst. Was rede ich ... Wie geht es deinem Vater?«

Ich stelle den Koffer ab und lehne mich an die Küchentheke.

»Gut, sehr gut sogar. Er macht schon wieder Späße. Allerdings muss er noch ein paar Tage zur Beobachtung in der Klinik bleiben. Ich war noch mal bei ihm, bevor ich mich auf den Weg gemacht habe. Ronja, ich hätte in Frankfurt bleiben können, aber ... kaum zu glauben, ich habe dieses Kaff vermisst. Euch alle habe ich vermisst.«

»Du siehst aus, als hättest du eine weitreichende Entscheidung getroffen. Und weißt du was? Ich freu mich gerade wie blöd, dass du bleibst. Du bleibst doch, oder? Sag, dass du bleibst!«

Sie fällt mir um den Hals. Ich drücke sie an mich und weiß, dass ich in Ronja eine echte Freundin habe.

»Ja, ich bleibe.»

»Und ich hatte die Befürchtung, du kommst nicht mehr.« Sie löst sich aus der Umarmung und holt drei Teller aus dem Schrank. »Aber ich sage dir, so einfach hätte ich es dir nicht gemacht. Ich wäre nach Frankfurt gekommen und hätte dich geholt, zur Not gefesselt und geknebelt.«

»Ach, hör auf mit dem Gesülze, sonst werden meine Augen noch feucht.« Ich zwinkere ihr zu und könnte heulen, so glücklich bin ich über ihre Worte.

Ronja verteilt das Rührei auf die drei Teller und stellt sie auf ein Tablett neben ein Körbchen mit Weißbrot.

»Komm, wir essen auf der Terrasse. Es ist herrlich heute. Ach, greif dir noch die Kanne Kaffee hier. Und eine Tasse für dich, der Rest steht schon draußen.«

Mit der Kanne in der Hand laufe ich ihr hinterher. »Wieso bist du eigentlich schon da?«

»Alex hat mich gebeten, ein Mittagessen für ihn zuzubereiten, weil er für einen Termin noch ein paar Unterlagen sortieren muss – frag mich nicht, irgendwas mit Ämtern.«

Als wir den Biergarten betreten, blickt Alex von einem Stapel Papier auf. Ein Lächeln gräbt sich in sein Gesicht.

»Oh, wie schön, du bist wieder da. Wie geht es deinem

Vater? Ich hoffe gut, denn du siehst aus, als wäre er auf dem Weg der Besserung. Kaffee?« Er schiebt die Unterlagen zur Seite, damit Ronja das Tablett abstellen kann, und beginnt Kaffee einzuschenken.

»Sehr gerne«, sage ich und wähle den Platz Alex gegenüber. Dann beschreibe ich knapp den Gesundheitszustand meines Vaters und dass er mich sogar gebeten hat, am nächsten Tag, also heute, wieder nach Himmelreich aufzubrechen. Den Rest lasse ich weg.

»Ich finde, dein Vater ist ein cleverer Typ. Du gehörst hierher nach Himmelreich, Fee.« Ronja streicht Butter auf eine Weißbrotscheibe. »Ach, Alex hat gesagt, dass die Gäste dich gelobt haben. Du hast das mit dem Kellnern schon ganz gut drauf.«

»Danke«, nuschele ich zwischen zwei Bissen und muss zugeben, ich bin ein bisschen stolz. Auch wenn meine Eltern die Kellnerei als etwas Minderwertiges ansehen, füllt mich diese Arbeit mehr aus als ewiges Aktenwälzen und Briefetippen in einer muffigen Kanzlei. Es macht Spaß. Vielleicht auch deswegen, weil ich an einem Abend mehr lächelnde Gesichter gesehen habe als in einem Jahr Kanzlei.

»Und, was haben die Damen heute noch vor?«, will Alex wissen und nippt am Kaffee.

Tja, was habe ich heute vor? Der Tag ist herrlich, ich könnte ...

»Triffst du dich wieder mit diesem Motorradfahrer, von dem du erzählt hast?« Ronja sieht mich neugierig an.

»Motorradfahrer?« Alex zieht die Brauen hoch. »Kenn ich den?«

»Marl…«, beginne ich. Dann fällt es mir wieder ein. Da ist er, der Haken, der meiner guten Laune einen Dämpfer gibt. »Max. Er heißt Max.«

Alex blickt auf die Uhr und trinkt dann eilig seine Tasse leer.

»Den Namen habe ich irgendwo schon mal gehört. Aber Max heißen hier viele.« Er steht auf und drückt mir einen flüchtigen Kuss auf den Scheitel. »Willkommen zurück, Fee. Ich freu mich sehr, dass alles gut ausgegangen ist. Aber … jetzt muss ich leider los. Es gibt nichts Lästigeres als einen Besuch beim Steuerberater.«

Wir verabschieden uns, und Ronja wechselt die Tischseite und setzt sich mir gegenüber.

»Marlon, Max. Wie denn nun? Und was ist mit diesem Typ? Du wirkst gerade, als hättest du Gülle trinken müssen.«

Ich seufze, schiebe meinen leeren Teller zur Seite und rühre mit einem Löffel im Kaffee herum.

»Krieg ich eine Antwort, oder möchtest du erst ein Loch in den Tassenboden rühren?«

»Entschuldige«, sage ich ertappt. »Also, das mit dem Typ ist so …«

In knappen Worten schildere ich ihr den gestrigen Tag.

Als ich ende, sieht sie mich verblüfft an. »Jupp scheint ihn zu kennen, sagt aber nichts.«

»Danke für die Zusammenfassung.«

»Hm, und du willst wissen, warum sich ein Max zu einem Marlon gemacht hat.«

»Richtig.«

Ronja schlägt mit der Hand auf den Tisch. »Endlich ist hier mal was los in Himmelreich. Klasse! Nun, liebe Fee, da müssen wir wohl zu Gertrud – der Klatschzentrale Himmelreichs. Wenn Gertrud nichts weiß, dann ...«

»... müssen wir Jupp fesseln und knebeln und seine Joints rauchen, bis er aufgibt und uns alles erzählt.«

»Dann los!« Abrupt steht sie auf und beginnt, das Geschirr auf das Tablett zu stellen.

»Darf ich noch meinen Koffer hochbringen?«

Wenig später stehen wir in Gertruds Laden und lutschen Halspastillen. Irgendeinen Preis zahlt man immer.

»Sind sie nicht hervorragend? Eine verbesserte Rezeptur. Was sagt ihr?« Gertrud sieht uns erwartungsvoll an. Ihre Augen huschen zwischen Ronja und mir hin und her. Wehe dem, der jetzt das Gesicht verzieht.

Kurzerhand schlucke ich die Pastille hinunter, das verkürzt das Elend. Ronja neben mir ist blass geworden, lutscht aber immer noch brav.

»Jaaa ...« Ich blicke bewusst nach innen. »Sie sind etwas feiner im Geschmack.«

Und das ist nicht einmal gelogen. Der fischige Abgang fehlt. Dadurch hat das Zeug um ein paar Längen gewonnen. Trotzdem ... freiwillig kaufen würde ich es nicht.

»Ja, nicht wahr? Schön, dass du es herausschmeckst, liebe Fee. Hach, Himmelreichs Halspastillen – es gibt keine besseren.«

Ja genau, denke ich, keine besseren zum Magenumdrehen. Neben mir höre ich es aufatmen, und ich schiele zu Ronja. Erleichterung steht ihr ins Gesicht geschrieben, offenbar hat sie die Pastille ebenfalls hinuntergeschluckt. Nur mühsam unterdrücke ich ein Kichern, denn Gertrud stürzt sich sofort auf die arme Ronja, die offenbar noch mit den Nachwirkungen zu kämpfen hat.

»Und?!«

Ronja hebt den Daumen. »Fabelhaft …«

»Sag ich doch!«, strahlt Gertrud.

»Sag mal, Gertrud, hast du inzwischen wieder diese roten Gummidrops?«

»Nein, tut mir leid. Aber nächste Woche erwarte ich eine Lieferung. Weißt du was, ich lege dir eine ganze Tüte zurück.«

»Prima!« Ronja verzieht ihr Gesicht, wahrscheinlich wollte sie mit den Drops den Geschmack der Pastillen vertreiben.

»So machen wir das«, sagt Gertrud bestimmt und legt dann die Hand auf die Brust. »Aber ich bin unhöflich, ihr seid sicher nicht wegen meiner Halspastillen gekommen. Was darf es denn sein? Sonnenmilch vielleicht?«

»Eigentlich sind wir wegen etwas anderem hier.« Faktisch wollte ich das Thema galant einläuten, doch wer weiß, ob das mich eine weitere Pastille kostet? »Wir wollten dich fragen, ob du einen Max kennst.«

»Max?« Sie blickt nach links oben und legt den Zeigefinger ans Kinn. »Ja, sogar zwei, glaube ich. Welchen meint ihr?«

»Den Motorradfahrer«, platzt es aus Ronja heraus.

»Ah, dann fällt der andere Max weg, der ist nämlich erst zwölf und darf so was noch nicht fahren. Sicher, ich kenne einen Max, aber ob wir vom selben reden? Der andere hat, soweit ich weiß …«

»Er ist groß, ungefähr so groß wie Alex, etwa in meinem Alter, hat eine Glatze und …«

»Oh … dann kenne ich sogar drei Max.« Gertrud winkt ab. »Ich weiß, wen ihr meint. Ohne Glatze hat er mir besser gefallen. Was ist denn mit ihm?«

»Ja, also, ich …« Mir fällt nichts ein, verdammt. Ich kann ihr schlecht sagen, dass er sich als jemand anders ausgibt. Ronja springt mir zur Seite. Allerdings anders als gedacht.

»Fee würde ihn gerne kennenlernen.«

Na toll, und das in der Klatschzentrale Himmelreichs.

Gertrud sieht mich mit gesenktem Kopf an. Ihr Blick verheißt nichts Gutes. Dann holt sie tief Luft, trippelt hinter die Theke und beginnt, die Bonbongläser abzuwischen. Ronja und ich sehen uns ratlos an. Sie weiß was. Aber was?

»Also«, hebt Gertrud an, »Genaues kann ich ja nicht sagen zu diesem Max – man hört so dies und das –, also nagelt mich da bitte nicht drauf fest. Ich meine, man erzählt sich, er wäre ein Heiopei.«

»Ein was?« Dieses Wort habe ich noch nie gehört.

»Faulenzer, Versager, Flasche, Blindgänger, Lusche«, übersetzt Ronja.

»Ja, ja, es ist schon erstaunlich, wie verschieden Geschwister sein können, obwohl sie in einem Stall aufwachsen.« Sie hebt das Bonbonglas hoch und hält es gegen das

Licht. »Die Gläser werden mit der Zeit blind, da kann ich putzen, wie ich will. Vielleicht sollte ich sie mal mit Essigwasser ausspülen. Ob das hilft?«

»Mit Sicherheit«, sage ich hastig. »Geschwister?«

Er wird doch nicht der Bruder von David sein? Mir wird ganz anders. Obwohl, wenn, dann eher Halbbrüder, so unterschiedlich wie sie sind.

Gertrud schüttelt bedächtig den Kopf. »Seine Schwester ist so apart und erfolgreich, er hingegen ruht sich auf dem Geld seines Vaters aus. Ein wirklich schwarzes Schaf der Familie, ein wirklich schwarzes. Man erzählt sich sogar, er wäre mal im Gefängnis gewesen ... Aber wie gesagt – ich habe das nur am Rande mitbekommen.«

»Welche Schwester?«, will Ronja wissen und runzelt die Stirn. Ich runzle mit und sehne mich nach einer Halspastille, die könnte das flaue Gefühl im Magen vertreiben.

»Na, seine Schwester, Mira Anderson, die Verlobte von David.«

»Oha!«, höre ich Ronja leise sagen.

Die Worte Schwester, Mira und Verlobte liefern sich in meinem Kopf ein Wettrennen. Max ist der Bruder dieser tussigen Mira? Unvermittelt schwappt mein Hirn in meine Beine, die sich irgendwie wackelig anfühlen.

»Danke für die Warnung, liebe Gertrud. Wir versprechen dir, dass wir kein Wort darüber verlieren.« Ronja nimmt mich am Arm und zieht mich mit sich nach draußen. Ich stammle noch einen Dank über die Schulter, dann stehen wir vor der Tür.

»Eis!«

»Was?«, frage ich verwirrt.

»Wir gehen jetzt ein Eis essen. Du siehst aus, als hätte man dir gerade eröffnet, dass du künftig die Kühe auf der Weide hüten müsstest.«

Ich nicke stumm. Eis ist gut. Mit viel Sahne. »Okay ...«

Wenig später sitzen wir vor der Eisdiele, vor uns riesige Eisbecher mit Früchten und Sahne. In meinem Kopf türmen sich die Fragen zu einem wackeligen Turm.

»Ich sehe es so«, beginnt Ronja und gestikuliert mit dem Eislöffel. »Dieser Max nennt sich Marlon, weil ... Hm, da gibt es verschiedene Möglichkeiten. Also ... weil er sich mit dem Namen Marlon wie ein Bad Boy fühlt. Max gibt ja nicht wirklich viel her ... Max und Moritz ... Kopfkino. Verstehste?«

Ich nicke. »Oder er gibt sich verschiedene Namen, damit ihm seine zahlreichen Freundinnen nicht durch blöde Zufälle auf die Schliche kommen«, überlege ich laut.

»Oder beides.«

»Was für ein Arschloch!«, sage ich und lege den Löffel beiseite. Mir ist der Appetit vergangen.

»Dreckskerl!«

»Genau!« Nicht auszudenken, wie ich mich jetzt fühlen würde, wenn ich mit diesem Typen geschlafen hätte. Der Gedanke daran schüttelt mich, und insgeheim danke ich dem kauzigen Axthelm und seinem Hund für die Unterbrechung am See.

»Magst du dein Eis nicht mehr?«, fragt Ronja in meine Gedanken hinein. Ich schiebe meinen Eisbecher zu ihr rüber.

»Nein, wenn du noch magst …?«

»Uff, danke, aber ich glaube, einer reicht mir völlig. Hast du Lust auf einen Abstecher zur Baustelle? Ich würde gerne mal einen Blick drauf werfen, vielleicht gibt es ja Neuigkeiten.«

»Hätten wir die nicht auch bei Gertrud bekommen?« Ich überlege kurz, ob ich Lust habe, und beschließe, dass ein kleiner Spaziergang mir guttun würde. Zudem …

»Ach, einverstanden. Lass uns gehen. Die Rechnung für das Eis übernehme ich.«

Auf dem Weg zur Baustelle passieren wir den leer stehenden Laden.

»Warte einen Moment«, bitte ich Ronja. Das Verkaufsschild hängt immer noch.

»Hübscher Laden, hm?« Ronja schirmt ihre Augen mit den Händen ab und guckt durch die Scheibe in den Raum. »Steht schon echt lange leer.«

»Weißt du, wem er gehört?«

»Dem alten Kurt. Kurt Hollbach. Das ist einer von den drei Männern auf der Bank. Dem ist vor einem Jahr, oder zwei, die Frau gestorben. Sie hatte hier ein Wäschegeschäft. Tischdecken, Kissen, Bettwäsche und kleinen Dekokram. Kurz zuvor hatten sie noch renoviert. Und dann … Tja, es kann so schnell gehen. Und seitdem versucht er, den Laden zu verkaufen, aber niemand scheint ihn zu wollen. Wieso fragst du?«

Der Tag hat so gut angefangen, nur um dann stimmungsmäßig in den Keller zu rauschen. Tatsächlich habe ich kurz überlegt, meine Zelte in Himmelreich abzubrechen. Aber ich kann Alex ja nicht hängen lassen. Außerdem würde ich Ronja und Nicole vermissen und auch Gertrud. Und Lila will ich auch noch näher kennenlernen. Und der Blumenladen ... Lächerlich. Ich darf meine Zukunft doch nicht an einem Arsch wie Max-Marlon festmachen! Im Leben nicht.

Ich seufze und blicke durch die Scheibe. »Irgendwie habe ich schon immer davon geträumt, einen eigenen Blumenladen zu haben ...«

»Echt?«

»Mhm, ja ... Was meinst du, was er kostet? Ich habe ein bisschen Geld auf die Seite legen können.«

»Puh, keine Ahnung. Er steht schon lange leer. Vielleicht senkt das den Preis. Warum fragen wir den alten Kurt nicht einfach? Er sitzt sicher auf der Bank, wie immer.«

»Du meinst, wir können einfach so ...? Ich könnte auch anrufen.«

Vermutlich ist ein Anruf geschickter, eine Absage inkognito einzufahren ist allemal besser, als sich dann desillusioniert davonzuschleichen. Schließlich steht eine Telefonnummer auf dem Zettel. Die stünde sicher nicht da, wenn der Mann erwarten würde, dass jeder Interessent sich zu ihm an die Bank gesellt.

»Hier in Himmelreich wird das meistens so geregelt, Fee. Komm, was hast du zu verlieren?«

Als wir auf die Bank in dem kleinen Park zusteuern, sehe ich, wie einer der drei Männer sich plötzlich ganz gerade hinsetzt und seinen Sitznachbarn anstupst. Der zieht sofort den Bauch ein. Der Dritte scheint zu schlafen. Breitbeinig sitzt er auf der Bank, beide Hände auf den Stock vor sich gestützt, den Kopf gesenkt.

»Hallo«, begrüße ich die Herren, »mein Name ist Felicia Kaiser. Ist einer von Ihnen der Verkäufer des leer stehenden Ladens?« Ich deute mit dem Finger Richtung Straße.

»Kurt!« Der mittlere Herr mit dem jetzt wieder deutlich vorgewölbten Bauch zupft den Schlafenden an dem Ärmel des karierten Hemdes. »Da ist eine junge Dame, die fragt nach deinem Laden.«

In der Zwischenzeit lupft der Linke kurz seinen Hintern von der Bank und deutet eine Verbeugung an.

»Angenehm, Franz Schmidt. Sagen Sie doch einfach Franz zu mir, hübsche Frau. Haben Sie heute Abend schon etwas vor?«

»Franz!« Ronja wirkt amüsiert. »Du kannst das Flirten nicht lassen, was?«

»Dafür ist man nie zu alt«, kommt die Antwort. »Oben fit und unten dicht, mehr wünsch ich mir fürs Leben nicht. Außer noch mal eine junge …«

»Danke, ich habe bereits etwas vor. Arbeiten«, grätsche ich schnell dazwischen.

Mittlerweile ist der Ladeninhaber aufgewacht und blickt mich erschrocken an.

»Ist etwas passiert? Hat jemand die Scheibe eingeschlagen? Oder hat's etwa einen Wasserrohrbruch?!«

»Ach du je, Kurt, nichts davon. Sie will vielleicht deinen Laden kaufen«, sagt Ronja.

»Ronja, ich kann schon für mich selbst sprechen. Die Betonung liegt auf *vielleicht*, Herr Hollbach. Es kommt darauf an, was er kosten soll, und auf noch ein paar andere Dinge wie …«

»Sie sind keine Himmelreicherin …«, unterbricht er mich. Offenbar macht sich der Preis an der Dorfzugehörigkeit fest.

»Doch, ist sie«, sagt Ronja, »Zwar erst seit Kurzem, aber sie bleibt hier.«

»Na ja, so genau weiß ich …«, werfe ich vorsichtig ein.

»Keine Gebürtige zumindest.« Kurt scheint im Gegensatz zu seinen Banknachbarn der Miesepeter der Runde zu sein. Ich hätte doch lieber anrufen sollen.

»Gut. Anscheinend ist die Herkunft wichtig. Was soll der Laden denn kosten?«

»Kommt ganz darauf an.«

»Bitte?!«

»Was Sie daraus machen wollen und ob sie überhaupt in der Lage sind, den Preis zu bezahlen, zum Beispiel.«

Sprachlos blicke ich ihn an. Ich wollte nur einen Preis wissen, mehr nicht. Wo ist sein Problem?

»Eventuell möchte ich ein Blumengeschäft eröffnen«, sage ich schließlich.

Hollbach legt den Kopf schief.

»Eventuell? Heißt das, dass Sie eventuell auch einen Ein-Euro-Laden aufmachen würden? Also, entweder Sie wissen, was Sie wollen, oder nicht.«

Der Mann auf der linken Seite der Bank, der sich als Franz vorgestellt hat, hebt seinen Stock drohend Richtung Kurt.

»Zier dich nicht so, du alter Grummel! Die Bude steht schon drei Jahre leer. Schöner wirdse dadurch nich. Und …« Er senkt den Stock und blickt mich eindeutig zweideutig an. »… das verstaubte Kaff hier hat junges Blut dringend nötig. Was meinst du, Albert? Albert?!«

Der Mittlere fühlt sich unerwartet angesprochen und zuckt zusammen.

»Dazu fällt mir nur die Weisheit des alten Haberling ein – Gott hab ihn selig.«

»Und die wäre?«, fragt Ronja.

Langsam werde ich ungeduldig.

»Was hat eine Frau mit einem Wirbelsturm gemeinsam?«

»Also wirklich, Albert«, murrt Kurt Hollbach. »Du und deine doofen Witze, der ist so alt, der hat mehr weiße Haare als du alter Sack.«

Albert ignoriert ihn und hebt den Finger. »Erst feucht, dann stürmisch, und dann ist das Haus weg.« Anschließend klopft er sich lachend – unterbrochen von einem kurzen Hustenanfall – auf den Schenkel. »Der ist gut, nich? Gut ist der.«

Die beiden anderen Herren verdrehen die Augen, und ich muss mir Mühe geben, nicht zu kichern.

»Meinetwegen«, höre ich Kurt Hollbach grummeln. »Hundertzehntausend.«

»Geht doch!«, freut sich Franz und blickt mich an. »Das ist doch ein fairer Preis für … für …«

Hollbach ergänzt. »Achtundachtzig Quadratmeter Verkaufsfläche, hundertzwanzig insgesamt, neue

Sanitäranlagen, eine kleine Küche, neue Gaszentralheizung. Angrenzend ein Garten mit Laube von nochmals einhundert Quadratmetern.«

Mir klappt die Kinnlade runter. Der Laden wäre perfekt. Der Preis leider nicht. Ich müsste über die Hälfte finanzieren.

»Schade«, sage ich leise. »Herr Hollbach, der Preis ist fair, und die Räumlichkeiten sind perfekt für einen Blumenladen – gerade mit dem Garten … Sogar ein Gewächshaus wäre dann möglich. Aber leider übersteigt das meine finanziellen Mittel. Ich wünsche noch einen angenehmen Tag.«

Ich schlucke und strecke ihm meine Hand entgegen, die er zögerlich ergreift. Dann nicke ich den Herren knapp zu und drehe ab.

»Hey, Fee. Warte doch mal.« Ronja holt mich ein. »Warum verhandelst du nicht? Er geht bestimmt noch runter.«

»Aber nicht mehr um die Hälfte, Ronja. So viel habe ich ungefähr, also ein bisschen mehr, aber nicht viel mehr. Es reicht also nicht. Und eine Finanzierung kann teuer werden. Jetzt sind die Zinsen lächerlich niedrig, aber wer weiß, wie hoch sie in ein paar Jahren sind?«

»Hm … da hast du nicht unrecht. Außerdem kommen ja auch noch ein paar andere Aspekte ins Spiel.«

Ich seufze. »Ja. Eine Immobilie ist ja nicht wie ein Möbelstück. Nebenbei – die Innenausstattung kostet ja auch Geld. Und dann gibt es ja noch Faktoren wie zum Beispiel die Dämmung, die sich in den Heizkosten bemerkbar macht. Auch wie hoch die Grundsteuer ist oder wo die Kunden parken können und ob ich dazu Parkplätze mitkaufen muss. Nicht zu vergessen, dass ich einen Betrag für die Renovierung einplanen müsste.«

»Na, geh mal davon aus, dass die direkt vor dem Laden parken und du keine Stellplätze kaufen musst. Das ist bei Alex und auch bei Mona so. Wir sind hier in Himmelreich, Fee, nicht in Frankfurt.«

»Mag sein.« Ich winke ab. »Der Laden ist zu teuer. Kann man nix machen.«

Schweigend gehen wir einen Moment nebeneinanderher. Unmerklich habe ich die Richtung zum McLeods eingeschlagen.

»Ähm, Ronja«, beginne ich und lächle sie entschuldigend an, »nimm es mir bitte nicht übel, aber auf Baustelle habe ich heute keine Lust mehr. Die Ereignisse der letzten zwei Tage muss ich erst einmal verdauen, und ich möchte mich ein bisschen hinlegen. Die Nacht war ein bisschen kurz.«

Dabei hatte der Tag so gut angefangen.

»Kann ich verstehen«, tröstet mich Ronja. »Lass den Kopf nicht hängen, Fee. Wer weiß, wozu es gut ist? Es geschieht nichts ohne Grund.«

In Himmelreich scheint die Zeit zu fliegen, denn es ist schon fast sechzehn Uhr, als ich auf der Lichtung am Bach stehe und die Tasche aus dem Fahrradkorb wuchte. Der kleine Mittagsschlaf hatte mir gutgetan, auch wenn ich wirres Zeug geträumt hatte.

Ich bin etwas enttäuscht, denn Lila ist nicht hier. Wahrscheinlich war sie schon am Mittag da, um ihren Wasservorrat aufzufüllen. Seufzend setze ich mich auf einen Baumstumpf und stütze den Kopf auf die Hände. Vielleicht erwarte ich zu viel vom Leben. Vielleicht will ich zu viel zu schnell. Geduld war noch nie meine Stärke.

Mein Blick fällt auf eine Ansammlung von rotem Fingerhut am Rande der Lichtung. Die beblätterten Stängel der Pflanzen messen sicher mehr als einen Meter. Ein schönes Bild, wie die Sonne einen hellen Strahl durch die Baumkronen schickt und die purpur-violetten Blüten beleuchtet. Wunderschön. Und kaum zu glauben, dass bereits zwei dieser hübschen Blüten eine tödliche Vergiftung hervorrufen können, wenn man sie isst. Leider habe ich diesmal nicht an meine Kamera gedacht. Ich nehme mir vor, die nächsten Tage den Fingerhut zu fotografieren. Hoffentlich hält das Wetter. Die nächsten Tage ... Hm ... Da hat mir mein Unterbewusstsein wohl eine Entscheidung abgenommen. Ich werde in diesem hübschen Dorf bleiben, vielleicht kommen die Dinge dann ganz von selbst. Ich sollte ihnen nicht hinterherrennen. Und seltsamerweise heule ich diesem Max-Marlon keine Träne nach. Im Gegenteil, ich bin froh, mich nicht näher auf ihn eingelassen zu haben. In meine Gedanken schieben sich jedoch immer wieder warme, braune Augen und ein spöttischer Gesichtsausdruck.

Im nächsten Moment saust ein schmutzig weißer Wischmopp in mein Blickfeld, bellt mich zweimal kurz an und wetzt wieder davon.

»Hallo, Moppi«, sage ich ihr hinterher. »Wo hast du denn dein Frauchen gelassen? Ach, da.«

Lila kommt über die Lichtung auf mich zu, Schredder neben sich. Sie schickt ihn mit einer Handbewegung weg, und er trabt zum Bach und legt sich hinein. Wenn Hunde wohlig seufzen könnten, würde er es tun.

»Hallo, Fee, schön, dich hier zu treffen. Ist das für mich?« Lila zeigt auf die Tasche, in die Moppi gerade ihre kleine schwarze Knopfnase stecken will.

»Ja, außer dein Hund steht auf Essig und Öl und …«

»Moppi – meins!«, sagt Lila entschieden, und der Hund verkrümelt sich sofort.

Ich nehme die Tasche und hole Stück für Stück des Inhalts heraus.

»Hier ist Löwenzahn – ich hatte dir schon mal welchen an den Bach gelegt, hast du ihn gefunden?«

»Ja, aber ich wusste nichts damit anzufangen. Die Gänseblümchen waren schön, hab mir einen Kranz draus gemacht.«

Ich lache. »Die kann man essen. Aber pass auf, hier sind noch welche. Und dazu Brennnessel, ein paar hart gekochte Eier, Salz, Pfeffer, Zucker, Essig und ein bisschen Olivenöl.«

Ich lege alles auf ein mitgebrachtes Geschirrtuch auf dem Waldboden aus. »Du kannst dir einen Salat draus machen, ist alles essbar. Aus den Brennnesseln kannst du dir sogar einen Tee kochen. Oh, warte, ich habe dir noch Kaffeepulver mitgebracht und einen Plastikbecher und Seidensöckchen.«

»Das ist schrecklich lieb von dir, Fee, und tausend Dank, aber die Seidensöckchen brauch ich wirklich nicht.« Wie zur Bestätigung hebt sie einen Fuß hoch, der in einem ausgelatschten Turnschuh steckt.

»Für den Kaffee, Lila. Kaffee in die Socke, die Socke in den Plastikbecher und dann heißes Wasser drüber. Du hast doch einen Topf und so?«

Lila nickt und sieht mich dankbar an. »Du hast gute Ideen, Fee, dich behalte ich.«

Dann schnappt sie sich ihren Kanister und tänzelt zum Bach. Ich mag diese verrückte junge Frau mit dem Glöckchen am Fußgelenk und ihren blauen Haaren. Sie strömt eine sorglose Heiterkeit aus, von der ich gerne ein Stück hätte. Langsam packe ich die Sachen wieder in die Tasche.

»Was fressen eigentlich deine Hunde?«, rufe ich.

»Och, so dies und das, warum?«

»Na ja, weil – hm, weil du ja sicher kein Geld hast, um Hundefutter zu kaufen, oder?«

Vielleicht ist Lila ja auch eigentlich die stinkreiche Erbin eines Millionenimperiums, und ich setze mich gerade total in die Nesseln.

»Ich brauche kein Geld«, erklärt Lila. »Geld wird überschätzt. Für Hundefutter und ein paar Sachen für mich gehe ich containern. Weißt du, was ein moderner Supermarkt nach Ladenschluss alles wegschmeißt? Tütenweise Essen könnte ich da heimtragen! Aber ich nehme nur so viel, wie ich brauche. Die anderen sollen auch etwas davon haben.«

»Du holst Essen aus dem Müll?«, frage ich fassungslos.

»Ich verwerte Essen, das niemand mehr will«, berichtigt sie mich. »Das meiste davon ist top in Ordnung. Du würdest daheim doch auch nicht einen Apfel wegschmeißen, der einen braunen Fleck hat, oder? Du würdest den braunen Fleck wegschneiden und den Rest vom Apfel essen. Ich mache das genauso. Nur bei tierischen Produkten bin ich ein bisschen vorsichtig, davon kann man wirklich krank werden. Dafür freuen sich die Hunde. Gestern gab's ein Kilo Hack für jeden.«

»In Himmelreich gibt's doch gar keinen Supermarkt«, wende ich ein.

»Aber in Gottstreu«, sagt sie und setzt den Kanister ab. »Ich leihe mir manchmal ein Fahrrad auf dem Geiger-Gutshof. Dafür helfe ich ein bisschen mit. Ein Geben und ein Nehmen ist das, verstehst du? Alles im Fluss.«

»Na dann …«

Sie zwinkert mir zu und springt auf. »Jetzt muss ich wieder zurück. Ich habe vorhin ein Feuer angezündet, um Fladenbrot zu backen, das soll mir nicht wieder ausgehen. Magst du mitkommen?«

Ich überlege kurz, blicke auf die Uhr, und schüttele dann den Kopf.

»Ein andermal vielleicht. Ich muss um sechs Uhr arbeiten und will mich vorher noch frisch machen. Aber sonst sehr gerne.«

13.

Mitten auf dem schmalen Weg baumelt plötzlich ein dunkler Haarschopf direkt vor meinen Augen. Abrupt halte ich an. Spontan denke ich an einen Toten, doch der Mensch bewegt sich. Mit einem Ächzen zieht er seinen Oberkörper hoch. Den kenn ich doch, oder?

Schnell schiebe ich mein Fahrrad zwei Schritte weiter, halte an und blicke noch mal nach oben. Es gibt schon echt irre Typen. Hängen sich kopfüber an einen Ast und machen Bauchübungen. Schon allein der Gedanke an eine solche Übung löst bei mir sofortige Muskelübersäuerung aus. Das ist doch …

Jetzt senkt er den Oberkörper wieder, und wir blicken uns in die Augen.

David!

»Oh … Hallo, Fee.«

Mit einer schnellen Bewegung zieht er sich hoch, greift den Ast und schwingt sich mit einer gekonnten Drehung nach unten. Schade, das wäre der richtige Moment für einen Spidermankuss gewesen.

Habe ich das gerade wirklich gedacht?

Jetzt sehe ich ihn richtig rum. Und kriege immer noch kein Wort raus.

»Du bist schon wieder zurück?«, fragt er.

»Ja …« Endlich finde ich die Sprache wieder und deute mit dem Finger nach oben. »Was machst du da?«

»Vögel beobachten.« Er schmunzelt, zieht ein Handtuch aus dem Gurt an seiner Hüfttasche und wischt sich damit über den Nacken. »Nein, Scherz. Trainieren.«

»Im Wald? An einem Ast?«

»Ja, die Natur ist das beste Fitnessstudio, Frischluft inklusive. Aber sag, wie geht es deinem Vater?«

»Gott sei Dank besser, er ist noch in der Klinik, aber nur zur Beobachtung und wegen des Antibiotikums, das er noch bekommen muss. Du hattest übrigens recht mit der Galle. Und noch mal vielen lieben Dank, dass du mich an die Tankstelle gefahren hast.«

»Kein Thema, das habe ich gerne getan, Fee. Ich …« Er sieht mich etwas zu intensiv an. Hastig wende ich meinen Blick ab. Oh, da ist ein Kratzer an seinem Oberarm.

»Du blutest. Da.«

»Was?« Mit der Hand greift er an die Stelle, auf die ich deute. »Ach, nur ein kleiner Kratzer. Da bin ich wohl irgendwo am Gebüsch vorbeigeschrammt.«

»Ich habe eine kleine Flasche Wasser dabei. Damit kann ich dir die Wunde ausspülen.« Ich lehne mein Rad an einem Baum und benetzte ein Taschentuch mit Wasser.

»Es ist nur ein Kratzer!« David steht dicht bei mir und sieht mir verwundert zu.

»Auch das kann schlimme Blutvergiftungen geben. Achtung, jetzt wird's nass.«

Langsam lasse ich etwas Wasser über den ungefähr fünf Zentimeter langen Kratzer laufen und tupfe anschließend mit dem nassen Tuch darüber. Dabei bin ich ihm sehr nahe, zu nahe. Er riecht nach Sommer, Sport, Wald und ... irgendetwas Herbem, das sich verlockend darunter mischt.

»Ich ...«

»Ich ...«

Zeitgleich.

»Du zuerst«, sagt er.

Ich hole tief Luft. Ob es so geschickt ist, ihn nach Max zu fragen? Sicher weiß er nichts von Max und mir. Oder doch?

»Ich denke, du solltest die Wunde zu Hause desinfizieren.«

»So, denkst du?« Er beugt seinen Kopf, um den Kratzer zu begutachten, und kommt mir dabei noch ein Stück näher.

Ich tupfe um mein Leben. Irgendetwas muss ich ja schließlich tun, um das Klopfen meines Herzens und das Kribbeln in meiner Nase zu überspielen. Das Herz schlägt mir bis in den Hals, und ich fürchte, man kann es sehen. Als wäre das nicht genug, treibt mir dieses verteufelte Nasenjucken auch noch die Tränen in die Augen.

Dann legt David seine Hand auf meine.

»Fee ...«, sagt er heiser.

Verdammt, lass mich weitertupfen!

»Hast du etwa Tränen in den Augen?« Er beugt sich zu mir herunter und hebt mit einem Finger mein Kinn an.

Mit aller Kraft kämpfe ich mental gegen das verdammte Jucken an. Als Reaktion entwickelt meine Nase jetzt auch noch ein Eigenleben und unwillkürlich kräusele ich sie. Dabei bin ich mir am Rande bewusst, dass ich aussehen muss wie ein Hase, dem der Duft einer leckeren Karotte in die Nase steigt.

»Nein ...«, quetsche ich hervor. Ich muss wohl Farbe bekennen. »Meine Nase juckt.«

»Hm, Allergie?«

Natürlich nicht.

»Ja«, lüge ich. Sein Mund ist nur eine Handbreit von meinem Gesicht entfernt.

»Halte mal die Luft an, und denk an etwas Schönes.«

Das muss er mir nicht zweimal sagen. Ich hebe meinen Blick, den ich bis eben streng zur Seite gerichtet hatte, und sehe in zwei unglaublich warme, braune Augen. Das alleine lässt mich die Luft anhalten. Schlagartig hört das Jucken auf. Huch? Sollte es so einfach sein? Einfach Luft anhalten?

»Äh, danke für den Tipp«, hauche ich und blinzele. »Es scheint tatsächlich zu wirken.«

Mit dem Finger streicht er mir zart über das Nasenbein. »Freut mich. Ich dachte, wenn es bei Schluckauf hilft, könnte es bei Nasenkribbeln auch hilfreich sein.«

»Ja ... das ... ähm ... stimmt.«

Sein Gesicht kommt näher. »Fee ...«

Er wird mich jetzt doch nicht ... Oh, bitte, ja ... Nein, verdammt!

Schnell trete ich einen Schritt zurück.

»David, ich ... Du bist verlobt!«

Irritiert sieht er mich an. »Ich bin was?«

»Verlobt«, antworte ich eine Spur zu heftig und merke, wie mir die Röte ins Gesicht schießt. »Oder was auch immer, auf jeden Fall bist du in einer Beziehung.«

Ich gehe zu meinem Fahrrad und lege die Flasche in den Korb, warte auf eine Antwort. Doch die kommt nicht. Tief atme ich durch und drehe mich wieder um.

David steht unschlüssig da, nur seine Kiefermuskeln bewegen sich angespannt. Schließlich lehnt er sich an einen Baumstamm und fährt sich mit beiden Händen durch die Haare.

»Beziehung ...«, beginnt er, ohne mich dabei anzusehen. »Das dachte ich auch. Aber dann ...« Er stockt und dreht den Kopf. Sein Blick fährt mir bis ins innerste Mark. »Wer sagt denn, dass ich verlobt bin?«

»Ähm ... der Dorfklatsch?«

Seine Lippen verziehen sich zu einem leisen, wissenden Lächeln. »Gertrud, nehme ich an.«

»Habe ich nicht gesagt.«

Ich stehe da wie bestellt und nicht abgeholt. Warum fahre ich nicht einfach los? Warum warte ich darauf, ihm noch einmal so nahe zu sein wie vor wenigen Minuten? All mein Denken und Fühlen scheint sich in meine Körpermitte verlagert zu haben, denn dort schwirren gerade die Schmetterlinge wild umher – gerade so, als wären sie in einem viel zu engen Käfig eingesperrt. Kein Vergleich zu meinen Gefühlen bei Max-Marlon am See. Das war nur Lust, wahrscheinlich. Das hier fühlt sich anders an. Sogar anders, als ich je bei Ethan empfunden hatte. Irgendein imaginäres Band spannt sich zwischen David und mir, so präsent, dass ich glaube, es einfach ergreifen und mich daran zu ihm ziehen zu können. Kein Zweifel, ich scheine mich in David zu verlieben. Jetzt in diesem Augenblick.

Diese Erkenntnis lässt die Schmetterlinge innehalten, aber nur kurz, gleich darauf flattern sie umso wilder los.

Wie betäubt sehe ich, wie David aufsteht und zu mir tritt. Er hebt eine Hand, zögert kurz und nimmt mir mit dem Finger unglaublich sanft eine Träne von der Wange. Wo kommt die denn her? Ist die noch von vorhin vom Nasenkribbeln übrig geblieben?

Ich blicke ihn nur stumm an und kann nichts sagen, nichts, kein einziges Wort. Mein Herz schlägt Purzelbäume. David ist so nah bei mir, dass ich seinen Atem spürte, seine Hand auf meiner Wange. Langsam streift er mir eine Haarsträhne aus dem Gesicht, und wie eine sanfte Dünung umspült diese eine Berührung meine Sinne. Überwältigt schließe ich die Augen und atme zitternd aus.

»David … das … das ist keine gute Idee.«

Ich trete einmal mehr einen Schritt zurück. Er ist mit Mira zusammen, ich will nicht schon wieder enttäuscht werden. Nicht schon wieder …

»Weil ich in einer Beziehung bin, ich weiß, das hast du schon gesagt.« Geknickt lässt er die Hand sinken.

»Genau. Und deswegen werde ich jetzt gehen«, sage ich mit zittriger Stimme und habe das Gefühl, dass alles an mir zittert. Meine Hände, meine Beine ... Nein, nicht ganz korrekt. Da zittert schon nix mehr, in mir scheint ein Erdbeben Stärke fünf stattzufinden, mindestens.

»Warte.«

Ich spüre eine zarte Berührung an meiner Schulter. Wie benebelt drehe ich mich zu ihm um, denn es scheint meinem Körper völlig schnuppe zu sein, was mein Kopf sagt oder nicht.

Wie von selbst lassen meine Hände vom Fahrradlenker ab. Das Fahrrad fällt gegen den Baum. Es ist mir egal. Trotzdem – ich wische die Hand von meiner Schulter. Noch eine Berührung mehr, und es könnten Dämme brechen.

»Ja«, beginnt er leise. »Das bin ich ... noch. Fee, ich ...« Seine Stimme wird brüchig, er räuspert sich. »Seit ich dich das erste Mal gesehen habe ... in deinem Auto, bei Regen auf der Landstraße, da ... Oh man, wie sag ich es, dass es sich nicht anhört wie in einem Kitschfilm? Ich versuche es so: Kennst du das Gefühl, wenn du etwas siehst – vielleicht ein Kleidungsstück oder so – und du weißt sofort, dass es genau das ist, was du brauchst? So erging es mir mit dir. Beim ersten Blick in deine unglaublich blauen Augen mit dem dunklen Rand darum. Und deine süßen Sommersprossen und ... Okay, deinen Kleidungsstil am Anfang fand ich unmöglich, er hat nicht zu dir gepasst. Aber was ich eigentlich sagen will, ist ...«

»Ein Kleidungsstück? Du vergleichst mich mit einer Hose, einem Kleid, einem Paar Schuhe? Diese Dinge sind auswechselbar. Vielen Dank auch.«

Er findet meine Sommersprossen süß? Ethan hatte mir vorgeschlagen, sie täglich mit Zitronensaft einzureiben, um einen makellosen Teint zu bekommen.

»Kannst du bitte mal aufhören, dich so querzustellen?« Seine Augen blitzen vor Belustigung, und noch ehe ich es mich versehe, zieht er mich in seine Arme.

»Äh ...« Ich versteife und spreize meine Arme ab. Weit, ganz weit, denn wenn ich ihn jetzt umarme, kann ich nicht mehr zurück. Will ich zurück? Nein, will ich nicht. Aber ich bin auch nicht scharf darauf, wieder verletzt zu werden.

»Was ist mit Mira?«

Er legt seine Wange an mein Haar. »Ich werde die Beziehung zu ihr beenden. Ein halbes Jahr ist einfach zu lang.«

»Ein halbes Jahr erst?« Überrascht winde ich mich aus seinen Armen. »Ihr wirkt, als wärt ihr bereits ewig zusammen.«

David zuckt die Schultern und legt den Kopf schief. »Mag sein. Sie hat so eine Art zu bevormunden, die das wohl so aussehen lässt.«

Eigentlich will ich David sofort küssen, umarmen, stundenlang hier stehen. Bis die Sonne untergeht. Doch ich muss zurück, wenn ich pünktlich im McLeods stehen will. Muss.

Hastig blicke ich auf die Uhr.

»Ich muss los«, sage ich fahrig und weiß genau, dass dies nur eine Ausrede ist, denn ich hätte noch Zeit. Zeit für einen Kuss. Nur habe ich Angst, dass mich dieser

Kuss über eine Schwelle trägt, über die ich später stolpern könnte.

Bevor ich es mir anders überlegen kann, schnappe ich mir das Rad, schwinge mich auf den Sattel und fahre los. Kopflos, ohne einen Abschiedsgruß. Und viel zu schnell. Beinahe hätte mich eine große Baumwurzel zu Fall gebracht, doch nach einem kurzen Schlenker habe ich das Rad wieder im Griff.

Kurz vor Mitternacht stelle ich dem letzten Gast, dem Bürgermeister, ein letztes Bier hin. Ich bin wach wie noch nie, immer wieder schweifen meine Gedanken zu David. »Süße Sommersprossen«, hatte er gesagt. Ich lächle in mich hinein und habe das Gefühl, es war gut, dass wir uns nicht geküsst haben. So habe ich mehr, worauf ich mich freuen kann, denn ich bin mir sicher, ihn nicht zum letzten Mal getroffen zu haben.

»Wir machen dann gleich Feierabend«, sage ich freundlich zu dem Mann, der todunglücklich zu sein scheint.

»Karl ...« Alex zieht sich einen Barhocker heran und setzt sich neben ihn. »Es ist doch gut, dass die Kriminalpolizei die Knochen keinem Fall zuordnen konnte – stell dir mal die schlechte Presse und das Getuschel im Dorf vor. Jetzt warten wir einfach mal ab und malen nicht den Teufel an die Wand. Es wird ...«

»Der Teufel!« Karl Königs Stimme hebt sich gleichzeitig mit seinem Zeigefinger in die Höhe. »Der Teufel sitzt in Wolkenbusch!«

Alex stöhnt auf. Ich stöhne mit. Der gute Mann scheint ein Verfolgungsproblem zu haben.

»Sind es denn menschliche Knochen?«, will ich wissen.

Alex zuckt die Schultern, und Karl König scheint mich gar nicht gehört zu haben.

»Dieser Kempf«, schwadroniert Karl nach einem Schluck Bier weiter, »dieser Kempf will die Fabrik in unserem schönen Städtchen verhindern, mit allen Mitteln! Ich wette, der hat auf irgendeinem Friedhof ein paar Knochen ausgebuddelt und bei uns vergraben, wette ich. Um die Fabrik zu verhindern, sagte ich das schon? Weil ich – das Oberhaupt unseres bezaubernden Städtchens – ihm den Deal weggeschnappt habe. Dieser geldgierige Schnösel will die Fabrik auf einem der Familienfelder von Wolkenbusch haben, das sag ich euch! Und der lässt nicht locker.«

»Geht es eigentlich weiter mit den Bauarbeiten?«, fragt Alex.

Karl König hält sich krampfhaft am Bierglas fest. »So ein Team von Ausbuddlern rückt demnächst an und richtet sich auf der Baustelle ein. Du liebe Güte … das verzögert den Bau um Wochen, Monate! Oder sogar Jahre! Ich darf gar nicht daran denken, was das für unser Himmelreich bedeuten mag.«

»Ausbuddlern …« Alex lacht. »Du meinst Archäologen? Dann scheint es sich wohl um sehr alte Wirbel zu handeln.«

»Mir doch wurscht, wie alt die sind und wie die Horde heißt, die wie die Zigeuner in Bauwagen und Zelten lebt.

Und das uns... Womit hab ich das nur verdient...?« Hastig trinkt Karl sein Bier leer und steht auf.

»Die schlagen Zelte auf der Baustelle auf?« Ich bin erstaunt.

Karl zuckt resigniert die Schultern. »Zelte, Bauwagen, was weiß ich? Auf jeden Fall richten sie sich für längere Zeit ein, müssen weitergraben, ob sich noch mehr findet. Aber ich sage euch...«

Mitten im Satz geht die Tür auf und Max-Marlon kommt herein.

»... da hat dieser Niklas seine Finger im Spiel! Ihr werdet noch an meine Worte denken! Gute Nacht!«, beendet der Bürgermeister seine Ansprache und stürmt an Max vorbei aus dem Pub.

»Es ist Feierabend«, klärt Alex den ihm unbekannten Gast auf.

»Verzeihung, ich weiß, aber ich wollte zu Fee... privat.«

Alex sieht mich fragend an.

Ich nicke. »Geht schon in Ordnung, Alex.«

»Gut«, sagt er, steht auf und streckt sich. »Dann zischt ab in den Biergarten. Ich bringe hier alles in Ordnung. Wollt ihr was trinken?«

Ich schüttele den Kopf.

»Ein Bier, bitte«, sagt Max, dabei sieht er mich irritiert an. Offenbar hat er große Wiedersehensfreude erwartet und kein verschlossenes Gesicht.

»Komm«, sage ich knapp und gehe voraus. Ronja streckt den Kopf aus der Küche. Als sie Max erblickt, verdreht sie kurz die Augen und schließt die Tür wieder.

Nachfühlen. Was empfinde ich für Mar… Max? Nichts, muss ich verwundert feststellen. Ich bin lediglich gespannt, wie er mir das mit dem Namen erklären wird. Ich frage mich, ob Hormone in der Lage sind, so etwas wie Verliebtsein vorzutäuschen. Das wäre fatal, aber vorstellbar. Wenn Hormone es schaffen können, dass schwangere Frauen seltsame Ernährungsvorlieben entwickeln, warum sollten sie nicht auch gefühlsmäßige Entgleisungen erzeugen?

»Entschuldige die späte Störung, Fee, aber mir war danach, dich zu sehen.« Max setzt mich mir gegenüber. Er hat sich sein Bier gleich mitgebracht.

»So, dir war danach … Na, ich bin hochgradig gespannt, warum du… « Mein Handy gibt einen Ton von sich. »Einen Moment …«

Mit betonter Langsamkeit ziehe ich das Handy aus der Tasche der Kellnerschürze. Nachricht von Mutter. Ich lese.

Hallo meine Süße, Papa ist schon wieder fast der Alte. Wir bleiben jetzt erst mal in Frankfurt, anstatt herumzujetten. Gut, vielleicht fahren wir ein paar Tage an den Gardasee in ein kleines, familiengeführtes Hotel einer Freundin. Schick doch mal ein paar Fotos von diesem Himmeldorf. Wir haben dich lieb. Deine Mama.

Ich lächle, lege das Handy auf den Tisch und blicke hoch.

»Meine schöne Fee …« Er greift über den Tisch. »Ich kann verstehen, dass du böse mit mir bist. Es tut mir leid, normalerweise erscheine ich immer pünktlich zu meinen Verabredungen …« Er legt eine kurze Pause ein, blickt mich von unten herauf an, lächelt entschuldigend. »Doch heute habe ich mich extra für dich freigeschaufelt, um bei dir zu sein. Gut, ein bisschen spontan, aber ... Du bist es mir wert, eine Stunde mitten in der Nacht über dunkle Straßen zu fahren. Meine Fee ...«

Seine Körpersprache signalisiert Selbstbewusstsein. Oder eher Selbstherrlichkeit? Er scheint tatsächlich zu glauben, er hätte mich in der Tasche. Ich ziehe meine Hand zurück und verziehe keine Miene.

»Deine Fee ...?«

Zwischen Max-Marlons Augenbrauen bildet sich eine tiefe Falte. Mittlerweile dürfte selbst ein altersschwacher Maulwurf mitbekommen haben, dass mir alles andere näher liegt, als diesem Gesülze zu erliegen.

»Ich war noch nicht fertig«, sage ich kühl. »Wo war ich stehen geblieben? Ah ja ... Mich würde interessieren, was einen Mann dazu bringt, falsche Namen zu benutzen ... Max.«

Von Hinten vernehme ich ein leises Kichern. Ronja. Lauscht sie etwa hinter der Tür? Bemüht, meine unbewegliche Miene aufrechtzuerhalten, blicke ich ihn unverwandt an.

Wie erwartet bröckelt seine Fassade. Nur anders, als ich dachte. Max lehnt sich zurück, legt einen Arm über die Stuhllehne und blickt mich ... spöttisch an. Ja, spöttisch. Ich merke, wie meine Nase zu kribbeln beginnt, und halte die Luft an. Es hilft. Jetzt nur nicht unsicher wirken. Ich recke das Kinn vor und verschränke die Arme vor der Brust.

»Ich höre!«

»Tja …«, beginnt er, und der Blick aus seinen blauen Augen wirkt jetzt überhaupt nicht mehr einschmeichelnd, eher kühl und verächtlich. Unmerklich schnappe ich nach Luft. »Leider brauchte ich einen anderen Namen, denn du bist ein Auftrag. Da habe ich wohl den Dorfklatsch unterschätzt.«

Moment … Hatte er eben gesagt, ich bin ein Auftrag?

»Wie Bitte?!« Zusammenreißen Fee, cool bleiben, keine Regung zeigen. »Das ist ja interessant. Erzähl mir mehr, du Arsch.«

Ich schätze, meinen coolen Auftritt muss ich noch üben.

»Nun …« Max beugt sich vor, legt die Unterarme auf den Tisch und verschränkt die Finger ineinander. Sofort schießt mir mein ehemaliger Chef Dr. Schröder in den Sinn, auch er hatte diese Position eingenommen – immer dann, wenn er mir einen verbalen Einlauf verpassen wollte. Ich presse die Lippen zusammen, halte kurz die Luft an. Nase juckt. »Die Sache ist die …«

Och nein, nicht auch noch Schröders einleitende Floskel …

»Mach's kurz, Max, es ist spät!«

Er lacht kurz und spöttisch auf und lehnt sich wieder zurück. Arrogant, von keinem Zweifel angekratzt. Was für ein Widerling. Zum Glück habe ich nicht mit ihm geschlafen.

»Was machst du auch dem attraktiven David schöne Augen? Das sieht Mira gar nicht gern. Sie ist sehr eifersüchtig, musst du wissen.«

»So, muss ich das?« Alles in mir schreit danach, diesem Idioten das Bier überzuschütten, während in meinem Kopf ein Hurrikan tobt. Diese Hydra ... »Ich muss wissen, dass deine Schwester eifersüchtig ist ...? Das glaube ich kaum, denn es interessiert mich nicht. Und was hat sie mit dem Auftrag zu tun? Moment mal ...« Ungläubig blicke ich ihn an. »Hat dich etwa deine Schwester beauftragt, mich anzubaggern, um mich so von ihrem Typ abzuhalten, weil sie denkt, dass ich ...? Das glaub ich jetzt nicht!«

»Du kannst glauben, was du willst.«

Ist das noch zu fassen? Was ist das nur für ein Dreckskerl? Und diese Mira ... So ein Miststück! Wenn die wüsste, dass David ihr den Laufpass gibt. Ha!

Max nimmt einen großen Schluck Bier, setzt das Glas langsam ab und dreht es in seiner Hand.

»Du denkst doch nicht ernsthaft, dass ich mich für eine blonde Kellnerin interessiere, die sich auch noch ziert, nur weil ein dämlicher Hund bellt.«

»Das reicht!« Plötzlich steht Alex vorm Tisch und spricht die Worte aus, die ich gedacht habe. Energisch packt er Max am Shirt und zieht ihn hoch. Ist der irre? Max ist nicht nur größer, auch kräftiger, Alex würde in jedem Fall den Kürzeren ziehen.

Überraschenderweise hebt Max beide Arme. »Ist ja schon gut, alter Mann, ich verschwinde freiwillig.«

Alex lässt ihn los, gibt ihm jedoch noch einen Stoß vor die Brust. »Und lass dich hier nie wieder blicken!«

Im selben Moment, als Max das Lokal verlässt, kommt Ronja.

»Was für ein hinterhältiger Typ!«, regt sie sich auf. »Der und seine Schwester ... Die gehören in einen Sack gesteckt und draufgehauen.«

»Ich hole Schnaps«, sagt Alex, der immer noch eine Faust geballt hat.

Und ich merke, dass ich die Fäuste balle und einfach nur wütend bin! Ich spreize die Finger, die sich etwas verkrampft anfühlen, und atme einmal tief durch. Okay, dieses unsägliche Kapitel Max-Marlon ist abgeschlossen. Zum Glück war Axthelms Köter am See aufgetaucht und hatte verhindert, dass ich mit diesem Arsch ... Ach, nicht mehr drüber nachdenken.

Ronja muss die gleichen Gedanken haben, denn sie setzt sich neben mich und legt einen Arm um meine Schultern.

»Das war ja echt das Mieseste, was ich jemals mitbekommen habe. Stell dir vor, du hättest mit ihm ... Nein, stell es dir besser nicht vor. Diese Mira ist so ein Aas ... Ich hoffe nur, David erkennt das rechtzeitig.«

»Das hat er schon, glaube ich.«

Dann erzähle ich ihr von meiner Begegnung mit David. Und von Lila. Dann wieder von meinen Gefühlen zu David und dass ich dem Kuss ausgewichen bin.

»Echt?« Sie klopft mir kumpelhaft auf die Schulter. »Das war clever, jetzt hast du den Jagdinstinkt bei ihm geweckt.«

Alex kommt mit einer Flasche Wachholderschnaps und drei Gläsern.

»Hör mal. Wir beide ...«, sagt Ronja und blickt mich entschlossen an. »Wir gehen shoppen – und zwar nicht bei Mona. Wir fahren nach Gottstreu ins Shoppingcenter und lassen es krachen. Danach gehen wir Kuchen essen und Kaffee trinken und spülen die ganze Scheiße runter. Vor dem Center gibt es ein tolles Gartencafé. Okay, nicht so toll wie dieser Biergarten hier, aber groß und gemütlich, und sie haben die beste Käsesahne im Umkreis von hundert Kilometern. Einverstanden?«

Der Donnerstag verspricht ein wolkenloser Tag zu werden. So wie der Himmel keine einzige Wolke zeigt, so sieht es unverhofft auch in mir aus. Sonnig, strahlend und in Vorfreude darauf, was ich mir für heute vorgenommen habe.

Eilig schlüpfe ich in das olivfarbene Kleid und hänge mir die Kamera um. Ein paar schöne Fotos von Himmelreichs Park warten darauf, von mir geschossen zu werden. Fröhlich tänzele ich die Stufen der Treppe hinunter und versuche, die Purzelbäume meines Herzens außer Acht zu lassen, die es immer schlägt, wenn ich an David denke. Die Stofftasche an meiner Schulter, in die ich eine kleine Flasche Wasser und meinen Geldbeutel gesteckt habe, schlägt rhythmisch gegen mein Becken. Ich muss mir dringend eine andere kaufen, eine ohne den Aufdruck »Monas Modescheune«. Nachher, wenn ich mit Ronja zum Shoppen nach Gottstreu fahre. Darauf freue ich mich sehr.

Während ich zügig den kurzen Weg entlang der einzigen Straße Himmelreichs zum Park nehme, höre ich ein Motorgeräusch direkt neben mir.

Ein Wagen, er fährt nicht vorbei, sondern langsam neben mir her. Ich drehe den Kopf. David! Freudig zieht sich mein Herz zusammen.

»Guten Morgen«, ruft er aus dem offenen Fenster, schert kurz vor mir in eine Parklücke ein und steigt aus.

»Dir auch einen guten Morgen. Bist du auf dem Weg zur Baustelle?«

»Ja, heute kommt ein Archäologe an, der die Fundstelle in Augenschein nehmen will. Die Knochen sind tatsächlich keinem Fall zuzuordnen und wohl älteren Datums. Keine menschlichen Knochen, mehr konnte ich noch nicht in Erfahrung bringen. Ich weiß nur, dass sie jetzt weitergraben, um herauszufinden, ob da noch mehr von was auch immer liegt. Wollen wir hoffen, dass es nur ein einziger kleiner Fund bleibt.«

David steckt – während er redet – seine Hände in die Jeanstaschen. Er wirkt nervös, und ich vermute, nicht aufgrund irgendwelcher alter Knochen.

Plötzlich nimmt er meine Hand. »Fee, wollen wir uns heute Abend treffen? Bitte. Oder nein, halt, morgen, ich muss ja mit Mira ... Darf ich dich anrufen? Bitte ...«

Endlich! Das war die Frage, die ich mir ersehnt habe, und ich erwidere sanft den Druck seiner Hand. »Gerne.«

»Wunderbar! Dann rufe ich dich heute Abend oder morgen früh an, ja?«

Ich kann nur stumm nicken, und in meinem Bauch schlagen jetzt auch noch die Schmetterlinge Purzelbäume.

Für einen Moment sieht David aus, als würde er mich küssen wollen. Er blickt mich an, öffnet den Mund, schließt ihn wieder.

»Bis morgen dann also … Ich freu mich so sehr, Fee.«
Dann dreht er ab und springt ins Auto.

Schwungvoll fährt er aus der Parklücke, und ich blicke ihm hinterher.

Moment … Er hat meine Telefonnummer gar nicht! Und ich seine ebenfalls nicht.

»David!« Ich reiße den Arm hoch, winke und beschleunige meinen Schritt.

Abrupt bremst der Wagen mitten auf der Straße ab. David springt heraus und eilt auf mich zu.

»Ich Idiot!«, ruft er. »Ich brauche ja noch deine Telefonnummer!«

»Richtig, ohne könnte es mit Anrufen schwierig werden.«

Ich schmunzle und diktiere ihm meine Nummer, die er in sein Handy eintippt. Dann steckt er das Handy in seine Hemdtasche – olivfarben, wie mein Kleid – und nimmt spontan mein Gesicht in seine Hände.

Obwohl ich mir nichts sehnlicher wünsche, als diesen schönen Mann zu küssen, weiche ich lächelnd zurück. Nicht – nicht den ersten Kuss mitten auf der Straße, bitte, wie unromantisch.

Er versteht meinen Blick, nickt und streicht mir sanft übers Haar. Dann läuft er zu seinem Jeep zurück, springt hinein und braust davon.

Der feine Kies des Weges, der rund um Himmelreichs kleinen Park führt, knirscht unter meinen Füßen. Ich stelle fest, ich liebe diesen Ort der Ruhe mitten in dem verschlafenen Dorf jetzt schon. In Himmelreich ist alles bunt und farbig und irgendwie fröhlich. Zudem ist es ruhig, nur das regelmäßige Plopp zweier Federball spielender Kinder und der Gesang der Vögel unterbrechen die Stille.

Ich schlendere den Weg entlang, sehe auf der anderen Seite der Wiese die drei Männer auf der Bank und genieße die Morgensonne auf meiner Haut und die Gewissheit, dass ich mich verliebt habe. So fühlt sich also überschäumendes Glück an. Auch wenn es mit dem Blumenladen nicht klappt.

Der weiß in der Sonne leuchtende Pavillon ist ein wunderbares Motiv. Ich bleibe stehen und knipse ein paar Bilder, anschließend umrunde ich ihn und mache ein paar Nahaufnahmen.

»Huhu, schöne Frau«, ruft es hinter mir.

Ich drehe mich um und winke dem alten Franz zu, dann konzentriere ich mich wieder auf den Pavillon. Nach sicher zwanzig Bildern schlendere ich weiter. Die Kirche hebt sich hinter dem Pavillon schön ab. Vor dem blauen Himmel ist sie ebenfalls ein wunderbares Motiv, meine Mutter wird begeistert sein. Hoffe ich. Dem reihen sich noch weitere Fotos vom Rathaus und dem Brunnen an, zuletzt nehme ich ein Panoramafoto des gesamten Parks auf. Dann mache ich mich auf den Rückweg. Die Bilder wollen aussortiert und nachbearbeitet werden.

Auf dem Rückweg sehe ich vor der Kirche Gertrud und ihren Pfarrer stehen. Sie scheinen sich zu streiten. Automatisch verlangsamt sich mein Schritt.

»Gut, wenn du es unbedingt wissen willst ... Ich weiß es nicht, Johann!«

Ich beobachte, wie Gertrud angriffslustig die Fäuste in die Hüften stemmt. Hastig gehe ich hinter einem ausladenden Busch in Deckung.

Pfarrer Wohlfahrt sieht sichtlich schockiert aus. Mit einer Hand reibt er sich den Hals unter seinem Bart.

»Du ... du weißt nicht?!«

»Richtig!«

»Aber ... Gertrud ... Liebes ... Ich ...« Fassungslos hebt er die Hände.

»Vorne herum was von Liebe stammeln und hinter meinem Rücken gegen mich stimmen. Das haben wir gerne. Hör bloß mit deinem Gertrud-Liebes auf, du alter Heuchler.«

»Gertrud ... Liebes ... Ich liebe dich. Und die Fabrik hat damit nichts zu tun.«

»Für mich schon!«

Vor meinen Augen scheint der putzige Pfarrer in sich zusammenzufallen. Er tut mir unglaublich leid. Am liebsten würde ich Gertrud nehmen und schütteln.

»Gertrud ...«, sagt er jetzt leise, sodass ich ihn kaum verstehen kann. Aber ich sehe, wie er versucht, ihre Hand zu nehmen, was scheitert, weil sie ihm auf die Finger haut.

»Nimm deine Griffel von mir, Johann, und zwar so lange, bis du zu hundert Prozent hinter mir stehst. Im Übrigen habe ich Nicole nach Hause geschickt, sie hat hier nichts mehr zu tun.«

Ach, darum habe ich Nicole die letzten Tage nicht mehr gesehen.

»Gertrud! Das klingt wie bereits beschlossen!«

Ach du liebe Güte, ein Drama vor dem Herrn – im wahrsten Sinne des Wortes.

»Nicole musste sowieso geschwind weg«, lenkt Gertrud fahrig ein. »Betriebsprüfung …«

Pfarrer Wohlfahrt seufzt. »Dann besteht noch Hoffnung?«

»Nur, wenn du hinter mir stehst, Johann. In guten wie in schlechten Zeiten!«

»Du verlangst viel, Gertrud. Doch wie kann ich gegen meine Überzeugung …?« Er seufzt erneut und reibt sich jetzt die Stirn mit einem Tuch. »Wie in Gottes Namen soll ich nur nächsten Freitag die Hochzeit abhalten? Ich fürchte, meine Stimme könnte versagen, wenn ich ein Paar trauen muss und doch weiß, dass wir – du und ich – nicht, vielleicht nicht, vor den Altar treten werden. Wie kann ich andere trauen, Gertrud, wenn du mir das Eheversprechen nicht geben willst?«

Noch eine Hochzeit in Himmelreich? Oh, wie schön, es ist bestimmt traumhaft, hier zu heiraten. Ich bin mir sicher, dass Gertrud ihren Johann heiraten wird. Aus den Augen der beiden strömt Liebe, das sehe ich selbst durch den Busch hindurch.

»Ganz davon abgesehen, dass diese Hochzeit keine Liebeshochzeit ist ... Im Gegensatz zu unserer, mein Herz.« Er sieht seine Gertrud verzweifelt an. Die scheint zu überlegen und fummelt an ihrer Frisur herum.

»Das weiß nur Gott selbst«, sagt sie leise, findet jedoch schnell zu ihrer ursprünglichen Haltung zurück, denn jetzt legt sie ihre Hände wieder an die Hüften, die Ellenbogen weit abgespreizt. »Außerdem ist es nur gut, dass die beiden heiraten, bevor Miras Bauch zu dick ist.«

Übergangslos strömt mir Blut in den Kopf, und gleichzeitig füllen sich meine Beine mit Pudding.

Mira ist schwanger?!

Mir wird schlecht. Bitterer Saft schiebt sich schlagartig vom Magen hoch in die Kehle. Nur mit aller Willenskraft kann ich verhindern, mich zu übergeben. Überstürzt verlasse ich meinen Platz hinter dem Busch und renne kopflos an Gertrud und dem Pfarrer vorbei.

»Fee ...?«, höre ich Gertrud überrascht ausrufen.

Ohne Antwort renne ich einfach weiter, die Hand vor den Mund gepresst. Ob David davon weiß? Muss er – die Hochzeit ist nächsten Freitag. Ich stolpere, fange mich wieder.

Nur weg hier. Weg aus Himmelreich. Weg von David.

Hastig schließe ich die Tür zum McLeods auf und stürme an Alex vorbei, registriere im Rennen, wie er mich erstaunt ansieht, und sprinte die Treppe hinauf ins Bad. Geschafft! Ich sperre hinter mir zu, reiße den Klodeckel hoch – und kann mich nicht übergeben. Die Übelkeit verfliegt in diesem Moment genauso schnell, wie sie gekommen ist.

Gut! Soll mir recht sein. Auf dem Gang höre ich Alex rufen: »Fee? Alles okay?«

»Ja«, rufe ich zurück und verschwinde in dem kleinen Zimmer.

Völlig unkoordiniert werfe ich meine Siebensachen in Koffer und Schuhtasche. Kurzer Blick in die Runde. Schminksachen, Bürste. Ich hechte mit dem Necessaire ins Bad und schaufele alles wahllos hinein, was von mir ist, werfe es in den Koffer und klappe ihn zu. Autoschlüssel ... Ah, da. Zum Schluss schüttele ich die Stofftasche von Monas Modescheune aus und stecke Geldbeutel und Handy in meine rote Handtasche.

Fertig.

Handy klingelt. War ja klar. Rangehen? Es könnten meine Eltern sein. Entnervt fummele ich das kleine Gerät aus der Tasche.

»JA?«

»Fee, können wir uns heute schon treffen. Nur kurz, ich ... ich muss dir etwas sagen.«

David ...

Fassungslos plumpse ich aufs Bett, kann nichts sagen. Seine Stimme klingt belegt. Ein unglaublicher Schmerz schneidet mich mittendurch.

»Fee? Bist du noch dran?«

»Ja«, sage ich und versuche, einigermaßen klar zu klingen, was mir schwerfällt, denn mittlerweile strömen die Tränen nur so aus meinen Augen. Ich will nicht hören, dass er Mira heiratet. Ich. Will. Es. Nicht. Hören! »Ja, ich bin noch da.«

»Ich …«

»Sag jetzt nichts … Denn ich weiß … du wirst nächsten Freitag heiraten …« die Stimme bricht mir weg.

»Fee … ich weiß es erst seit zehn Minuten. Ich …«

»Du … du hast nun eine Verpflichtung.«

Das letzte Mal, dass ich innerlich so zitterte, muss Jahre her sein.

Damals hatte ich Schüttelfrost. Mein Blick ist tränenverschleiert, und ich sehe, wie meine Knie schlottern, als stünden sie auf einer Rüttelplatte.

»Ja, die habe ich wohl … Fee … Das kommt so … plötzlich … Ich … ich weiß nicht, was ich noch sagen soll …«

Durch das Telefon kann ich spüren, dass er etwas tut, das er eigentlich nicht tun will. Und dass es ihn ebenso schmerzt wie mich.

»Nichts …«, antworte ich leise und lege auf.

Dann starre ich auf das Handy. Nach einer Weile bücke ich mich, hebe die Handtasche auf, die auf den Boden gerutscht ist, und lasse das Handy hineinfallen.

Im Gastraum angekommen, treffe ich auf Alex, der gerade ein Bild aufhängt. Klatschmohn. Beim Anblick der roten Blumen schluchze ich auf.

»Was willst du mit dem Koffer, Fee?« Er legt das Bild auf den Tisch und starrt mich verwundert an.

»Ich gehe, Alex. Und ich komme nicht mehr wieder. Es … es ist etwas geschehen, was … Egal, ich gehe wohl besser.«

»Dein Vater …?«

Niedergeschlagen schüttele ich den Kopf und setze mich in Bewegung. Dann stoppe ich und drehe mich noch mal um.

»Bitte sag Ronja Bescheid, ja? Sie ... Sie wollte mit mir heute nach Gottstreu fahren. Und ... danke für alles.« Dann stürze ich nach draußen.

Wenige Minuten später habe ich die Landstraße erreicht und fordere von Olaf alles, was er aus seinem Dreizylindermotor herausholen kann. Und diesmal muss ich nicht die Scheibenwischer einschalten – von dem einer sowieso nicht mehr funktioniert. Für das, was mir die Sicht nimmt, gibt es so etwas nicht.

Vor lauter Heulen, Tränen wegwischen und Armaturenbrett anbrüllen bekomme ich gar nicht richtig mit, dass Olaf komische Geräusche macht und langsamer wird, obwohl mein Fuß das Gaspedal bis zum Anschlag durchdrückt. Erst als wir fast stehen und vor mir einige rote Warnleuchten blinken, merke ich, dass Olaf ein Problem hat. Und ich somit auch.

Vorsichtig lenke ich ihn so weit an den Rand, wie es möglich ist. Ich schätze, wir haben ein größeres Problem als einen leeren Tank.

»Verdammt! Was muss noch alles passieren? Womit habe ich das verdient?! Womit bitte?!« Verzweifelt dresche ich auf das Lenkrad, und Olaf antwortet mit einem kurzen, sterbenden *Ömpf*. Aus. Kein Mucks.

Mein Kopf sinkt auf das Lenkrad. Wenigstens stehe ich nicht mitten auf der Straße.

Denk nach, Fee.

Was ist zu tun? Den Abschleppwagen rufen. Natürlich.

Schluchzend angele ich nach dem Handy. Natürlich, was auch sonst – kein Empfang. Ich steige aus und klappe die Motorhaube hoch. Keine Ahnung, was ich mir davon verspreche, denn von Autos verstehe ich noch weniger als von Kühen. Aber lüften kann so falsch nicht sein, und vielleicht springt mir ja ein loses Kabel entgegen oder eine kaputte Zündkerze.

Neben mir knattert es, ich blicke hoch.

Jupp, der wohl auf dem Weg nach Himmelreich war, hält auf der gegenüberliegenden Seite an.

»Hey, haste ne Panne?«

Ich wische mir mit dem Handrücken über die Wange und hoffe, ich wirke nicht so verheult, wie ich befürchte.

»Nein, ich lüfte nur ... Natürlich habe ich eine Panne!«

»Hoho, immer ruhig mit den jungen Pferdchen. Lass mich mal gucken.« Er steigt aus und wirft einen Blick auf den Motorblock. »Hm, setzt dich mal hinters Steuer und mach den Wagen an.«

Ich tue, wie mir geheißen, werfe mich hinters Lenkrad und drehe den Schlüssel um. Klack. Das war's.

Jupp kratzt sich am Hinterkopf.

»Nicht gut, gar nicht gut«, sagt er, als ich wieder neben ihm stehe. Gemeinsam starren wir auf den Motor, als ob bloßes Gucken Olaf zum Schnurren bringen könnte.

»Und jetzt?«, will ich wissen.

»Schlepp ich dich in die Werkstatt. Die ist gleich am Ortseingang. Aber ich muss dann gleich weiter.«

»Oha«, sagt der Mechaniker, nachdem er einen kritischen Blick in Olafs Innereien geworfen hat, »könnte der Zahnriemen sein. Wird teuer. Aber Genaues kann ich frühestens morgen sagen, wenn wir ihn mal auf die Hebebühne nehmen. Und die Reifen haben weniger Profil als meine Alte.«

»Wenn Sie schon dabei sind, die Tankanzeige hat auch so ihre Alterskrankheiten. Also morgen dann … Okay. Sagen Sie, würden Sie mir den Wagen vielleicht auch abkaufen?«

Spontan wäre das die beste Lösung. Ich könnte mir einen Mietwagen nehmen und sofort weiterfahren. Allerdings … Olaf und ich …

Der Mechaniker bekommt einen Lachanfall.

Nachdem er sich wieder beruhigt hat, sieht er mich mitleidig an.

»Beim besten Willen nicht, da muss ich ja mehr reinstecken, als er wert ist. Tut mir leid. Lassen Sie mal Ihre Telefonnummer hier, wir rufen Sie an, sobald wir abschätzen können, was die Reparatur kostet. Aber rechnen Sie mal nicht unter einer Woche Reparaturzeit, die Ersatzteile müssen wir nämlich erst bestellen.«

Gut, es war ein Versuch. Doch Mietwagen? Nein, dann wäre Olaf hier im Dorf und ich in Frankfurt, und ich müsste mich von außerhalb um den Wagen kümmern. Angestrengt denke ich nach. Es sieht ganz danach aus, als ob Olaf meine einzige dauerhafte Beziehung bleibt – bis dass der Tod uns scheidet.

»Gibt es hier einen Mietwagenverleih?«, frage ich nach und bin mir nicht sicher, ob ich das wirklich will.

»Klar, in Gottstreu. Wo müssen Sie denn hin?«

»Nach Frankfurt.«

»Das ist ein ordentliches Stück.«

»Ja ...«

Und vor der Fahrt graust es mir. Nicht vor der einfachen, vor der dreifachen. Denn ich müsste ja wieder zurückkommen, um Olaf zu holen. Mit Bus und Bahn allerdings wäre ich nur einfach unterwegs, dafür länger. Ach nein ... Dann wäre die Karre ja immer noch hier. Ich seufze. Die einfachste und günstigste Möglichkeit ist wohl hierzubleiben, bis Olaf wieder gesund ist.

»Und? Soll ich nach dem alten Herrn gucken, oder wollen Sie ihn verschrotten lassen?«, will der Mechaniker wissen.

Jetzt, wo er das schlimme Wort sagt und meinen Olaf auch noch »alten Herrn« nennt, spüre ich eine tiefe Verbundenheit zu meinem Auto. Verschrotten! Nein, das bringe ich nicht übers Herz. Zärtlich streichle ich Olaf über den Seitenspiegel und hebe anschließend Koffer und Tasche aus dem Kofferraum. Der Mechaniker hilft mir und nimmt mir den Koffer ab. Netter Mann, sehr kundenorientiert.

»Der ist aber ziemlich schwer, junge Dame. Wissen Sie was, ich fahre Sie schnell. Wenn's nicht ein Tagesausflug wird. Wo müssen Sie denn hin?«

Wenig später stehe ich vor dem McLeods und stelle erleichtert fest, dass ich Alex den Schlüssel gar nicht gegeben habe. Fügung des Schicksals, denn es ist niemand da. Alex nicht, Ronja nicht. Das kommt mir entgegen, denn so muss ich nichts erklären, zumindest nicht gleich.

Seufzend schleppe ich mich die Treppe hoch und betrete mein Zimmer. Mein Zimmer – für die nächsten sieben Tage. Vielleicht auch etwas weniger.

Tag 1, Freitag:
Ich verkrieche mich den ganzen Tag im Bett. Das hat den Vorteil, nicht unter Menschen zu müssen und ungestört mit dem Schicksal zu hadern. Das Kellnern am Abend kriege ich irgendwie hin, auch wenn es mit dem kundenfreundlichen Lächeln nicht wirklich klappt. Alex hat zwar nicht nachgefragt, aber mir ist der skeptische Blick nicht entgangen. Kein Wunder, er darf skeptisch sein. Immerhin bin ich zum zweiten Mal mit den Koffern rausgestürmt; er fragt sich sicher, ob das mit mir die richtige Personalwahl war. Ronja ist krank, Sommergrippe. Die Arme. Ich fühle mich schlecht, weil ich auch irgendwie froh drum bin; so lässt sie mich in Ruhe. Morgen esse ich wieder was.

Tag 2, Samstag:
Mein Magen hängt auf halb acht. Habe das Salz im Rührei vergessen, schmeckt trotzdem. Draußen ist herrliches Wetter. Ohne mich. Gestern hat die Werkstatt angerufen. Die Stoßdämpfer sind auch hinüber. Jetzt wird mir auch Olafs Ächzen klar.

Tag 3, Sonntag:
Verdammte Kirchturmglocken! Sind die bescheuert, mitten in der Nacht zu läuten? Oh, es ist schon zwölf. Heute Ruhetag im McLeods. Gestern hat Alex nicht mal das Gesicht verzogen, als mir ein volles Glas Wein einfach so aus der Hand gerutscht ist und im Schoß eines Gastes ein neues Zuhause gefunden hat. Ich werde mir die Beine rasieren. Glaub ich. Und Gilmore Girls gucken.

Tag 4, Montag:
Pickel auf der Stirn. Der Entzug von Tageslicht scheint meiner Haut nicht gutzutun. Egal. Das Fernsehprogramm ist auch immer dasselbe. Ob in der Küche noch Schokolade ist?

Tag 5, Dienstag:
Es regnet. Gut. Ein Tag wie gemacht, um ihn im Bett zu verbringen und dem Pickel den Garaus zu machen. Lieb von Alex, dass er mir zum Frühstück ein Tablett vor die Tür stellt. Er lässt mich immer noch in Ruhe. Ronja scheint wieder gesund zu sein, habe ihre Stimme gehört. Honigtoast. Langsam kommt der Hunger zurück.

Tag 6, Mittwoch:
Heute rasiere ich mir aber die Beine, ernsthaft.

Tag 7, Donnerstag:
Es klopft. Vielleicht Alex, der mir mitteilt, dass der Mechaniker mir freundlicherweise Olaf vorbeigebracht hat?

15.

»Fee?«

Ronja. Ich ziehe die Decke über den Kopf.

»Fee! Mach auf. Es reicht so langsam.«

»Keine Lust.«

Habe ich abgeschlossen? Die Tür geht auf. Nein, hab ich dann wohl nicht. Verdammt!

Abrupt schlage ich die Decke zurück und setze mich auf.

»Heute ist mein letzter Tag hier. Olaf ist fertig.« Nun, zumindest hoffe ich das.

»Und genau deswegen will ich mit dir heute noch ein bisschen Zeit verbringen.«

Sie stellt das Tablett auf das Bett, Kaffee, Toast, Honig – ganz so wie an meinem ersten Tag in Himmelreich. Mein Magen knurrt. Es riecht köstlich.

»Ronja …«, lenke ich ein. »Du machst es mir echt schwer. Ich …«

»Ich? Das erledigst du schon alleine. Wir haben dich jetzt lange genug in Ruhe gelassen. Die Trauerzeit ist vorbei. Alles klar? Mittlerweile weiß gesamt Himmelreich, dass Mira ein Kind erwartet. Morgen ist die Hochzeit. Karl König überschlägt sich schon seit drei Tagen, dass er endlich mal wieder jemanden im Rathaus trauen darf. Du kannst dir nicht vorstellen, was da los ist. Er hat tatsächlich von der Treppe bis hoch zum ersten Stock alle Stufen mit einem roten Teppich belegen lassen und sich einen neuen Anzug gekauft.«

Eigentlich will ich es nicht, aber ich muss kichern. Die Vorstellung, dass der dickliche Bürgermeister wie ein Flusspferd auf Speed ganz Himmelreich wegen dieser Trauung verrückt macht, ist zu komisch. Die Hochzeit allerdings nicht. Sofort bleibt mir das Lachen im Hals stecken.

»Komm … Iss was.« Ronja hat mir einen Toast mit Butter und Honig beschmiert und streckt ihn mir direkt vor die Nase. Gott, er duftet zu gut, als dass ich ihn ignorieren könnte.

»Danke«, sage ich und beiße ab. Köstlich!

»Geht doch! So – jetzt noch einen Kaffee zum Runterspülen, und dann machst du dich fertig.«

»Für wasch?«, frage ich mit vollem Mund.

»Na, du bist mir noch eine Shoppingtour schuldig. Die fordere ich hiermit ein.« Sie blickt auf meinen Koffer, der aufgeklappt auf dem Boden liegt. »Sag mal, hast du die komplette Woche aus dem Koffer gelebt?«

»Äh …«

Kopfschüttelnd tätschelt sie meinen Oberschenkel. »Du hast echt was an der Erbse. Glaubst du, ich war noch nie unglücklich verliebt? Das vergeht, Fee. Du kannst dich ja nicht für alle Zeit einigeln. Sieh es mal so … David beweist Verantwortungsbewusstsein und steht zu seinem Kind und … äh, seiner Frau. Das ist gut, das ist edel, das ist …«

»… schmerzhaft, Ronja. Denn es ändert ja nichts daran, dass ich mich blöderweise in ihn verliebt habe.«

»Da musst du durch.«

»Ich weiß …«, sage ich leise und schenke mir einen Kaffee ein.

»In einer halben Stunde unten? Ich fahre.«

»Einverstanden. Du musst auch fahren, noch habe ich ja kein Auto.«

Ronja nickt, steht auf und verlässt mein Zimmer. Das Zimmer!

Bereits zwanzig Minuten später bin ich unten auf der Straße. Ich habe mich beeilt, bevor ich es mir noch anders überlege. Ich blinzele gegen das Sonnenlicht und schirme die Augen mit der Hand ab.

Auf Himmelreichs Kopfsteinpflaster herrscht ungewohnte Betriebsamkeit. In dem Moment, als ich aus der Tür trete, fährt ein 7-Tonner vorbei, dahinter vier staubige Jeeps, einer davon mit einer großen Ladefläche, die voll beladen ist – mit was, kann ich nicht genau erkennen.

»Fee … Schön, dich zu sehen«, begrüßt mich Alex und wuchtet eine Kiste mit Einkäufen aus dem Kofferraum seines Kombis. Eine gewisse Traurigkeit schwingt in seiner Stimme mit. Sofort fühle ich mich schlecht.

»Guten Morgen«, sage ich und versuche, so etwas Ähnliches wie ein Lächeln zustande zu bringen.

Alex sieht mich an, als wäre ich von den Toten auferstanden. Dieser Vergleich ist eigentlich gar nicht so verkehrt. Mit der Kiste, die wahrscheinlich schwer ist, denn ich sehe einige Flaschenhälse zwischen Mehl und Zucker und diversen anderen Lebensmitteln herausragen, bleibt er vor mir stehen. Es sieht aus, als überlege er, was er sagen soll.

»Dein letzter Tag heute, hm?«

»Schon ...«

»Hollbach war vor drei Tagen hier, wollte dir ein Angebot für den Blumenladen machen. Habe ihn weggeschickt.«

»Oh ...«

»Das ist dir doch recht, oder?«

Einen Moment bin ich mir nicht sicher, ob mir das recht ist.

»Sicher ...«, antworte ich fahrig.

»Wirklich?« Er stellt die Kiste ab. »Magst du es dir nicht noch einmal überlegen?«

Schwungvoll fährt Ronja in die Lücke vor dem Wagen, hupt und rettet mich so vor einer Antwort.

»Seid ihr verabredet?«, wundert sich Alex.

»Ja, wir gehen shoppen nach Gottstreu.«

Meine eigenen Worte klingen irgendwie fröhlich, stelle ich fest. Und tatsächlich, ich freue mich darauf, mit Ronja ein paar Stunden zu verbringen, wie es Freundinnen tun. Shoppen, quatschen, lachen, irgendwo Kaffee trinken ...

»Hier ist ein Tisch frei!«

Zwei Stunden später zieht mich Ronja durch den Außenbereich des Cafés neben dem Shoppingcenter. Der Tisch liegt etwas versteckt hinter einer mannshohen Thuja, die in einem riesigen Pflanzgefäß aus Plastik steckt. Ein Glücksfall, denn alle anderen Tische sind besetzt.

»Endlich! Sitzen!«, stöhne ich auf, stelle die vier Einkaufstaschen unter dem Tisch ab und strecke die Füße aus. »Meine Füße brennen wie Feuer.«

Der Einkaufsbummel hat Spaß gemacht, und ich bin um drei Paar Sneakers, fünf Shirts, zwei Tops und ein Sommerkleid reicher. Die letzten Tage kommen mir vor wie ein Ausschnitt aus einem anderen, trüben Leben, und ich frage mich, wie ich das nur ausgehalten habe. Schon lange habe ich mich nicht mehr so lebendig gefühlt. Vielleicht liegt es auch daran, dass ich um mich herum etwas Ähnliches wie das Flair einer Stadt zu erahnen ist.

»Du bist nichts gewohnt. Was hältst du von Käsesahnetorte – die beste, glaub mir – und Cappuccino?« Sie hebt bereits die Hand, um die Kellnerin auf uns aufmerksam zu machen.

»Habe ich eine Wahl?«.

Plötzlich sieht mich Ronja ernst an. »Fee, du hast immer eine Wahl …«

Ich muss schlucken und übergehe diesen vielsagenden Blick geflissentlich.

»Dann wähle ich die Käsesahne.«

Während Ronja die Bestellung aufgibt, klingelt mein Handy. Ich ziehe es aus der Tasche.

»Hallo? Ja ... Wann? Ich habe Sie gerade nicht verstanden.« Am Nebentisch lacht es unerträglich schrill und laut. Ich lege eine Hand über mein freies Ohr. »Heute Nachmittag? Ja, natürlich. Doch so teuer ...«

Nachdem mir der Mechaniker versichert hat, dass mein Wagen jetzt schnurrt wie ein Kätzchen, bedanke ich mich höflich und lege auf. Eintausendvierhundert Euro ...

Ronja sieht mich fragend an.

»Der Wagen ist fertig«, sage ich, und im nächsten Moment staune ich über das riesige Stück Torte, das die Kellnerin mir vor die Nase stellt. Das ist kein Stück, das ist fast ein Viertel vom ganzen Kuchen.

»Hab ich dir schon erzählt, dass ich bei den Archäologen arbeiten werde?«

Gerade bin ich dabei, mir eine Gabel mit dieser sündhaften Käsesahne zum Mund zu führen, jetzt lasse ich sie spontan sinken.

»Du kochst nicht mehr, du gräbst?«

Ronja kichert. »Nein, ich koche und bereite das Frühstück für die Mannschaft. Das heißt, die nächsten Tage, vielleicht Wochen, bin ich von morgens bis mittags auf der Baustelle. Karl König sagt, sie werden dort eine völlig autarke Feldküche aufstellen, irre oder? Ach ja, er hat mich einfach vorgeschlagen, und sie haben zugestimmt. Tja, dann habe ich wohl ab Montag einen vollen Terminplan. Und nicht zu vergessen – die Kasse klingelt. Die zahlen gar nicht mal so schlecht. Warum isst du den Kuchen nicht?«

»Weil du mir Dinge erzählst, die mich sprachlos machen, und ich das Gefühl habe, ich hätte unheimlich viel von Himmelreich verpasst, während ich ...«

»Während du dich verkrochen hast. Korrekt. Hast du auch. Die Fassade von Jupps Kino beispielsweise. Die ist jetzt fertig, knallgelb, und rate mal, wer sich darüber aufregt und verlangt, er soll beige drüberstreichen?«

»Karl König?«, rate ich und koste jetzt endlich diese Torte. Oh Gott, eine Sünde, ich fürchte, ich muss das ganze Stück aufessen.

»Korrekt«, grinst Ronja. »Du lernst schnell.«

Plötzlich hebt sie die Hand.

»Pscht«, flüstert sie, verharrt einen Moment und beugt sich dann vor. Wieso flüstert sie denn? »Nebenan sitzt diese Mira.«

Der Löffel, mit dem ich gerade im Begriff war, Zucker in die Tasse zu geben, fällt mir aus der Hand. Nebenan kichert es laut und schrill. Tatsächlich, es besteht kein Zweifel, das ist das Lachen der Hydra ...

Mir ist der Appetit vergangen. Zum Glück ist die Thuja zwischen uns, so muss ich dieses Weib nicht auch noch sehen.

Ronja gibt mir mit hektisch wedelnder Gabel zu verstehen, dass ich mich mehr zu ihr über den Tisch beugen soll.

Ich schiebe den Kuchen zur Seite und lege die Unterarme auf den Tisch. »Was ist denn?«

»Als du eben telefoniert hast, da ist von dieser Andersrum was zu mir rübergeschwappt ...« Sie stockt kurz und versucht, einen Blick durch die Thuja auf den Nebentisch zu erhaschen. »Ich glaube, es geht um dich.«

»Um mich!?«, zische ich bemüht, leise zu bleiben.

Ronja legt einen Finger an die Lippen.

»Mira, Schätzchen«, höre ich eine dunklere Frauenstimme sagen, »jetzt musst du mir aber auch verraten, wieso du glaubst, dass diese Großstadttussi dir deinen David ausspannen könnte. Mal ehrlich – ein Mann, der dich verlässt ... Also wirklich.« Falsches Lachen, ein Kling von Gläsern.

Ich kotz gleich.

»Er spricht mir eine Spur zu häufig von ihr. Und du müsstest sehen, wie er dreinschaut, wenn er von dieser, dieser ...« Sie seufzt laut auf, und in der Folge wird ihre Stimme noch schriller. »Dem muss ich zuvorkommen. Das verstehst du doch, oder? Nicht dass er noch ...«

»Beruhig dich, Miraherzchen. Du hast doch alles geregelt, oder? Also wird alles so kommen, wie du es vorgesehen hast. Nur eines würde mich interessieren ... Wie willst du ihm denn verheimlichen, dass du einfach nicht runder wirst? Das stelle ich mir problematisch vor.«

»Ach was!« Die Hydra lacht erneut glockenhell und aufgesetzt. »Bis er das merkt, sind wir längst verheiratet.«

Ich halte die Luft an, Ronjas und mein Blick heften sich ineinander.

»Denken wir dasselbe?«, hauche ich.

Ronja nickt sehr langsam und ihre Lippen formen ein »Oh ja«.

»Nun ...«, parliert die Hydra weiter. »Ich könnte eine Fehlgeburt haben. Greta, stell dir nur vor, wie besorgt er um mich wäre.«

»Ja, das ist gar keine so schlechte Idee. Aber wo bekommst du den Arzt her, der dir das bestätigt?«

»Das ist das geringste Problem. Dr. Arndt Weichselbacher – du kennst ihn, ich hatte vor zwei Jahren mal einen ... One-Night-Stand mit ihm. Er würde alles für mich tun, wenn ...«

»... du ihm gewisse Anreize lieferst«, vervollständigt die Freundin der Hydra.

Das wird ja immer besser! Fassungslos höre ich weiter zu, als diese Mira affektiert weiterflötet.

»Allerdings könnte ich auch tatsächlich schwanger werden ...«

»Das muss dann aber schnell gehen«, gibt ihre Freundin zu bedenken.

Ich habe genug gehört! Ronja versteht meinen Blick sofort, legt zwei Geldscheine und ein paar Münzen auf den Tisch und greift zu ihren Tüten. Dann treten wir ohne Käsesahne den Rückzug an und verschwinden durch das Innere des Lokals.

Paralysiert sitze ich neben Ronja auf dem Beifahrersitz und bekomme einen Krampf in der rechten Hand, so fest umfasse ich den Henkel der roten Handtasche auf meinem Schoß. Finger für Finger lockere ich den Griff und massiere die Handinnenfläche.

Als wir das Ortsschild von Gottstreu passieren, ist Ronja die Erste, die etwas sagen kann.

»David muss es erfahren.«

Ich nicke und starre nach vorne.

»Hast du seine Telefonnummer, Fee?«

Langsam drehe ich den Kopf und starre sie an, während ich überlege. Natürlich, er hatte mich ja angerufen, also habe ich sie.

»Ja ...«

Jetzt kommt Leben in sie, sie fährt mich an. »Und dann hast du noch nicht angerufen? Los, ruf an. Sofort. Mach schon!«

Tief hole ich Luft und ziehe das Handy aus der Tasche, halte inne.

»Und was soll ich sagen?«

»Dass seine Trulla die Schwangerschaft nur vorspielt, weil sie eifersüchtig ist?«

»Prima, mach du das.«

»Wer ist verliebt in ihn, du oder ich?«

Ich presse die Kiefer so fest aufeinander, dass es fast wehtut – und wähle seine Nummer. Beim ersten Freizeichen klopft mein Herz bis zum Hals. Ronja nickt mir aufmunternd zu und legt eine Hand auf mein Knie.

Das zweite Freizeichen. In meinem Magen geht es drunter und drüber, und ich fürchte, kein Wort herauszubekommen, wenn er abnimmt.

Das dritte. Dann die Mailbox. Hastig drücke ich auf den Knopf und unterbreche die Verbindung.

»Was ist?«, will Ronja wissen.

»Mailbox.«

»Mist!«

»Ja, und ich spreche ihm das garantiert nicht auf Band.«

»Hm ...« Ronja scheint angestrengt zu überlegen, zwischen ihren Augenbrauen bildet sich eine tiefe Falte. »Meinst du, er ist auf der Baustelle? Heute ist das Ausgrabungsteam angerückt.«

»Kann sein, fifty-fifty, würde ich sagen.«

»Idee! Wir fahren einfach hin«, sagt Ronja.

»Was? Nein, keine gute Idee. Das bekomme ich nicht gewuppt, ehrlich nicht. Ich rufe lieber noch ein paarmal an.«

»Du Weichei!«

»Bitte?!«

»Du hast schon richtig gehört. Abhauen, ja, das kannste. Um ihn kämpfen? Fehlanzeige.«

»Ach, halt die Klappe und fahr los!«

»Geht doch!«

Kurz darauf haben wir die Baustelle erreicht. Auf dem Gelände sind vier Männer damit beschäftigt, ein riesiges Zelt aufzubauen. Es erinnert mich an das Frühstückszelt in irgendeinem Ferienlager, das ich als Kind in den Sommerferien besucht habe.

Ich sehe die Jeeps und den Lastwagen stehen. Der Jeep von David ist nicht dabei. Mutlos, aber auch irgendwie erleichtert, sacke ich in mir zusammen.

Ronja fährt schwungvoll die kurze Anhöhe hinauf, bis direkt vor das geschlossene Tor und hupt.

Nach einer gefühlten Ewigkeit kommt eine Frau um die vierzig ans Tor.

»Ja?«

»Ist der Bauleiter, David Gandier, da?«, ruft Ronja durch das geöffnete Fenster.

»Nein, der kommt erst wieder, wenn wir hier fertig sind.«

Ich schlage die Hände vors Gesicht und kann jetzt nicht mehr verhindern, dass mir die Tränen aus den Augen schießen. Die Anspannung, die neue Situation, ich glaube das alles kaum auszuhalten.

Zwischen den Fingern erkenne ich ein weißes Papiertuch. »Danke, Ronja.« Dann wische ich mir die Wangen trocken.

»Und nun«, sagt Ronja, »bringe ich dich zur Werkstatt. Die liegt auf dem Weg.«

Ich kann nur nicken. Ja, Olaf abholen.

So einen Dienst am Kunden gibt es auch nur auf dem Dorf, denke ich, als ich keine zwanzig Minuten später meinen Wagen vom Werkstatthof steuere. Als kleine Aufmerksamkeit hat man den Innenraum gereinigt und noch eine bis zwanzig Roststellen repariert. Olafs Innenraum duftet nach Zitrone, und … oha, vollgetankt ist er auch.

Eine solche Serviceleistung ließe man sich in Frankfurt teuer bezahlen.

Langsam biege ich rechts ab. Vor dem Blumenladen lenke ich Olaf wie ferngesteuert in eine Parklücke und steige aus. Was mache ich denn da? Reine Neugier, ich will nur sehen, ob das Schild noch hängt.

Es hängt noch. Auch die kleine Bank an der Hauswand steht noch – warum auch nicht? Die Rose duftet wunderbar. Tief atme ich ihren Duft ein, streiche zart über eine Knospe.

Der Laden wäre perfekt … Und Mira erwartet doch kein Kind. David muss es erfahren, so schnell wie möglich. Vielleicht ist er noch nicht für mich verloren, vielleicht erreiche ich ihn jetzt.

Kurz darauf stecke ich das Handy enttäuscht wieder weg. Mailbox. Vielleicht weiß Alex, wo David wohnt, er hatte ja gesagt, sie wären alte Bekannte. Nachdenklich streiche ich immer wieder über die Knospe – und erschrecke fast zu Tode, als die Tür vom Laden aufgerissen wird.

»Das ist sie ja!«

Vor mir steht Kurt Hollbach. Er funkelt mich verärgert an, und ich habe sofort ein schlechtes Gewissen. Ungefähr so, wie wenn mein Großvater mit mir schimpfte, wenn ich etwas angestellt hatte oder zu spät zum Essen kam.

»Ich wollte nur …«, stammle ich und presse meine Handtasche an mich.

Unerwartet überzieht ein Lächeln das runzelige Gesicht des alten Hollbach.

»Kommen Sie mal rein, Mädchen, ich zeige Ihnen, wo meine gute alte Waltraud gewirkt hat. Diese Räume brauchen eine Frau, die sie liebt, wie meine Waltraud sie geliebt hat. Vor fünf Tagen hat mich einer angesprochen, der Räumlichkeiten für eine Metzgerei sucht. Er sagte, er würde hinten ein Kühlhaus und ein kleines Schlachthaus bauen.«

Er dreht mir den Rücken zu und geht in den Laden zurück. Wie an Fäden gezogen folge ich ihm. Stramm marschiert er in die kleine Küche, nimmt zwei zusammengeheftete Blätter von der Ablage, faltet sie einmal zusammen und dreht sich zu mir um.

»Nur, damit ich es nicht vergesse.« Er hält die Blätter kurz hoch und steckt sie in seine Hemdtasche. »Na los, sehen Sie sich um. Waltraud hat sogar Ablageflächen in die Mauer schlagen lassen. Unnötig, hatte ich ihr gesagt, dafür gibt's doch Regale, die man an die Wand hängen kann. Aber nein, sie wollte das unbedingt. Sieht hübsch aus, hm?«

Langsam gehe ich durch den Raum und staune. Er ist perfekt. Vorsichtig luge ich durch die offene Tür in den rückwärtigen Garten hinaus. Er ist größer, als ich vermutet hatte. Ein Schlachthaus …

Abrupt drehe ich mich zu Hollbach um. »Danke, Herr Hollbach, aber ich glaube, Sie haben da etwas missverstanden. Erstens sind diese Räumlichkeiten zu teuer für mich, und zweitens …« Verdammt, meine ich, was ich jetzt gleich sage? »Und zweitens reise ich heute ab nach Frankfurt …«

»Soso? Ihre Augen sagen aber etwas ganz anderes.«

»Ich denke nicht, dass Sie beurteilen können, was mei…«

Plötzlich zieht er die Blätter aus der Hemdtasche, faltet sie auseinander und hält sie mir hin.

»Neunzigtausend. Waltraud hätte es so gewollt. Und weil Sie bereits sagen, dass Ihre finanziellen Mittel begrenzt sind, biete ich eine Miete an. Sie können entscheiden, ob Sie nur mieten oder mit der Miete den Verkaufspreis stückweise abtragen wollen.«

Wie viel Zahnräder oder Synapsen hat so ein menschliches Gehirn eigentlich? Keine Ahnung, auf jeden Fall dreht sich und funkt alles in meinem Kopf auf Höchstleistung.

»Zinsen?«, hauche ich nach ein, zwei Schrecksekunden.

»Der reguläre Satz. Allerdings bleibt der Zinssatz gleich, bis die Schuld getilgt ist.«

Argwöhnisch blicke ich ihn an. Jackpot? Die Zinsen stehen im Moment auf Rekordtief.

»Das ist aber unüblich, Herr Hollbach.«

»Wir haben auch bunte Parkbänke und einen verrückten Bürgermeister.«

»Das ist wahr.« Ich nage auf der Innenseite meiner Wange herum und überlege.

»Lassen Sie sich Zeit, wir können auch erst noch ein paar Dinge durchsprechen, die wichtig sind, bevor Sie zu- oder absagen.« Er geht zum Fenster und klopft daran. »Hier, doppelt verglast, da geht keine Wärme durch. Ach ja, Gas-Zentral-Heizung, kurz vor … Also vor vier

Jahren neu eingebaut. Übrigens, ein doppelzügiger Kamin, Sie könnten den Raum im Winter mit einem heimeligen Holzofen heizen, wenn das erlaubt ist, da kenn ich mich nicht so aus. Oh, und das Dach des Hauses ist gedämmt. Allerdings gab es vor zwei Jahren einen Wasserrohrbruch, bei dem jedoch im Zuge der Reparatur gleich das Rohr erneuert wurde. Dürfte also nicht mehr passieren, dass da was platzt. Und die Grundsteuer beträgt dreihundertvierzig Euro im Jahr.«

Ich blicke erstaunt auf. »So wenig? In Frankfurt müsste man für eine solche Fläche sicher das Doppelte zahlen.«

»In Frankfurt vielleicht. Ist ja auch eine Großstadt. Ach ja, die Stellplätze müssen Sie übrigens nicht zukaufen.«

In dem Moment werde ich hellhörig. »Herr Hollbach, kann es sein, dass Ronja mit Ihnen gesprochen hat?«

»Welche Ronja? Ach, die Ronja vom Alex? Nein, wie kommen Sie darauf?«

Er grinst mich an, und ich glaube ihm kein Wort. Auch ich muss lächeln, zum einen, weil ich das total süß von Ronja finde, zum anderen, weil in mir die Aufregung flattert. Ich bin meinem Traum so verdammt nahe. Trotz allem, es ist viel Geld.

»Herr Hollbach, ist es möglich, einen Teil des Kaufpreises sofort zu zahlen und den Rest als Mietkauf zu vereinbaren?«

»Warum nicht? So hätten wir beide was davon. Ich zumindest die Sicherheit, die Hälfte des Preises zu haben,

Sie, ihre monatliche Belastung zu senken. Und wir legen selbstverständlich vertraglich fest, dass der Zins bis zur letzten Mietkaufrate gleich bleibt.«

»Das hört sich eigentlich alles vernünftig und fair an ...«

»Das hört sich nicht nur so an, junge Dame. Wir Himmelreicher unterstützen uns und schließen in der Regel immer faire Geschäfte ab.«

»Wir Himmelreicher ...«, wiederhole ich dumpf seine Worte, und mein Blick fliegt durch den Raum. Auf den großen Holztisch könnte ich eine Kasse stellen, die Wandnischen eignen sich perfekt für Dekomaterial, hinten könnte ich ... Oh mein Gott!

»Mädchen, Sie zittern ja ... Kommen Sie, setzen Sie sich, nicht dass Sie mir hier noch aus den Latschen kippen.« Er führt mich in die Küche und drückt mich auf einen altersschwachen Holzstuhl. Dann nimmt er ein Glas aus dem Schrank, füllt es mit Leitungswasser und reicht es mir.

Dankbar nehme ich einige Schlucke.

»Herr Hollbach, ich weiß gar nicht, was ich sagen soll. Eigentlich hatte ich geplant ...«

»Eigentlich, eigentlich ... Meine Waltraud hat immer gesagt, wenn du einen Satz mit *eigentlich* beginnst, dann bist du schon lange weg vom Thema. Und sag ab sofort Kurt zu mir. Das machen wir Himmelreicher so, hier siezt sich kein Mensch. Also was nun? Kaufen, mietkaufen, gar nicht kaufen?«

Eine halbe Stunde später trete ich völlig aufgelöst und mit dem Vertrag in der Hand aus dem Laden. Nach Abzug der Hälfte des Kaufpreises bleiben mir noch knapp zwölftausend Euro für die Ladeneinrichtung. Das würde dicke reichen, ich hätte sogar noch eine kleine Rücklage für die Anfangsmonate.

Ich kann mein Glück kaum fassen.

Selig falte ich den Vertrag zusammen und will ihn gerade in die Tasche stecken, als mein Handy einen Ton von sich gibt. Ich plumpse auf die kleine Bank an der Hauswand und ziehe das Handy hervor.

Eine Nachricht. Von David!

Hastig wische ich über das Display, mein Herz klopft mir bis in den Hals hinein.

Fee, ruf mich nicht mehr an! Ich liebe Mira.

Kein Gruß. Nicht mal ein Gruß …

Ich weiß nicht, wie lange ich auf das Handy gestarrt habe, doch irgendwann stehe ich auf und gehe steif die Straße hinunter bis zum McLeods.

»Ist dir unterwegs ein Basilisk begegnet?«, begrüßt mich Alex, als ich das McLeods betrete. »Du siehst aus, als könntest du eine Flasche Schnaps vertragen.«

Wortlos klettere ich auf einen Barhocker, rufe die Nachricht von David auf und zeige sie ihm.

Alex fährt sich mit einer Hand über seine grauschwarzen Haare.

»Fee, was hast du erwartet? Er heiratet morgen.« Dann umrundet er die Theke und nimmt mich in den Arm. »Du wirst dein Glück finden, kleine Fee, irgendwann. Es kommt zu dir, wenn du nicht danach suchst, wenn du nicht damit rechnest. Da bin ich mir sicher.«

»Du hast wahrscheinlich recht, Alex. Hier … Damit hatte ich in der Tat nicht gerechnet.«

Ich ziehe den Vertrag aus der Tasche.

»Was ist das?«

»Lies selbst.«

Als er die ersten Zeilen überflogen hat, strahlt er mich an. »Du bleibst also.«

»Sieht ganz so aus.«

Irgendwie ein komisches Gefühl, wenn man gleichzeitig lacht und heult.

16.

Ein Bing. Und lautes Hupen. Menschen, die unter meinem Fenster vorbeilaufen und sich lautstark unterhalten. Trotzdem verstehe ich nichts. Ist heute Volksfesttag? Habe ich irgendetwas verpasst? Kamen die Töne von meinem Handy? Ich glaube, das typische Bing erkannt zu haben.

Ich schlage die Augen auf und bin seltsamerweise sofort aufnahmebereit. Wie kann es möglich sein, dass ich nach acht Wacholderschnaps und einem unruhigen Schlaf – in dem eine Kuh namens Edeltraud mit Lockenwickler zwischen den Hörnern eine nicht unbeträchtliche Rolle gespielt hat – mit einem Schlag hellwach bin? Und dazu noch in bester Stimmung. Ich bin mir selbst unheimlich.

Bing! Handy, ganz klar. Meine Hand huscht zum Nachttisch und greift ins Leere. Handtasche?

Ich springe aus dem Bett, wühle mit der Hand in der Tasche wie die Katze im Aquarium. Verdammt, wo ist es?

Okay, nachdenken. Gegen Mitternacht hat mich meine Mutter angerufen, um mir mitzuteilen, dass es Papa gut geht. Sie wären gerade am Gardasee angekommen und würden die Sonne und das Klima genießen. Ob sie denn auf dem Rückweg vorbeikommen dürften. Was habe ich geantwortet? Es fällt mir nicht mehr ein.

Bing.

Im Schuh? Wieso liegt mein Handy im Schuh? Ah, ich habe den Schuh beim Telefonieren ausgezogen und dann höchstwahrscheinlich das Telefon hineingelegt. Warum auch immer.

Ich greife danach und freue mich darauf, heute in den Blumenladen zu gehen. In meinen Blumenladen! Ich muss das unbedingt Ronja erzählen. Und Nicole. Und Gertrud. Ach nein, die weiß es sicher bereits.

Fünf Nachrichten! Von … Mir stockt der Atem. David. Ich starre auf das Display, ohne eine der Nachrichten zu öffnen, denn augenblicklich überkommt mich die Angst. Ich will nicht lesen, was er mir schreibt. Er heiratet heute! Will er mir noch knapp vor seiner Hochzeit mitteilen, wie leid es ihm tut? Sein Gewissen reinwaschen? Nein, das will ich nicht lesen!

Ich lege das Handy auf den kleinen Tisch. Erst einmal duschen und gemütlich frühstücken. Wo ist denn mein Kulturbeutel, wie spät ist es eigentlich? Etwas zerstreut blicke ich auf die Uhr an meinem Handgelenk. Fünfzehn Minuten nach acht, ich habe alle Zeit der Welt. Vage erinnere ich mich, den Kulturbeutel heute Nacht ins Bad gelegt zu haben. Natürlich, da kann ich lange im Koffer suchen.

Schon die Hand an der Türklinke, überlege ich es mir anders, drehe um, greife das Handy und öffne die

Nachrichten. Ich werde sie lesen und dann löschen.
Auch die Nummer.
Für immer.

1: Liebste Fee.
2: Ich muss dich sehen!
3. Heute noch.
4. Komm bitte um halb neun an die verlassene Scheune kurz hinter der Villa Axthelm.
5. Bitte komm. Es ist wichtig! Dein David.

Völlig aus dem Gleichgewicht gebracht, schnappe ich nach Luft. Soll ich? Ja. Nein. Doch.
Hastig tippe ich eine Antwort ein.
Ich komme!
Dann werfe ich das Handy in die Tasche und tausche in Windeseile das Schlafshirt gegen etwas Straßentaugliches. Keine fünf Minuten später eile ich aus dem Haus – und stutze.
Was ist denn hier los?!
»Entschuldigung«, spreche ich eine ältere Dame an, die in diesem Moment an mir vorbeigeht und aussieht, als hätte sie sich für den Sonntagsgottesdienst zurechtgemacht. »Wissen Sie, ob etwas passiert ist, oder warum ist gerade ein Streifenwagen vorbeigefahren?«
Nicht nur das, auch scheint halb Himmelreich auf der Straße zu sein und in eine Richtung zu streben.
»Was?« Die alte Dame bleibt stehen und sieht mich freundlich an. »Haben Sie was gefragt, Kindchen?«

Ich wiederhole meine Frage, und sie zuckt mit Schultern. »Passiert? Ich hoffe doch nicht. Ich für meinen Teil gehe zur Anderson-Hochzeit und hoffe, ich schaffe es noch rechtzeitig.«

»Wann geht die Hochzeit denn los?«

»Um neun«, sagt sie und schlurft weiter. Okay in diesem Tempo dürfte sie es gerade so bis zum Ringtausch schaffen.

Oh, wenn ich mich nicht beeile, schaffe ich es nicht bis um halb neun zur Scheune. Ich schnappe mir mein Fahrrad. Warum will David mich so kurz vor seiner Hochzeit treffen? Etwa, um sein Gewissen zu erleichtern? Das hätte er auch am Telefon tun können.

Na super! Ausgerechnet jetzt hat mein Vorderrad einen Platten. Dann gehe ich eben zu Fuß, verdammt!

Ein weiterer Polizeiwagen fährt an mir vorbei, dahinter ein Wagen mit der Aufschrift eines bekannten Fernsehsenders. Presse?! Wollen die alle zur Hochzeit? Zum Teufel, welchen Wirkungskreis hat diese Anderson?

Als ich das Rathaus passiere, sehe ich Karl König, wie er mit hochrotem Kopf inmitten einer kleinen Gruppe Menschen steht, die mir, bis auf Gertrud, unbekannt sind. Alle stecken sie die Köpfe zusammen und sehen sich etwas an, das der Bürgermeister in der Hand hält. Die Neugier siegt, ich bleibe einen Moment stehen, allerdings ein Stück entfernt, nur so weit, dass ich verstehen kann, was sie sagen.

»Die sind ja riesig!«, ruft Gertrud aus und schlägt die Hand vor den Mund.

»Eine Sensation!«, sagt ein anderer. »Kein Wunder, dass die jemand geklaut hat, die müssen ein Vermögen wert sein!«

»Das ist doch alles unlogisch, Karl«, gibt ein hochgewachsener blonder Mann zu bedenken. »Was zur Hölle sind das eigentlich für Riesenwirbel, und wer kann ein Interesse daran haben, sie zu entwenden? Das kann nur jemand von außerhalb sein oder einer, der das mitbekommen hat, durch Presse, Erzählung oder sonst wie.«

»Dahinter steckt dieser Kempf!«, ruft Karl König theatralisch aus, reißt den Arm hoch und schwenkt ein Foto in der Luft. »Wenn ich es sage! Wer sonst raubt solche archäologisch relevanten und für unser Städtchen absolut …«

»Dorf!«, brüllt irgendjemand.

Ich schüttele den Kopf und gehe weiter. Irgendwie passen Königs Mutmaßungen nicht zueinander. Offenbar geht es um zwei Dinge: Der Knochenfund ist sehr wertvoll, und es hat ihn jemand gestohlen. Hatte Karl König nicht neulich erzählt, dass er glaubt, dieser Kempf hätte die Knochen eigenhändig dort vergraben? Warum sollte er sie jetzt wieder von dort entfernen? Und woher hatte der Kempf überhaupt diese angeblich archäologisch relevanten Teile? Wenn sie ein Vermögen wert wären, warum sollte er sie dann vergraben?

Ich beschließe, mir später darüber Gedanken zu machen. Aktuell gibt es Wichtigeres für mich.

Puh, ist das heiß heute! Die Hitze und der flotte Schritt bewirken, dass mein Shirt mir mittlerweile am Rücken klebt. Egal, es ist schon kurz vor halb neun. Ich lege noch einen Zahn zu und überhole einige Fußgänger, die alle in die gleiche Richtung strömen: zur Baustelle. Ich staune, als ich schon von Weitem die Menschentraube sehe, die sich davor versammelt hat. Auch die Streifenwagen und das Auto des Presseteams stehen an der Straße.

Keine Zeit, stehen zu bleiben. Hastig biege ich nach links auf den Feldweg ab. Die Scheune steht etwa einen halben Kilometer hinter der Villa am Rande eines Rübenfeldes.

Kein Jeep, kein David. Ich beschleunige ein letztes Mal, dann habe ich die Scheune erreicht.

»Hallo?«, rufe ich atemlos. »David?«

Keine Antwort. Vielleicht ist er im Inneren? Der Balken am Tor ist nicht vorgeschoben. Mit den Händen schirme ich die Augen vor der Sonne ab und linse durch einen Spalt zwischen zwei breiten Holzlatten, aus denen das zweiflügelige Scheunentor zusammengezimmert ist. Doch viel kann ich nicht erkennen.

»David?«

In der Scheune raschelt es. Entschlossen öffne ich die Tür und trete ein. Im nächsten Moment rast etwas mit ohrenbetäubendem Lärm auf mich zu. Erschrocken zucke ich zusammen und ducke mich zur Seite weg.

Ein Rebhuhn? Ich blicke dem ängstlichen Vogel hinterher, wie er durch die offene Tür nach draußen flattert.

So langsam fühle ich mich an der Nase herumgeführt. Ich gehe einige Schritte in die Scheune hinein. Am Ende steht ein verrosteter Traktor, über und über mit

Spinnweben, Staub und kleinen Bündeln von Heu bedeckt. In der Ecke liegt ein alter Heuhaufen, und von der Decke baumelt an einer langen Leitung eine Glühbirne, die noch älter als der Traktor zu sein scheint.

»David! Das ist jetzt nicht mehr komisch!«

Rumms! Hinter mir schlägt die Tür zu. Bei Windstille? Abrupt mache ich auf dem Absatz kehrt und stürme zum Tor.

»Hey!«

Zu spät. Das war nicht der Wind, das war ein Jemand. Und der legt gerade den Balken vor. Was zur Hölle …! Ich dresche von innen gegen das Tor – und halte inne, als ich eine Frau lachen höre.

»Zur Hölle, was soll das?«

»Schätzchen, wir wollen doch nicht, dass du vielleicht die Hochzeit platzen lässt, nicht wahr?«

Diese Stimme habe ich schon einmal gehört! Miras Freundin aus dem Café in Gottstreu!

»Hey, verdammt! Mach sofort auf, du Miststück!«

Noch während ich die Worte herausbrülle, wird mir klar, dass ich das genauso gut an den platten Traktorreifen knallen kann, es hätte dieselbe Wirkung.

Doch ich bekomme keine Reaktion, stattdessen entfernt sich das Lachen, scheint die Scheune zu umrunden. Plötzlich gibt mein Handy zwei Töne von sich, und gleichzeitig heult hinter der Scheune ein Motor auf. So ein Aas! Ich stürme zur Wand und spähe zwischen den Brettern hindurch, nur diesmal von der anderen Seite. Wie blöd bin ich eigentlich?! Wenn ich, anstatt in die Scheune zu gehen, außenrum gelaufen wäre, hätte ich den Wagen stehen sehen, den sie dahinter abgestellt haben muss. Gott, bin ich dämlich!

Fassungslos blicke ich dem Auto hinterher, das, eine Staubwolke hinter sich herziehend, den Feldweg entlang Richtung Straße fährt. Die Freundin der Hydra hebt winkend die Hand …

Mira! SIE hat mir die Nachrichten geschickt – nicht David. Die Hydra war's! Mit Davids Handy! So eine … so eine …!

Außer mir vor Wut suche ich nach irgendetwas, das ich kaputt machen kann. Wie eine Furie durchkämme ich die Scheune, finde eine alte Heugabel und schlage sie immer wieder mit Wucht gegen den Traktor.

»Miststück! Schlange! Hydra! Mehrköpfiges Monster! Blöde! Kuh! Blöde! Verdammte Scheißkuh!«

Dann bricht der Stiel.

Schwer atmend bleibe ich mit der gabellosen Hälfte in den Händen stehen und starre so lange auf die Gabel im Heu, bis mein Atem ruhiger wird. Dann lasse ich mich auf den flachen Heuhaufen sinken.

Die Tussi denkt, sie muss mich wegsperren? Warum? Damit ich nicht bei der Hochzeit auftauche und nach der Aufforderung »Wer etwas gegen diese Heirat einzuwenden hat, möge jetzt sprechen« meine Hand hebe? Ich muss zugeben, der Gedanke hat etwas Verlockendes, ist mir allerdings bis eben nicht in den Sinn gekommen. Dafür der Hydra. Und ich sitze in einer Scheune, die nirgends einen morschen Balken hat, nirgends ein Loch, aus dem ich schlüpfen könnte, nur eines, durch das höchstens ein Rebhuhn passt. Ich blicke auf die Uhr. Kurz vor neun. Nicht mehr lange, und David ist verheiratet. Mit einer Schlange ...

Ruckartig hebe ich den Kopf, fahre mir mit den Fingern über die Haare und ziehe anschließend das Handy aus der Tasche. Ich werde Ronja anrufen, sie kann mich ... Oh!

Schlagartig fällt mir ein, dass das Handy zwei Töne von sich gegeben hatte. Jetzt wird mir auch klar, welche. Auf dem Display blinkt die Anzeige eines leeren Akkus. Na prima.

Mein Atem hat sich mittlerweile auf ein gesundes Mittelmaß eingependelt, und ich senke den Kopf auf meine Arme. Leise höre ich den Sekundenzeiger meiner Armbanduhr ticken. Ticktack, ticktack. Noch ungefähr einhundertzwanzig Ticktacks, und David steht vor dem Altar.

Vor meinem Auge sehe ich die Hydra falsche Tränchen herausdrücken. Ob Max auch anwesend ist? Sicher. Eine Mischpoke, alle in einen Sack und draufgehauen, man trifft immer den Richtigen.

Ticktack.

Fee, allein in der Scheune. Und jetzt? Ich kann wahrscheinlich rufen, so laut ich will, es wird mich keiner hören. Ganz Himmelreich hat sich auf Baustelle und Standesamt oder Kirche verteilt, und wenn nicht zufällig jemand an der Scheune vorbeiläuft, hocke ich hier bis in alle Ewigkeit. Bis das Heu gefuttert ist. Ich könnte den

Traktor ablecken, dann sterbe ich wenigstens nicht an Eisenmangel. Kann man an Eisenmangel sterben? Und wenn ich sterbe, ob dann auch jemand meine Knochen klaut? Von Ratten abgenagt ... Igitt!

Fee, du denkst Müll! Sitz nicht rum, mach was!

Mit finsterer Entschlossenheit springe ich auf, eile zum Tor und versuche, es aufzudrücken. Keine Chance. Dagegen treten. Aua! Da geht eher mein großer Zeh zu Bruch als der fette Balken, der quer vor den Türen hängt. Verdammt!

Okay, Fee, nachdenken.

Mit verschränkten Armen suche ich die Türen nach größeren Spalten ab. Mist! Sie sind zu schmal, durch einen passen höchstens zwei Finger. ... Hm ... Natürlich! Ich hab's!

Wo habe ich den abgebrochenen Stiel hingeworfen? Ah, da ... Ich greife ihn und gehe damit zum Tor zurück. Wenige Zentimeter fehlen, einer, vielleicht zwei. Ich haste zum Traktor, schnappe mir die andere Hälfte, an der die Gabel hängt, und ramme sie immer wieder in die Lücke zwischen den breiten Holzlatten, ein Stück unterhalb des draußen quer liegenden Balkens.

Nach kurzer Zeit bin ich nass geschwitzt, aber noch ein, zwei Stöße, dann könnte der Stiel durchpassen.

Geschafft! Ich drehe die halbe Heugabel um und bohre den abgebrochenen Stiel in die Lücke. Yeah! Dann nutze ich die Hebelwirkung, drücke auf meiner Seite die Heugabel nach unten und hoffe, das andere Ende schiebt den Balken aus seiner Verankerung.

Nach ungefähr vier bis vierzig Versuchen lege ich eine kurze Verschnaufpause ein und wische mir mit dem Handrücken den Schweiß von der Stirn. Himmel, sitzt der Drecksbalken fest! Vielleicht wenn ich …? Gute Idee.

Drei, zwei, eins … Ruckartig und mit aller Kraft drücke ich die Gabel nach unten.

»Aua!« Ich ziehe jäh die Hände zurück. Fast hätte ich mir die Finger verletzt, denn ab einem bestimmten Punkt rastet der verdammte Stil ein und bewegt sich kein Stück mehr nach unten.

»Mistding, blödes!«, fluche ich, ziehe die Heugabel aus der Tür und werfe sie zur Seite.

Okay, welche Möglichkeiten habe ich noch, aus dieser verdammten Scheune zu kommen? Ich blicke mich um, dann fällt mir eine Fensteröffnung knapp unter dem Dach auf. Hm … Vielleicht liegt ja irgendwo eine Leiter … Unterm Heu, hinterm Traktor?

Plötzlich zucke ich zusammen und drehe mich dabei um. Draußen macht sich jemand am Tor zu schaffen.

Oh, Gott sei Dank! Danke! Jetzt muss ich doch nicht bis zum Hungertod den Traktor ablecken.

Halt! Vielleicht ist die Freundin der Hydra mit einem neuen Auftrag zurückgekehrt und will mir endgültig den Garaus machen! Hektisch fliegen meine Blicke über den Boden – bis zur Heugabel. Gute Waffe! Ich greife sie mit beiden Händen und trete einige Schritte vom Tor zurück.

»Autsch!«

Huch? Das war zweifelsfrei keine weibliche Stimme.

»Fee? Bist du da drin?«

Die Stimme stoppt mich mitten im Schritt. Ich muss mich verhört haben. Das kann unmöglich David sein. Mein Herz scheint mehr Durchblick zu haben als mein Kopf und fängt an, wild gegen meine Brust zu hämmern.

Langsam öffnet sich die Tür. Im nächsten Moment schiebt sich erst ein dunkler Schopf durch den Spalt – David! –, und dann steht er vor mir. Im Hochzeitsanzug. Seine Krawatte ist gelockert, und über seine rechte Wange ziehen sich rote, leicht erhabene Streifen. Deutlich kann ich den Abdruck von vier Fingern erkennen.

»David …!«, quetsche ich entgeistert hervor und starre ihn an. Sollte er nicht vor dem Altar stehen und Ringe tauschen und nicht im schwarzen Anzug Balken von Scheunentoren stemmen?

»Da bist du ja …«, sagt er grenzenlos erleichtert.

»David, was … was machst du hier?«

»Nach was sieht es denn aus?« Seine dunklen Augen blitzen amüsiert, und er hebt den Daumen in meine Richtung. »Splitter pflücken. Der hier hat mir in meiner Sammlung noch gefehlt.«

Verwirrt suche ich nach Worten. Wie kann er in einer solchen Situation Späße machen?

»Ganz schön heiß, was?« Noch bevor ich darüber sinnieren kann, ob er die Umgebungstemperatur oder die aktuelle Lage meint, zieht er sein Jackett aus und wirft es achtlos auf den Boden.

»David. Noch mal: Was machst du hier?«

Eigentlich kann ich mir die Frage selbst beantworten, doch ich will es von ihm hören. Es könnte ja durchaus sein, dass ich träume oder mir etwas Falsches zusammenreime oder …

Er hebt leicht die Schultern und lächelt amüsiert.

»Ein Vögelchen hat mir geflüstert, dass du eventuell in einer Scheune kurz hinter der Villa Axthelm feststecken könntest.«

»Ein Vögelchen …«

»Na ja«, sagt er und kommt auf mich zu, »ab und zu meldet sich mein Handy, in der Regel sehe ich nach, warum. Ist es eine wichtige Info, öffne ich sie sogar. Insbesondere dann, wenn eine Antwort auf eine Nachricht eingeht, die ich selbst nicht geschrieben habe. Ich korrigiere – mehrere Nachrichten.«

Das wilde Gackern und Flattern des Rebhuhns vorhin war ein Dreck gegen das, was sich gerade in meinem Kopf abspielt. Anscheinend haben sich Hirn und Herz nun darauf geeinigt, dass da tatsächlich David vor mir steht. Vor mir. Nicht neben der Hydra.

»Auch die Nachricht, dass ich dir keine Nachrichten mehr schicken soll, weil du Mira liebst?«, frage ich skeptisch.

Zwischen seinen Augenbrauen bildet sich für einen Moment eine tiefe Falte. »Auch diese.«

So ein Miststück!

Die kurze Stille, die seinen Worten folgt, lässt mich meinen eigenen Herzschlag hören.

»Du hast da was an der Wange … War das die Hy… Mira?«

Seine Hand fährt hoch, kurz berührt er die roten Striemen, als hätte er sie vergessen. »Ach ja, das … «

Ich kann mich immer noch nicht bewegen. Die Situation ist zu unwirklich, zu unglaublich, zu ... wunderbar.

»David, ich ... Was ist mit deiner Hochzeit? Du solltest ...«

Er hebt die Hand. »Fee, lass mich etwas sagen, bitte.«

Ich presse die Lippen aufeinander und nicke, obwohl es mir schwerfällt, den Mund zu halten.

David holt tief Luft und fährt sich mit den Fingern durch die Haare.

»Beinahe hätte ich einen Riesenfehler begangen ... Niemals hätte ich gedacht, dass Mira ... Ich wusste, sie ist extrem eifersüchtig, aber dass sie so weit geht, dich wegzusperren und ... Fee, es tut mir leid, ich ...«

Will er mir etwa sagen, dass er mich nur schnell aus der Scheune befreien wollte und wieder zu seiner Hochzeit fährt?

Nein, seine Augen erzählen etwas anderes.

Dann wandert sein Blick zu der Heugabel, die ich immer noch abwehrend vor meinen Körper halte.

»Ich denke, das Teil brauchst du jetzt nicht mehr. Außer du bist so sauer, dass ... Im Übrigen ist eine Umarmung eine Sache, für die man beide Hände braucht.«

»Oh ...«

Ich war schon mal gesprächiger. Langsam lasse ich Gabel sinken, und sie fällt wie von alleine aus meiner Hand. Der Rest von mir ist wie festgetackert.

Langsam tritt er auf mich zu und nimmt meine Hände in seine. Sein Blick ist weich und warm, und in mir erklingt eine ganz eigene kleine und zarte Musik – man kann sie nicht hören, nur fühlen. Sie bringt jede einzelne Zelle meines Körpers zum Vibrieren, steigt auf und erfüllt mich. Wie berauscht versuche ich etwas zu sagen, doch ich kann ihn nur atemlos ansehen. Unsere Blicke heften sich ineinander, braune Augen, der schöne Schwung seiner Lippen, so nah …

»Fee, o Fee … Meine Fee …«, sagt er stockend und legt seine Hände an meine Wangen. »Jeden einzelnen der letzten verdammten Tage habe ich gespürt, wie viel du mir bedeutest, Fee. Keine Stunde verging, ohne dass du in meinen Gedanken warst. Der Moment, als wir uns zum zweiten Mal sahen, bei Alex, an deinem Ankunftstag. Du hast Kaffee getrunken – er war bitter, hast du gesagt, Zucker hat gefehlt. Und dabei hast du so süß dein Gesicht verzogen, dass ich … Ach, Fee, Fee. Kein Tag, ohne dass ich an dich denken musste, keine Minute. Weißt du noch, als du im Wassergraben gesessen bist? Wie ein Rohrspatz hast du geflucht. Und dann bist du mit den schlammverdreckten Shorts vor mir hergestakst, so wütend und so hinreißend. Jede verwünschte Nacht habe ich dich vor mir gesehen, Fee, wie du dein Haar aus dem Gesicht streichst und dabei den Kopf leicht zur Seite neigst, immer. Die Vorstellung, dich nie wieder in meine Arme schließen zu können, hat mich fast wahnsinnig gemacht. Ich vermisse deinen nach innen gerichteten Blick, wenn deine Nase kribbelt und du dir Mühe gibst, dass es niemand bemerkt. Das ist so … zauberhaft. Ich vermisse dein Lachen, deine Art, das Kinn vorzurecken, wenn du ärgerlich bist, deine fünf kleinen, niedlichen Sommersprossen auf der Nase.«

»Fünf …« Er hat sie gezählt?

»Ich weiß nicht … Moment.« Zart fährt er mit dem Finger über meinen Nasenrücken. »Eins, zwei, drei, vier, fünf … Oh, da hat sich eine versteckt, eine ganz winzige.

Es sind sechs süße Sommersprossen. Darf ich dich endlich küssen?«

»Wenn du mal aufhören kannst zu quatschen?« Ich lächle ihn an. In mir sprudelt es vor Glück, und ich kann David gar nicht mehr klar sehen, weil meine Augen sich mit Tränen füllen. Aber das muss ich auch nicht, ich kann jetzt klar fühlen, sehr klar. Und das ist das Wichtigste.

~ Ende ~

Liebe Leserinnen und Leser!
Das ist das Ende des ersten Bandes. Die Himmelreich-Story geht schon bald in die nächste Runde und ein Wiedersehen mit Fee, Ronja, Nicole und Lila ist garantiert.
Band 2 „Zwei Küsse für Himmelreich"
von Andrea Bielfeldt.

HIMMELREICH UND HONIGDUFT
JO BERGER

Taschenbuch
ca. 389 Seiten, 10,90 €
ISBN 978-3958691933

Auch als E-Book lieferbar

Erhältlich im Verlagsshop unter amrun-verlag.de, bei Amazon, Thalia oder überall im Buchhandel.

Ohne Mütze geht sie nie aus dem Haus, ihr Herz trägt sie auf der Zunge und das einzige männliche Wesen, bei dem sie sich völlig fallenlassen kann, ist Jupp, ihre Hängematte. Charlotte, genannt Schoscho, lebt als Tauchlehrerin an einem der schönsten Plätze der Welt. Hier, an der Küste des Roten Meeres kann sie gleichzeitig ihrer Leidenschaft fürs Tauchen nachgehen und ihrer Vergangenheit mit all ihren Problemen ausweichen. Leider ist Himmelreich überall, und so findet Schoscho sich gegen ihren Willen bald zurück in der alten Heimat – und bis zum Hals in Schwierigkeiten. Mit Josh, ihrer alten Liebe, hatte sie längst abschließen wollen. Jetzt ist er wieder da, immer noch ein Typ zum Niederknien, und es ist schwer, ihm in dem kleinen Dorf ... Verzeihung, der kleinen Stadt ... aus dem Weg zu gehen. Gleichzeitig nehmen die Ermittlungen rund um Natties Tod Fahrt auf. Endlich gibt es einen Verdächtigen, und alle Freundinnen sind sich einig: Ihn lassen sie nicht davonkommen.

VIER JAHRE OHNE DICH
JO BERGER

Taschenbuch
ca. 338 Seiten, 11,90 €
ISBN 978-3958691230

Auch als E-Book lieferbar

Erhältlich im Verlagsshop unter amrun-verlag.de, bei Amazon, Thalia oder überall im Buchhandel.

Macarons zum Frühstück, ein süßer Hund, ein romantisches Café und ein Freund aus Kindertagen, der gar nicht mal schlecht küssen kann!

Ellas Leben ist nahezu perfekt. Doch alles droht zu platzen, als die Großbäckerei McBread eine Filiale genau gegenüber ihrem Café plant. Wenn die eröffnen, ist Ella pleite! Dass ihre Hündin Flocke sich in die riesige Dogge Lanzelot verliebt hat, macht die Lage nicht einfacher, denn zu Lanzelot gehört der unfreundliche Großstädter Sam, und den kann Ella mal gar nicht leiden. Gut, dass Ella in Niklas einen Freund hat, der ihr in dieser aufreibenden Zeit zur Seite steht.

Himmelreich, der Heimatort der gleichnamigen Buchreihe, hat ein Nachbardorf: Wolkenbusch

VIER JAHRE OHNE DICH
KATHARINA WOLF

Taschenbuch
ca. 208 Seiten, 12,90 €
ISBN 978-3-95869-214-5

Auch als E-Book lieferbar

Erhältlich im Verlagsshop unter amrun-verlag.de, bei Amazon, Thalia oder überall im Buchhandel.

Endlich ist Nora glücklich. Nach einer schwierigen Kindheit hat sie in Jan ihre erste große Liebe gefunden – und in seiner Familie Geborgenheit und Zusammenhalt.
Alles ist perfekt. Bis zu jenem Abend, der alles ändert. Nichts ist mehr so wie es war ... selbst vier Jahre später nicht.

Das romantische Debüt von Katharina Wolf.

Katharina Wolf wurde am 11. Oktober 1984 geboren und ist damit eine Waage. Für manche Menschen ist diese Info wichtig, für sie eher nicht. Denn sie ist viel zu hektisch, laut und aufgedreht, um ausgewogen zu sein.
Katharina lebt mit ihrem Mann und zwei Katzen in Ludwigshafen am Rhein und lässt es sich dort gutgehen.
Das Lesen und Schreiben gehört zu ihr wie ihr nervöses Beinhibbeln und die Liebe zu Schokolade. Und da ihr Hirn – genau wie ihre Beine – selten stillsteht, arbeitet Katharina meist an mindestens vier Geschichten gleichzeitig.